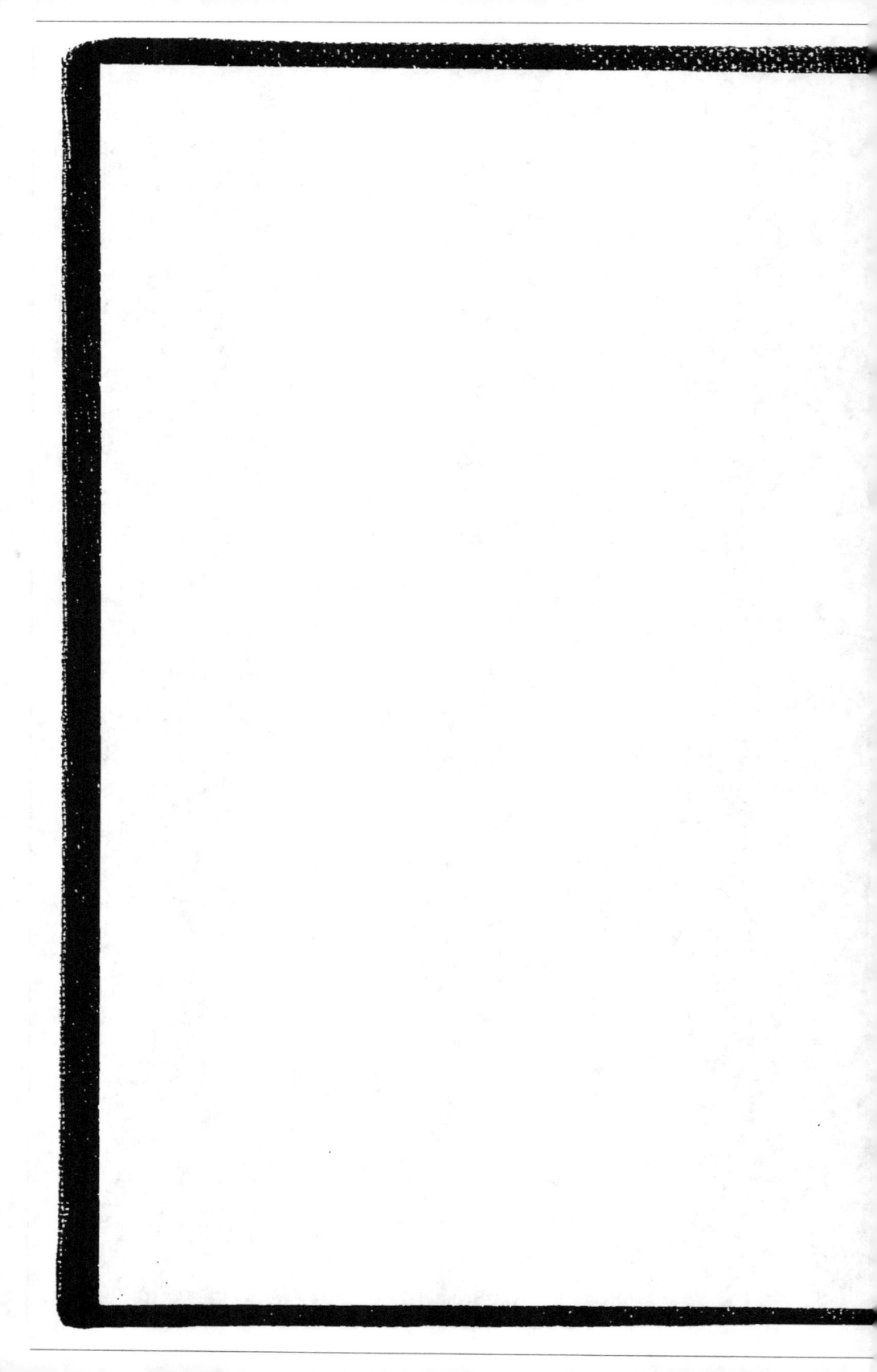

R.CHASSAING 1981

PETITS MÉMOIRES

SUR

L'HISTOIRE DE FRANCE

PUBLIÉS SOUS LA DIRECTION

DE

M. MARIUS SEPET

426

I

VIE ET VERTUS DE SAINT LOUIS

4

BUSTE DE LOUIS IX

D'après un reliquaire de la sainte Chapelle.

VIE ET VERTUS

DE

SAINT LOUIS

D'APRÈS

GUILLAUME DE NANGIS

ET LE

CONFESSEUR DE LA REINE MARGUERITE

TEXTE ÉTABLI PAR

RENÉ DE LESPINASSE

ANCIEN ÉLÈVE DE L'ÉCOLE DES CHARTES

PARIS

LIBRAIRIE DE LA SOCIÉTÉ BIBLIOGRAPHIQUE

35, RUE DE GRENELLE, 35

1877

A*

PRÉFACE

Il y a longtemps que la Société Bibliographique
avait conçu le projet de mettre à la portée de
tous, les récits de notre histoire, tels qu'ils sont
sortis de la plume des écrivains contemporains
ou voisins des événements qui font le sujet de
ces récits ; il y a longtemps qu'elle avait pensé
que des narrations toutes pleines de l'esprit de
l'époque qu'elles retracent, fourniraient à la fois
aux gens du monde, aux classes ouvrières et à
la jeunesse, des lectures à la fois plus saines, plus
agréables et plus instructives que les meilleurs
d'entre les romans. Mais le projet conçu, il
fallait l'exécuter, et l'exécution n'était pas aisée.

Il n'est pas, en effet, facile d'être pleinement
accessible aux lecteurs de nos jours et de conserver en même temps le caractère et la couleur
des siècles passés. Les écrivains de ces époques
songeaient à leurs contemporains et non pas à
nous. Il faut, pour les approprier à notre usage,

demeurer un écrivain et un homme de notre temps et se faire un homme et un écrivain du leur. Il faut réussir à se persuader qu'on est Joinville ou Ville-Hardouin, par exemple, sans oublier qu'on s'adresse non pas aux contemporains de Philippe-Auguste ou de saint Louis, mais à des Français vivant six siècles plus tard.

A la vérité, l'entreprise que nous tentons est facilitée, dans une certaine mesure, par l'existence de quelques modèles d'appropriation d'anciens auteurs, que nous ont offerts ces dernières années. Nous venons de nommer Ville-Hardouin et Joinville. Un académicien illustre, M. Natalis de Wailly, en a publié des *rajeunissements*, qu'on lit avec le même plaisir que les meilleures pages écrites de nos jours, et qu'on cite avec la même confiance que le texte original. La traduction d'une chronique espagnole du quinzième siècle, le *Victorial*, par M. le comte de Circourt et M. le comte de Puymaigre, fournit un exemple un peu différent, mais bien profitable aussi.

Toutefois, l'œuvre de M. de Wailly, non plus que celle de MM. de Circourt et de Puymaigre, si elles fournissent des modèles que nous recommandons à nos collaborateurs de méditer, ne donnent pas la clef de toutes les difficultés qui se présentent avec des auteurs qui ne sont pas des écrivains de génie comme Ville-Hardouin et Joinville, et que nous voulons pourtant faire lire par un public plus étendu que celui auquel s'adresse la traduction de *Victorial*. Aussi conviendra-t-il parfois d'attribuer, pour ainsi dire, à ces auteurs, sans leur faire perdre leurs qualités propres, quelques qualités qu'ils n'avaient pas, notamment l'ordre et la clarté. Car enfin, notre premier objet est de les faire lire, et par tout le monde. Si cet objet n'est pas atteint, l'entreprise aura manqué.

Il ne s'agit pas ici d'ailleurs de faire des livres d'histoire proprement dite, mais, redisons-le, des livres de lectures historiques, donnant le sentiment, la sensation, et, qu'on nous passe l'expression, la saveur du passé de la patrie aux Français de nos jours, trop ignorants des actions, de la vie et des mœurs de leurs aïeux. Il s'agit de faire cela, sans oublier jamais que ces livres doivent aller non-seulement à l'âge mûr, mais être placés entre les mains de la jeunesse et de l'enfance même. C'est une œuvre qui demande beaucoup de tact et de mesure. Il ne faut sacrifier ni la fidélité du tableau, ni d'autre part, aucune convenance. Encore une fois, c'est une tâche qui n'est pas aisée. Néanmoins, la Société Bibliographique n'a pas hésité à l'entreprendre, et, avec l'aide de Dieu, elle la mènera à bien.

Nous commençons par *la Vie et les Vertus de saint Louis,* plaçant, pour ainsi dire, sous le patronage de ce héros du christianisme et de la France, de ce fils soumis de l'Église, qui fut le père de son peuple, tous les volumes qui suivront. Cette vie et ces vertus sont retracées par deux auteurs contemporains du pieux roi, et dont M. René de Lespinasse s'est fait, avec beaucoup de zèle et un vrai sentiment de leur esprit et de leur style, le diligent interprète : Guillaume de Nangis et le confesseur de la reine Marguerite. Il va expliquer lui-même ce qu'on sait d'eux et de leurs ouvrages.

MARIUS SEPET.

INTRODUCTION

ES *deux auteurs qui nous ont fourni le fonds du présent livre, où nous ne sommes intervenu que le moins possible, sont Guillaume de Nangis et le confesseur de la reine Marguerite. Guillaume de Nangis était moine de l'abbaye de Saint-Denis en France, et vivait sous les règnes de Philippe III et Philippe IV. Nous ne savons son nom que parce qu'il l'a mis dans sa préface* [1]. *Il passa inaperçu de ses contemporains et des écrivains des siècles passés.*

Guillaume de Nangis n'est guère connu que par les ouvrages qu'il nous a laissés; ses travaux ont été fort goûtés au moyen âge, et l'on doit le ranger parmi les plus féconds et les plus utiles historiens du treizième siècle. Son premier ouvrage est la Vie de saint Louis. *En tête se trouve un prologue empreint d'une telle modestie et d'une*

[1] *Historiens de France,* tome XX, p. 310.

telle sincérité que nous croyons devoir le repro-
duire pour montrer le caractère de l'auteur.
Après avoir rappelé les services que rend l'histoire, il ajoute :

« C'est pourquoi, moi, frère Guillaume de
Nangis, indigne moine de l'abbaye de Saint-
Denis en France, j'ai voulu marcher sur les
traces des précédents historiens, et, comme je
n'étais pas lettré, mais pauvre et petit de science,
j'ai couru, comme Ruth, au champ des Écritures,
pour y ramasser les épis abandonnés par les docteurs qui ont fait la moisson. Après avoir ainsi
formé ma gerbe, je me suis décidé à préparer,
pour me servir d'exemple à moi aussi bien qu'à la
postérité, un livre sur les actions de Louis, ce roi
de sainte et bonne mémoire, dont l'illustre vie est,
aux yeux de l'Église, un modèle de bonnes
œuvres. Sire Gilon de Reims, moine de notre
maison, avait écrit la première partie de sa vie ;
mais la mort l'a empêché de terminer. D'un autre
côté, frère Geoffroi de Beaulieu, de l'ordre des
prêcheurs, a tracé avec une pieuse exactitude le
tableau moral de la très-sainte vie du Roi, sans
parler ni des guerres ni de la politique. D'autres
auteurs ont encore rédigé sur cette matière des
mémoires qui n'ont guère reçu de publicité. Pour
prévenir la perte de ces documents, j'ai essayé de
les fondre dans un récit, et, pour compléter l'histoire, j'ai incidemment rappelé les événements
contemporains qui se sont accomplis dans les différentes parties du monde. Je conjure les lecteurs

de ne point avoir égard à la personne de l'écrivain et de considérer, non pas celui qui raconte, mais ce qui est raconté. »

Le prologue se termine par l'annonce d'une vie de Philippe le Hardi et par une dédicace à Philippe le Bel, qui a tant d'intérêt à connaître la vie de son père et de son aïeul.

La chronique de Guillaume de Nangis a été écrite en latin, de 1287 à 1297 environ, puis elle fut traduite en français au commencement du quatorzième siècle. L'édition publiée dans le tome XX du Recueil des Historiens de France, donne les deux versions en face l'une de l'autre. Nous n'examinerons point la valeur historique de la chronique de Guillaume de Nangis; quelques auteurs modernes ont voulu y voir une copie de celle de Primat, qui offre en effet beaucoup de ressemblance avec la sienne. « Mais, comme le dit M. Delisle, cette ressemblance tient à ce que Primat et Guillaume de Nangis ont, chacun de leur côté, puisé à une source commune. Cette source commune était un fonds de notes et de mémoires historiques venus de différents côtés, recueillis dans l'abbaye de Saint-Denis, classés par ordre chronologique et plus ou moins imparfaitement dégrossis, et déjà rédigés de manière à former comme une ébauche des annales nationales [1]. »

[1] Delisle. *Mémoire sur les ouvrages de Guillaume de Nangis.* Acad. des Inscriptions, t. XXVII.

B

L'auteur de la seconde chronique s'est bien moins occupé des actions publiques de Louis IX et des événements de son règne que des habitudes pieuses de sa vie privée.

On ne connaît ni son nom, ni l'ordre religieux auquel il appartenait. Les uns le croient frère prêcheur, d'autres frère mineur. Il nous apprend lui-même qu'il a été pendant dix-huit ans confesseur de la reine Marguerite, et qu'il s'est ensuite attaché à la maison de la princesse Blanche, l'une des filles de Louis IX. C'est par l'ordre où à la prière de cette princesse qu'il a écrit la vie du saint Roi, canonisé en 1297.

La chronique du confesseur se compose de vingt chapitres ayant trait chacun à l'une des vertus de saint Louis. Nous avons dû éliminer beaucoup de longueurs et de redites et nous borner à prendre seulement les anecdotes offrant de l'intérêt; aussi notre texte est-il considérablement inférieur en étendue à l'œuvre primitive de l'écrivain [1].

Je n'aurais jamais entrepris d'écrire la vie de ce très-excellent saint, dit-il dans son prologue, sans y avoir été excité par madame Blanche, sa fille, pour répondre à l'enquête faite en cour de Rome sur la vie et les miracles du roi Louis..... Je n'étais pas digne de cette mission; je ne l'ai remplie que parce que j'avais été, pendant plus de dix-huit ans, confesseur de très-noble

---

[1] Voyez *Historiens de France*, t. XX, p. 63 et suiv.

dame, madame Marguerite, reine de France et de madame Blanche, leur fille. J'ai entrepris cette œuvre dans la crainte et le respect du Seigneur. J'ai négligé, dans cette description des choses que Dieu a faites par l'entremise du pieux Roi, la recherche et les agréments du style; ce n'était d'ailleurs pas à moi d'ajouter et de retrancher quoi que ce soit pour le charme du récit; j'ai écrit avec loyauté ce que j'ai vu en me conformant aux questions posées par l'enquête de la cour de Rome. Je n'ai pas gardé l'ordonnance des temps, j'ai préféré grouper ensemble les faits de même nature dispersés dans les diverses époques de la vie du pieux Roi. »

Nous avons encore fait quelques emprunts à la chronique de Geoffroi de Beaulieu[1], frère prêcheur et confesseur de saint Louis qu'il accompagna en toutes circonstances pendant plus de vingt années. Geoffroi écrivit en latin, mais sans charme et sans aucune sagacité historique. Les anecdotes qu'il rapporte ont presque toutes été reproduites avec beaucoup plus d'ordre par le confesseur de la reine Marguerite.

---

[1] D'après le plan de cette édition, nous n'avons fait aucun emprunt aux Mémoires du sire de Joinville, plusieurs fois publiés par M. de Wailly, avec une supériorité d'érudition incontestable. De même qu'il a modernisé les Mémoires du spirituel chevalier du roi Louis, nous avons voulu mettre à la portée de tous, les autres chroniqueurs qui ont contribué à faire parvenir jusqu'à nous les actes et les vertus du saint Roi de France.

Enfin les chroniques de Girard de Frachet, Vincent de Beauvais, Baudouin d'Avesnes et autres anonymes, nous ont fourni quelques éclaircissements.

R. *de* L.

VIE DE SAINT LOUIS

CHAPITRE PREMIER

1226 — COURONNEMENT DE LOUIS IX

E Roi de France, Louis, huitième du nom, mourut à Montpensier. Un mois après, Louis, son fils aîné, à peine dans la douzième année de son âge, fut sacré et couronné Roi de France à Reims, le premier dimanche de l'avent, par la main de Mᵍʳ Jacques, évêque de Soissons, l'archevêché de Reims étant alors vacant.

1

Comme le nouveau rejeton d'un bon arbre commence à prendre racine et fleurit au printemps, le roi Louis se mit dès son enfance à produire les fleurs de bonnes œuvres, sous la direction de très-sage et très-noble dame Blanche, reine de France, sa mère bien-aimée, qui l'élevait dignement et avec les plus grands soins, sous sa tutelle.

Menant une vie charitable et pleine de continence, comprimant la fougue de sa jeune âme, il sut fuir les vices de la fragilité humaine, et suivit volontiers les conseils des gens sages et honnêtes. Aussi, grâce à la haute science que Dieu lui avait inspirée, le premier acte de son gouvernement fut de choisir pour conseillers tous ceux qui jouissaient d'une réputation éclatante de loyauté, de sagesse et de droiture, aussi bien parmi les laïques que parmi les clercs. L'histoire d'un empereur romain lui avait appris qu'il est moins funeste pour un empire ou un royaume d'être gouverné par un mauvais prince que par de mauvais ministres. Il est en effet moins difficile à plusieurs d'entraîner un seul homme, qu'à un seul d'en entraîner plusieurs.

CHAPITRE II

LES troubles qui agitent ordinairement les minorités ne tardèrent pas à se produire. L'année même du couronnement, Hugues, comte de la
Marche, Thibaut, comte de Champagne, et Pierre,
dit Mauclerc, comte de Bretagne, s'allièrent ensemble pour conspirer contre le trône. Le comte
de Bretagne fit fortifier un château appelé Saint-
Jacques de Beuvron, et un autre nommé Bellême,
avec le consentement du comte de Champagne.

Quand le Roi fut bien convaincu de l'existence d'une alliance entre les trois barons ci-dessus nommés, il jura de vaincre leur rébellion si
Dieu lui en donnait la force. Il prit conseil de ses
barons, rassembla une grande armée, et suivant
les indications qu'on lui avait données sur le point
de concentration des forces des révoltés, il se dirigea du côté de la Champagne jusqu'aux carrières
de Surquoy.

Le Roi était accompagné d'un cardinal, légat du Pape en France ; de Philippe, comte de Boulogne, oncle du roi, et de Robert, comte de Dreux, frère du comte de Bretagne. L'armée royale était si nombreuse qu'on avait peine à la compter.

Le comte de Champagne en fut effrayé et redouta grandement de marcher contre son seigneur. Ayant donc réfléchi et renoncé à ses mauvais desseins, il vint crier merci auprès du Roi, et se sépara le plus tôt qu'il put de la compagnie des comtes de la Marche et de Bretagne.

Le Roi, naturellement doux et débonnaire, le reçut avec plaisir et lui accorda de bonne grâce plein et entier pardon. Puis il fit semondre, par ban royal, à son parlement, les comtes de la Marche et de Bretagne.

Ceux-ci voulurent tenir leur alliance mutuelle contre le Roi et contre la reine Blanche sa mère, au mépris de la semonce royale ; ils ne vinrent pas à la date indiquée, et même après avoir mandé au Roi qu'ils se présenteraient au château de Chinon pour lui parler, si cela lui plaisait, ils poussèrent l'insolence jusqu'à éviter d'y comparaître soit en personne, soit par mandataire.

Derechef, le Roi les fit semondre par leurs plus proches voisins de se rendre à son parlement ; ils lui mandèrent encore qu'ils viendraient à Tours, si cela lui plaisait, mais ils n'y parurent pas.

Ainsi, de jour en jour ils usaient avec le Roi

de fraude et de malice, renvoyant le plus loin possible l'exécution de ses ordres ou ne les accomplissant pas du tout.

En cette circonstance, l'émotion et le courroux gagnèrent le noble cœur du Roi. Il voulait bien châtier, mais, dans la crainte d'agir injustement, en prenant sur lui seul une détermination aussi grave, il convoqua le conseil de ses barons pour s'éclairer de leurs avis.

On résolut d'essayer encore les moyens pacifiques. Une troisième fois, le Roi fit semondre les comtes de se présenter à son parlement.

Ce dernier avertissement produisit un résultat aussi heureux qu'inespéré. Les princes se rendirent humblement auprès du Roi, alors à Vendôme, et reconnurent devant son extrême débonnaireté leur orgueil et leur folie; puis ils jurèrent d'expier leur faute selon sa volonté.

Une semblable soumission suffisait pour toucher le cœur du jeune prince. Ne voulant pas rendre le mal pour le mal, il leur fit remise entière de la peine qu'ils avaient méritée pour conspiration et désobéissance envers leur seigneur.

De cette manière le roi Louis remporta, dès le commencement de son règne, par la grâce divine et sans répandre de sang humain, une grande victoire sur ses ennemis.

L'année d'après, les mêmes seigneurs, mécontents d'être mis à l'écart, firent de nouveau éclater leurs mauvaises dispositions. Ils se plaignirent que la reine Blanche eût pris en main le gouvernement du royaume de France ; une femme, disaient-ils, n'avait pas le droit de s'arroger un tel pouvoir. De là un complot. Les seigneurs épiaient le Roi pour s'emparer de sa personne et diriger alors le gouvernement à leur guise.

Le Roi chevauchait dans les environs d'Orléans, quand il apprit que les seigneurs faisaient garder les routes pour le surprendre. Il donna ordre de hâter la marche et put se réfugier sans encombre dans le château de Montlhéry, où tout fut disposé immédiatement pour résister à un assaut. D'autre part, des messagers se rendirent tout de suite à Paris auprès de la Reine mère pour demander des secours.

Dans cette cruelle situation, la Reine ne trouva rien de mieux que de faire appel à la générosité des plus notables habitants de Paris. Tous répondirent qu'ils étaient prêts à porter secours à leur jeune Roi, et qu'il fallait mander les communes de l'Ile-de-France pour l'arracher plus sûrement au péril qui le menaçait.

Aussitôt la Régente expédia des lettres dans les environs, demandant qu'on vînt en aide aux Parisiens pour délivrer le Roi de ses ennemis. Chevaliers et soldats répondirent promptement à son appel et affluèrent de toutes parts dans la capitale.

L'armée se dirigea, bannières déployées, sur

Montlhéry. Les seigneurs, informés de son importance par leurs espions, ne voulurent pas s'exposer à un échec certain; ils s'éclipsèrent tous chacun de son côté, et se réfugièrent dans leurs terres. L'armée de Paris gagna le château de Montlhéry, dégagea le jeune Roi et le ramena en triomphe auprès de sa mère.

CHAPITRE III

———

COMMENT LE ROI LOUIS VINT EN AIDE AU COMTE DE
CHAMPAGNE ATTAQUÉ PAR LES BARONS DE FRANCE.

———

LES événements qui précèdent et surtout la
conduite si différente du comte de Champagne et des autres seigneurs, ne pouvaient manquer de susciter des rivalités regrettables. Jaloux
de la réconciliation du comte avec le Roi, furieux
du mépris que leur ancien complice faisait de leur
alliance, mécontents d'avoir été obligés de plier
sous l'autorité royale, et de voir leurs mauvais
desseins dévoilés, les barons se tournèrent contre
le comte de Champagne.

On était en l'année 1228, la seconde du règne
du roi Louis. Leurs préparatifs de guerre furent
bientôt terminés et leur armée réunie en Champagne, du côté des pays allemands. Ils espéraient
que cette partie du comté, plus éloignée et moins
bien défendue, ne leur résisterait que faiblement.

En effet, ils parcoururent ces contrées en triom-
phateurs, pillant et brûlant sur leur passage les
châteaux, villes, hameaux et forteresses. Ils parvinrent ainsi jusqu'à Chouarce, qu'ils prirent après
un rude assaut.

Cette ville était située entre Bray-sur-Seine et
Troyes, au milieu des possessions du comte de
Champagne. Jusque-là, celui-ci, espérant que les
ravages des barons ne s'étendraient pas au delà de
certaines limites, s'était borné à se défendre ; mais,
se voyant menacé avec d'autant plus d'acharnement
que leur désir de vengeance croissait avec leurs
succès, il informa le roi de France de ce qui se
passait sur les terres de Champagne.

Le comte, incapable de résister seul à l'invasion
d'une armée si puissante, demandait en même
temps aide et secours au Roi. Il lui faisait remarquer que les barons, en attaquant la Champagne
qui relevait de la couronne, agissaient contre la
personne même du Roi et violaient indirectement
les traités de l'année précédente.

Le Roi pesa la valeur et l'opportunité de cette
demande ; ses rapports avec le comte de Champagne lui paraissaient jusqu'ici aussi satisfaisants
que possible, l'appui d'un vassal de cette importance offrait de puissantes garanties à la couronne
royale, enfin et au dessus de toute autre considération, la conduite des barons exigeait un châtiment sévère. D'ailleurs, dans la pensée du Roi,

1*

l'obligation de loyauté et d'assistance en cas de guerre ne liait pas moins le seigneur que son vassal.

L'intervention du Roi ne se fit donc pas attendre et il en informa tout de suite le comte de Champagne. Avant d'en venir aux mains, il adressa aux barons des lettres-patentes où il leur enjoignait de cesser les hostilités ; mais les barons, un peu trop confiants dans leur force, n'écoutèrent que d'une oreille les messagers, et ne lurent que d'un œil les lettres royales ; on ne put rien obtenir d'eux.

Le Roi s'émut alors en son cœur et se décida à agir ; une nombreuse armée d'écuyers et de sergents fut réunie en quelques jours et se mit en route pour la Champagne. Le Roi brûlait du désir d'infliger une leçon à ces barons indomptables qui ne tenaient aucun compte de ses ordres. Ils ne lui en laissèrent pas même le temps. A la première nouvelle qu'ils eurent de la venue du Roi et de son armée, ils levèrent le siége et s'échappèrent au plus vite. Chacun se retira dans sa terre.

Quand le Roi eut appris d'une façon certaine que l'armée des seigneurs était dissoute, il revint sur ses pas et licencia ses troupes.

⚜

CHAPITRE IV

COMMENT LE COMTE DE BRETAGNE SE RÉVOLTA CONTRE
LE ROI LOUIS.

QUELQUE temps après, dans la même année
(1228), Pierre Mauclerc, comte de Bretagne,
gonflé d'orgueil et de malice, alla trouver le roi
d'Angleterre et, par ses perfides raisonnements, lui
fit entendre qu'il pourrait rentrer en possession du
duché de Normandie perdu par le roi Jean, son
père. « Comment, dit le roi, pourrais-je le recou-
vrer ? J'emploierais volontiers tous les moyens
pour cela. — En voici un, reprit le comte : le
roi de France n'est qu'un enfant, il n'a pas l'âge
de porter la couronne ; d'ailleurs il n'a pas été
couronné par l'assemblée des barons, mais contre
leur gré ; c'est pourquoi, dans le cas où vous
marcheriez contre lui, personne n'irait à son aide
et vous seriez certain de regagner ce que votre
père s'est laissé prendre. »

Il fit tant par ses paroles et ses insinuations que le roi Henri se décida à débarquer en Bretagne avec un grand nombre d'Anglais, pendant que le comte réunissait ses Bretons. Les deux armées formèrent une masse imposante. Ils envahirent les terres royales, ravageant les récoltes, mettant le feu aux villages et aux châteaux, et jetant l'épouvante parmi les populations qui s'enfuirent dans les forteresses et mandèrent immédiatement au Roi les atrocités dont elles étaient victimes.

A cette nouvelle, le Roi, enflammé de colère, jura de châtier une telle audace. Des communes et des bonnes villes du royaume, affluèrent une grande quantité de soldats, heureux de défendre leur jeune prince contre les envahisseurs étrangers. Louis voulut d'abord attaquer le comte de Bretagne, premier instigateur de cette injuste rébellion et se porta sur le château de Bellème[1]. Le comte l'avait reçu en garde du feu Roi, à la suite de la guerre des Albigeois; maintenant il refusait d'en faire hommage et le retenait par force.

Le Roi fit cerner les murs et commença le siége; il faisait un froid si dur qu'il y avait lieu de craindre pour la vie des hommes et des chevaux. La reine Blanche, qui bravait, au milieu de l'armée, les rigueurs de la température et les dangers de la guerre, chercha le moyen de garantir les troupes.

[1] Bellème, département de l'Orne.

Elle donna ordre de couper tous les arbres que
l'on trouverait dans les environs. Les valets partirent et ramenèrent de gros chargements de bois
sur des charrettes et à dos de cheval ; on alluma
partout de grands feux qui calmèrent les souffrances de l'armée.

La première journée d'attaque n'amena aucun
résultat ; les assiégés résistaient vigoureusement.
Le lendemain, on commanda aux mineurs de
creuser une galerie sous les fondations des murailles, la cavalerie les protégerait. Le signal fut
donné : des deux côtés, une grêle de traits obscur-
cissait la lumière du jour. Le combat ne cessa que
vers trois heures de l'après-midi. Les mineurs, ne
pouvant plus tenir, se retirèrent après avoir fortement ébranlé plusieurs parties de la muraille.

Le jour suivant, on dressa deux engins de
guerre : l'un lançait de grosses pierres, l'autre des
pierres plus petites. Le premier lança une pierre
tellement énorme sur le palais de la forteresse [1] que
le choc amena l'écroulement de la tour principale.
Un cri d'épouvante retentit parmi les assiégés ; un
grand nombre d'entre eux gisaient sous les décom-
bres, les autres, effrayés du mauvais état de leurs
murs et désespérés de ne recevoir aucun secours,
se décidèrent à se rendre à la merci du Roi de
France.

[1] Le palais ou partie réservée à l'habitation du seigneur.

La prise du château de Bellême fut bientôt connue du roi d'Angleterre. Il manda aussitôt le comte et lui dit : « Vous me donniez à entendre que ce jeune prince ne trouverait aucun appui parmi ses sujets ; il m'est avis qu'il possède une armée plus nombreuse que la mienne et la vôtre. S'il vient sur moi, quelle résistance pourrai-je opposer ? Je n'ai point assez d'hommes pour le combattre et le temps n'est point favorable à la guerre. »

Sur ces paroles, il prit congé du comte, s'embarqua et retourna en Angleterre, honteux et mécontent de s'être dérangé pour ne rien faire.

Le même jour, Louis apprit la rébellion de la garnison de la Haye-Paisnel [1]. La reine Blanche fit appeler aussitôt en présence du Roi le chevalier Jean des Vignes et lui commanda d'aller en toute hâte châtier les rebelles. Celui-ci partit, accompagné d'une bonne troupe de soldats, tomba à l'improviste dans la contrée qu'il soumit tout entière, presque sans résistance. On ne s'attendait pas à une attaque pendant l'hiver et l'on croyait le Roi trop occupé avec les armées du comte de Bretagne et du roi d'Angleterre pour pouvoir agir encore d'un autre côté.

Ces revers successifs abattirent l'orgueil et le courage du comte de Bretagne. Il pria son frère,

[1] Haye-Pesnel, département de la Manche.

le comte de Dreux, ami dévoué du Roi et plusieurs autres seigneurs, d'obtenir la cessation des hostilités et des ravages que l'armée royale faisait sur ses terres. Le comte de Dreux accueillit cette nouvelle avec joie, tant il redoutait la ruine de son frère. Le Roi écouta ses supplications et promit le pardon moyennant des garanties suffisantes. Mandé en présence du Roi, Pierre Mauclerc jura sur les saints évangiles qu'il ne porterait jamais les armes contre lui, puis, il lui fit hommage de ses biens devant l'assemblée des barons et présenta sa caution et ses otages.

CHAPITRE V

COMMENT LE COMTE DE BRETAGNE SE RÉVOLTA UNE
SECONDE FOIS CONTRE LE ROI LOUIS.

CETTE réconciliation ne dura pas plus que
le temps de prononcer les serments qui
l'accompagnèrent. Aussitôt libre, le comte de Bretagne ne pensa qu'à se venger de la prise du
château de Bellème, et, dès l'année suivante (1229),
il voulut tenter le sort des armes contre son Roi.
Louis, indigné d'une pareille conduite, résolut de
châtier la forfaiture de Mauclerc. Aussitôt son
armée rassemblée, sans juger nécessaire aucun
avertissement, il envahit les terres du comte et
vint assiéger le château d'Oudon [1], qui se rendit
aussitôt. Puis, il se transporta devant les tours de
Chantoceaux. La promptitude de sa marche effraya
tellement la garnison, que les soldats vinrent offrir

[1] Oudon, Loire-Inférieure.

au Roi les clefs du château et se rendre à sa volonté.

Touché de cette soumission, le Roi les reçut avec bienveillance et leur fit grâce, puis il confia la garde du château à une troupe dévouée.

Quant au comte de Bretagne, les revers contre lesquels il se sentait impuissant, lui firent enfin ouvrir les yeux. Humilié de sa défaite, abandonné des siens, il accourut se mettre à la disposition du Roi et lui demander merci.

La soumission du comte de Bretagne et les victoires réitérées des armées royales découragèrent les autres barons de France. Convaincus que toute lutte contre le Roi serait inutile et nuisible à leurs intérêts, ils suivirent l'exemple du comte et déposèrent les armes.

Ainsi, par la grâce de Notre-Seigneur, qui donne paix sur la terre aux hommes de bonne volonté, le roi Louis triompha des querelles intestines, désastreuses pour la France, et put ensuite gouverner paisiblement son royaume durant l'espace de plus de quatre années.

CHAPITRE VI

COMMENT LE ROI FONDA L'ABBAYE DE ROYAUMONT. —
DE LA DISSENSION QUI S'ÉLEVA ENTRE LES ÉCOLIERS
ET LES BOURGEOIS DE PARIS.

ORSQUE la tranquillité fut complétement rétablie, le roi Louis voulut faire quelque
chose pour attirer les bénédictions de Dieu sur son
règne. Tel qu'un cerf, poursuivi par les chasseurs
et épuisé de fatigue, désire l'eau d'une source,
ainsi le pieux roi Louis, embrasé de l'amour de
Notre-Seigneur, voulait fonder un monastère où
Dieu fût prié et honoré en tout temps. Pour cela
il choisit un endroit appelé Cuimont, situé dans
le diocèse de Beauvais, près de Beaumont-sur-
Oise, et y construisit une abbaye de l'ordre de
Cîteaux, qui reçut le nom de Royaumont. Un abbé
et un nombre considérable de moines s'y instal-
lèrent et reçurent de la libéralité du Roi des rentes
et des possessions magnifiques. La proximité de

Paris et l'affection que le Roi avait pour ce saint lieu le lui firent choisir pour sa résidence favorite dans les instants que lui laissait l'administration de son royaume.

En cette même année (1230), il s'éleva entre les clercs de l'Université de Paris et les bourgeois une telle dissension qu'on en vint aux mains dans les rues de la ville. Plusieurs clercs furent massacrés, de grands dégâts furent commis. L'Université, craignant de ne plus être en sûreté, manifesta l'intention de quitter Paris pour se transporter dans diverses autres villes de France. Le roi Louis ne put apprendre cela sans un vif regret. Pour rien au monde il n'aurait consenti à perdre un si beau et si riche trésor que l'Université de Paris. Homme instruit et dévoué au bien, le Roi considérait l'étude des lettres et de la philosophie comme le plus utile exercice de l'esprit humain, comme la gloire de la France et de Paris en particulier, qui possédait la plus ancienne et la plus illustre Université d'Europe. Il ne voulait pas mériter le reproche contenu dans ces paroles de Notre-Seigneur : « Puisque tu as rejeté et éloigné la science de ton royaume, sache que je t'éloignerai de moi. » Les clercs et les bourgeois furent mandés en sa présence. Sur son ordre formel, ceux-ci indemnisèrent les clercs de tous les dommages qu'ils leur avaient causés et jurèrent de ne plus les inquiéter dans la suite.

Le Roi s'était consacré tout entier à cette affaire, tant il avait à cœur de la mener à bonne fin. L'étude est la compagne de la piété, elle est dans les traditions de la France, et nos Rois ont voulu que leur bannière représentât, par le triple fleuron de la fleur de lys, le symbole des trois vertus qui brillent en France bien plus que dans tout autre pays, la foi, la science et la chevalerie. Tant que ces trois dons de Dieu seront fermement et soigneusement entretenus dans le royaume de France, il sera fort et stable ; mais qu'ils viennent à disparaître, il tombera dans la désolation et sera enfin anéanti.

CHAPITRE VII

COMMENT LE COUVENT DE SAINT-DENIS FUT REBATI.

UDES Clément, abbé de Saint-Denis en France, était préoccupé de la grande pensée de reconstruire son couvent. Élevé par le roi Dagobert à la gloire de saint Denis et de ses compagnons, cet immense édifice n'avait encore reçu aucune réparation importante. Du temps de Charles le Chauve, alors que la France était ruinée de fond en comble, on avait enlevé la couverture d'argent massif qui lui servait de toiture pour payer les frais de la guerre. L'opération avait nui aux bâtiments ; les poutres, mal protégées, étaient vermoulues et menaçaient de s'effondrer. Pourtant l'abbé n'osait toucher à rien, parce que, suivant la tradition, la dédicace du couvent avait été faite par Notre-Seigneur Jésus-Christ lui-même. Il prit donc l'avis du roi de France en le mettant au courant de la situation.

Le Roi envoya des messagers à Rome auprès du Souverain Pontife, avec mission d'insister sur l'urgence des travaux. Le Pape lui répondit en ces termes : « Beau cher fils, si Notre-Seigneur Jésus-Christ daigna visiter l'église de Saint-Denis par amour pour le saint martyr et ses compagnons, son intention n'était pas de mettre les bâtiments du monastère à l'abri de la ruine et des ravages du temps. Vous devez savoir que toutes les choses de cette terre sont périssables et ne peuvent demeurer dans le même état. Notre devoir est donc de vous recommander la reconstruction de l'église, afin que Notre-Seigneur puisse y être encore servi et honoré. » Fort de l'approbation du Souverain Pontife, du roi de France et d'une foule d'autres grands personnages, l'abbé de Saint-Denis commença les réparations de son monastère.

CHAPITRE VIII

CETTE même église de Saint-Denis possédait la précieuse relique d'un très-saint clou, un de ceux qui servirent à attacher Notre-Seigneur sur la croix. L'année suivante (1232), pendant qu'on le donnait à baiser au peuple, à une fête du mois de mars, il vint à tomber et disparut dans la multitude des fidèles. On se mit aussitôt à le rechercher dans l'église, mais inutilement.

L'abbé de Saint-Denis employa sur le champ tous les serviteurs du monastère à faire les perquisitions les plus minutieuses. On tenait, en effet, à cette insigne relique, comme à la plus belle qui existât alors en France; Charles le Chauve, roi des Français et empereur, l'avait rapportée de Rome et donnée à Saint-Denis.

Quand le roi Louis et la reine Blanche apprirent un si funeste événement, ils furent au désespoir et

dirent que rien, sous leur règne, ne pouvait leur
être plus pénible. Le très-pieux et très-noble roi
Louis ne put calmer la vivacité de sa douleur ; il
commença à crier hautement et à avouer qu'il
aimerait mieux voir la meilleure cité de son
royaume engloutie et disparue. Il envoya des
hommes sages et bien parlants consoler l'abbé et
les moines, dont la douleur était inexprimable. Il
serait même allé en personne à Saint-Denis, s'il
n'en eût été détourné par son conseil.

Sur ses ordres, on publia dans Paris, par les
rues et sur les places, que quiconque rapporterait
le saint clou recevrait cent livres sur la bourse du
Roi. On priait aussi les habitants de donner les
renseignements qu'ils auraient pu recueillir sur la
précieuse relique. Que dirai-je de plus ? Quand la
triste nouvelle se fut répandue, la population tout
entière tomba dans l'inquiétude et dans la désolation. Déjà plusieurs hommes sages commençaient
à redouter qu'une perte si fatale, ainsi survenue
au commencement d'un règne, n'annonçât de
grands malheurs, des épidémies sur les habitants
du royaume. Hommes, femmes, enfants, clercs et
écoliers, poussaient des cris, versaient des larmes,
couraient aux églises pour demander à Notre-
Seigneur la grâce de faire retrouver la précieuse
relique ; chacun se désolait d'une si grande perte,
comme s'il se fût agi de son propre bien.

De la ville de Paris, la nouvelle avait gagné les

bonnes villes du royaume, en sorte que, par toute la France, ce fut une désolation générale. Heureusement on retrouva le précieux clou par grand miracle, quelques jours après, le 1er avril, et il fut rapporté en l'église de Saint-Denis, au milieu de la joie de tous.

CHAPITRE IX

L'ANNÉE d'après, c'est-à-dire en l'an de grâce
1234, la huitième du règne du roi Louis
et la dix-neuvième de son âge, on s'occupa de
négocier l'affaire de son mariage avec la fille du
comte de Provence. L'archevêque de Sens, Gautier,
et monseigneur Jehan de Nesle, chevalier particulier du Roi, partirent pour la Provence avec
mission de demander au comte sa fille Marguerite
et sans tarder, car le Roi voulait l'épouser. Le
comte avait soigné l'éducation de sa fille dès sa
plus tendre enfance; elle avait reçu les meilleures
leçons de sagesse, de courtoisie et de bonne conduite. Belle et agréable, craignant Dieu en toutes
choses, Marguerite devint une des dames les plus
charitables qui furent en son temps.

Le comte apprit avec ravissement la volonté du

Roi ; il fêta splendidement les messagers et s'en remit à eux du soin de conduire sa fille au roi de France.

Les messagers ayant pris congé du comte , emmenèrent la jeune fille et marchèrent si bien qu'ils arrivèrent sans encombre près du Roi et la lui présentèrent. Le Roi, quand il la vit, la reçut très-gracieusement ; il l'épousa peu de temps après dans la cité de Sens, puis la fit couronner et sacrer reine de France par l'archevêque Gautier.

CHAPITRE X

COMMENT LE COMTE DE CHAMPAGNE VOULUT MARCHER CONTRE LE ROI LOUIS.

PEU de temps après le mariage du Roi (en 1235) de nouvelles difficultés s'élevèrent du côté de la Champagne. Le comte Thibaut, oublieux du passé, refusa d'obéir aux ordres du Roi, et comme pour bien montrer qu'il en voulait venir aux hostilités, il renforça les garnisons de ses villes et de ses châteaux.

Le Roi se trouvait à Paris quand on vint lui annoncer que le comte de Champagne se disposait à envahir l'Ile-de-France à main armée. Il prit aussitôt conseil de ses frères, Alphonse de Poitiers et Robert d'Artois, pour s'entendre avec eux et convenir que leurs gens seraient convoqués immédiatement. Les guerriers furent bientôt sur pied ; ils se mirent en marche vers la Champagne pour châtier l'orgueil du comte.

Celui-ci apprit bientôt que le Roi marchait sur lui en grande compagnie de chevaliers; le remords et la peur entrèrent en son âme; il se dit qu'on pouvait sans déshonneur changer un dessein quand il était mauvais; il redoutait surtout que le Roi ne lui enlevât sa terre. Sa décision fut bientôt prise, il envoya au Roi les hommes les plus sages de son conseil pour lui offrir paix et amitié, puis, à titre d'indemnité pour les frais d'équipement de l'armée royale, il lui offrit deux villes avec leur territoire, Montereau-Faut-Yonne et Bray-sur-Seine.

Touché de pareils sentiments, le Roi consentit à cet accord. Louis était aussi sévère pour les rebelles et les orgueilleux que doux et compatissant pour ceux qui s'humiliaient.

La reine Blanche était présente au traité; elle adressa au comte de Champagne cette vive apostrophe: « Par Dieu! comte Thibaut, vous n'eussiez pas dû être notre ennemi; aviez-vous oublié la bonté du Roi mon fils, quand, sur vos instantes prières, il vint prêter le secours de ses armes à vos villes et à vos terres contre tous les barons de France, qui voulaient les saccager et les réduire en cendres? »

Le comte regarda la Reine; sa sagesse et sa beauté donnaient un double éclat à ses paroles, il en fut ébloui et répondit : « Sur ma foi, Madame, mon cœur, ma personne et mes biens sont en

2*

votre pouvoir; il n'y a rien que je ne fasse pour vous plaire, et jamais, s'il plaît à Dieu, je ne me tournerai contre vous ou contre les vôtres. »

A la suite de ces explications, le comte de Champagne rentra de nouveau en amitié avec son souverain et l'armée prit son congé.

CHAPITRE XI

COMMENT LE ROI DES ASSASSINS VOULUT FAIRE TUER
LE ROI DE FRANCE, LOUIS.

E diable porte toujours envie aux grands qui
donnent le bon exemple. Remarquant la
sainte vie et la prospérité du roi Louis, il chercha
un moyen de lui faire tort. A cet effet, il tenta
l'esprit d'un souverain d'Asie appelé roi des
Assassins ou Vieux des Montagnes [1], et lui inspira le projet de mettre à mort le roi Louis. Ce
roi des Assassins, méchant et déloyal, occupait
l'extrémité de la contrée d'Antioche et de Damas.
Ses châteaux bien fortifiés et situés sur le sommet
des montagnes, dominaient le pays. Partout, de

[1] Le Vieux des Montagnes était chef d'une secte de Mu-
sulmans, reconnaissant comme califes légitimes les descen-
dants d'Ali, cousin et gendre de Mahomet. Il résidait à
Alamont, en Syrie.

loin comme de près, il était la terreur des Chrétiens, des Sarrasins et des Turcs. Ses hommes parcouraient l'univers, massacrant tout sur leur passage, même les seigneurs et les princes, auprès desquels ils s'introduisaient comme messagers. Il avait auprès de lui une quantité d'enfants, nés sur ses terres, qu'il faisait nourrir et élever dans son palais ; il leur enseignait plusieurs langues et leur inspirait par dessus tout la crainte de leur maître et l'obéissance jusqu'à la mort. C'était, leur disait-il, le moyen de parvenir aux joies du paradis. On vénérait, comme des anges de Dieu, ceux qui perdaient la vie en accomplissant la volonté de leur seigneur, que l'action fût honnête ou coupable. Sous l'empire d'un tel fanatisme, ces hommes étaient susceptibles de commettre les atrocités les plus épouvantables.

Donc, le roi des Assassins, rempli de l'esprit du diable, choisit quelques-uns de ses gens et leur donna ordre de se rendre en France avec mission secrète de mettre à mort le roi Louis en l'attirant dans un guet-à-pens. Ils venaient de prendre la mer quand le roi des Assassins, comme frappé d'une inspiration de la divine Providence, changea tout à coup son projet. Le dessein de meurtre fit place en son esprit à une idée de paix et de repentir. Il réexpédia deux nouveaux messagers qui s'adresseraient directement au roi de France pour lui remettre ses lettres de félicitation et l'avertir du danger qui le menaçait du côté des autres messagers.

Ces gens furent assez heureux pour prévenir le Roi avant tout accident, mais la personne du Roi était toujours exposée au danger d'une attaque secrète ; il se fit garder jour et nuit par une compagnie de sergents à masse, toujours armés et prêts à le défendre, mais ces mesures de prudence ne le rassuraient pas et son esprit était à tout instant en proie aux plus violentes terreurs.

Les seconds messagers des Assassins s'étaient aussitôt mis à la recherche de leurs camarades et parvinrent à grand'peine à les découvrir. Ce fut une grande préoccupation de moins pour le Roi ; il combla de faveurs les uns et les autres et les chargea de remettre à leur seigneur, le roi des Assassins, de riches présents, en signe de paix et d'amitié.

CHAPITRE XII

LES deux années qui suivirent ne furent signalées par aucun événement important.

En l'an de grâce 1238, Robert, premier frère du Roi, épousa madame Mahaut, fille du duc de Brabant, et reçut, à l'occasion de ce mariage, la cité d'Arras, le comté et la terre d'Artois. Le Roi décida ensuite qu'il le ferait chevalier et lui donna ordre de se rendre avec les barons de France à Compiègne, où devait avoir lieu la cérémonie.

Sur ces entrefaites, des messagers de l'empereur apportèrent au Roi, de la part de leur maître, l'invitation de venir conférer avec lui à Vaucouleurs. Aussitôt le Roi donne congé à ses barons et retient avec lui deux mille chevaliers hardis et bien éprouvés aux armes, ainsi que d'autres bons soldats, écuyers ou sergents, alors nombreux dans

Compiègne. Mais il n'eut pas la peine de se mettre en route. L'empereur apprenant ces préparatifs belliqueux, lui fit savoir qu'il ne pourrait se trouver au jour et à l'endroit fixés. Malicieux et rusé, l'empereur aurait bien désiré le voir arriver avec une faible escorte ; il avait envie, disait-on, d'ourdir quelque complot contre le roi Louis et contre le royaume de France. Mais Dieu déjoua, par sa divine inspiration, les mauvais desseins de l'empereur, et conserva sain et sauf le roi Louis, son vaillant champion.

CHAPITRE XIII

COMMENT LA SAINTE COURONNE, UNE GRANDE PARTIE DE LA VRAIE CROIX ET L'ÉPONGE DONT DIEU FUT ABREUVÉ SUR LA CROIX, FURENT APPORTÉES EN FRANCE.

Depuis quatre ans, le roi Louis avait la paix dans son royaume, dont ses ennemis n'osaient troubler le repos; aussi n'oublia-t-il pas de remercier Dieu d'un tel bienfait.

L'empereur de Constantinople, guerroyant contre les Grecs, était venu implorer l'appui du roi de France, et, en reconnaissance de ses secours, il lui fit présent de la sainte couronne d'épines dont on ceignit le front de Notre-Seigneur au jour de sa passion. Plusieurs vénérables et puissants personnages se réunirent aux messagers de l'empereur Baudoin, pour apporter solennellement en France la sainte couronne. Le Roi vint l'attendre à Sens et la reçut en grande pompe; puis on la porta en procession jusqu'au château de Vincennes, près de Paris.

En l'an 1239, le vendredi après l'assomption de la sainte Vierge, le roi Louis se rendit à Vincennes, nu-pieds et sans ceinture, en simple robe, suivi de ses frères, Robert, Alphonse et Charles ; ils apportèrent solennellement la précieuse couronne à Notre-Dame, accompagnés d'une grande multitude de peuple, de clergé et de religieux, qui suivaient processionnellement et faisaient retentir l'air de leurs chants.

A cette procession solennelle assistèrent, sur le commandement du Roi, Eudes Clément, alors abbé de Saint-Denis en France, suivi de tous les moines de son couvent, fort honorablement revêtus d'aubes et de chapes de soie, riches et précieuses, et tenant en leurs mains de gros cierges. C'était certainement la partie la plus majestueuse du cortége. Le chantre de Saint-Denis avait été spécialement chargé de la direction des chants et de la cérémonie. Depuis Vincennes jusqu'à Notre-Dame, les bannières marquant les diverses parties de la procession se succédèrent pendant que l'air retentissait sans interruption du chant des hymnes et des antiennes.

A l'arrivée dans la nef de l'église Notre-Dame le chantre de Saint-Denis entonna l'antienne en l'honneur de la sainte Vierge, *Salve Regina*, et à si haute voix que tous ceux qui l'entendirent en furent émerveillés.

Puis, l'abbé et les moines accompagnèrent encore processionnellement la sainte couronne depuis Notre-Dame jusqu'à la maison du Roi, chantant des hymnes et des cantiques ; ils offrirent leurs cierges dans la chapelle du Roi, où la sainte couronne fut déposée.

Peu de temps après, le roi Louis apprit que les gens de l'empereur Baudoin étaient dans un tel dénûment à Constantinople qu'ils avaient engagé, pour une grande somme d'argent, une partie considérable de la sainte Croix sur laquelle notre divin Sauveur fut crucifié, l'éponge qui servit à l'abreuver sur la croix et le fer de la lance dont Longin le perça au côté. Le bon Roi eut grande crainte de voir de si saintes reliques perdues par défaut de paiement ou livrées à des mains étrangères ; les richesses de ce monde n'étaient rien à ses yeux quand il s'agissait de s'attirer l'amour de Dieu.

A force de démarches auprès de l'empereur Baudoin, il obtint la concession de ces reliques et l'autorisation de les dégager à ses frais.

On les apporta en France, où elles furent reçues au milieu d'un concours solennel d'archevêques, d'évêques, d'abbés et de religieux, et déposées, à Paris, dans la sainte chapelle avec les autres reliques. Une merveilleuse châsse d'or et d'argent ciselé, entourée d'une guirlande de pierres précieuses, avait été préparée pour les recevoir.

De telles bonnes œuvres, sans parler de bien d'autres encore, méritèrent au roi Louis l'amour et la grâce de Notre-Seigneur, vraie source de paix ou de victoire sur ses ennemis.

CHAPITRE XIV

___

COMMENT LE ROI LOUIS ENVOYA JEAN DE BEAUMONT
CONTRE LES ALBIGEOIS.

___

N ce même temps, les mauvais chrétiens de
l'Albigeois [1] se révoltèrent contre les bons
chrétiens de leur pays et contre les gens du roi
Louis chargés de la défense du territoire. Les plus
puissants de ces malfaiteurs attaquaient sans relâ-
che les châteaux occupés par les troupes royales.
Le nombre et l'acharnement des révoltés devinrent
si inquiétants que les chevaliers tinrent conseil et
résolurent d'informer le Roi, leur seigneur, des
grandes atrocités et des assauts que les Albigeois
leur faisaient subir. Aussitôt informé, le roi Louis
manda un de ses chevaliers appelé Jean de Beaumont et lui ordonna de marcher sans aucun retard
contre les Albigeois. Le chevalier, tout dévoué à
la volonté du Roi son seigneur, convoqua aussitôt
des gens, chevaliers, écuyers et soldats en grand

___

[1] On sait que les Albigeois occupaient le Languedoc et une
partie du midi de la France.

nombre, et mit le moins de temps possible à ses préparatifs ; son plus grand désir était d'exécuter promptement les ordres du Roi.

Il traversa la France en toute hâte et parvint au pays de ces hérétiques Albigeois. Jean de Beaumont dirigea la première attaque sur un château appelé Montréal, qu'il cerna avec ses troupes ; dressant alors ses pierriers et ses diverses machines de guerre, il harcela tellement la garnison que la forteresse tomba bientôt en son pouvoir. Ce château une fois garni d'armes, de gens et de vivres, il marcha sur les autres châteaux, s'en rendit maître au nom du roi de France son seigneur, avec grand'peine et grand travail pour lui et ses gens. Le reste de sa campagne ne fut plus qu'un triomphe. Il chevaucha glorieusement à travers la terre des Albigeois et la soumit tout entière au roi Louis ; on put alors dire de lui avec vérité : « Jean foule la terre en frémissant et épouvante le monde par son audace. »

Les Albigeois vaincus et soumis au roi de France, il retourna plein de joie et d'honneur vers son seigneur le roi Louis.

Ravi de la victoire que Jean avait remportée sur les Albigeois, le Roi remercia Notre-Seigneur et fit de beaux présents aux soldats qui avaient pris part à la campagne. Il augmenta le fief et la terre de Jean, comme il était convenable de le faire pour un si digne chevalier.

CHAPITRE XV

L'ANNÉE précédente, Thibaut, comte de Champagne, nouvellement roi de Navarre, après le décès de son oncle, mort sans postérité, Pierre Mauclerc, comte de Bretagne, Henri, comte de Bar, Amaury, comte de Montfort, et un grand nombre de barons de France, croisés depuis quatre ans, étaient partis pour la Terre sainte.

A peine débarqués sur les rivages d'outre-mer, le comte de Bretagne et quelques autres à sa suite se séparèrent de l'armée sans autorisation du conseil des chefs ou du roi de Navarre, auquel était confié le commandement ; ils marchèrent et prirent une ville où ils avaient auparavant envoyé des espions. Quand Amaury de Montfort, Henri, comte de Bar, Richard de Chaumont, Anseau, sire de l'Ile, et plusieurs autres vaillants chevaliers

surent le succès du comte de Bretagne, ils dési-
rèrent vivement en faire autant que lui et s'apprê-
tèrent au départ, sans l'avis du roi de Navarre ni
de personne.

Leurs préparatifs terminés, ils chevauchèrent
pendant toute une nuit, et arrivèrent le matin
près de la cité de Zara, dans un lieu sablonneux.
Des espions, envoyés par les habitants, avaient
remarqué la marche nocturne de l'armée des
comtes ; ceux-ci, tout harassés de cette marche de
nuit, ne purent soutenir l'attaque vigoureuse des
ennemis, et furent tous tués ou pris. Le comte de
Bar, hardi et preux chevalier, mourut ou fut fait
prisonnier : on ne put jamais le retrouver. Le
comte de Monfort et plusieurs nobles chevaliers
furent traînés en prison. Il n'est pas étonnant que
Dieu ait permis cette défaite : ces seigneurs, comme
beaucoup de chevaliers le font encore, avaient
en vue, dans cette entreprise, les vains honneurs
chevaleresques plutôt que la vraie délivrance de la
Terre sainte, but de leur voyage ; de plus, ils
manquèrent aux premières règles de la sagesse et
de la prudence, en méprisant le conseil de leurs
compagnons d'armes ; leur mort, triste conséquence de leur folie, doit être considérée comme
un juste châtiment du ciel.

En ce temps, le comte Richard de Cornouailles,
frère d'Henri, roi d'Angleterre, vint se joindre à
l'armée des chrétiens. Le découragement y était si

grand qu'on pensait à s'en retourner, mais pour
l'honneur de la croisade, le comte voulut au moins
amener les Sarrazins à rendre les captifs et à conclure une trève acceptable ; il parvint même à
obtenir un sauf-conduit pour l'armée chrétienne
jusqu'à la ville sainte de Jérusalem, afin d'y visiter
le temple et le saint sépulcre de Notre-Seigneur
Jésus-Christ. Ainsi la croisade des barons de
France n'aboutit à rien sur la terre d'outre-mer.
Le comte Amaury de Montfort, après sa sortie de
prison, s'en revint par Rome pour visiter le tombeau des saints apôtres Pierre et Paul ; mais y
étant tombé malade, il y mourut et fut enterré
très-honorablement dans l'église des saints Apôtres.

CHAPITRE XVI

A peu près à la même époque (1242), survint une grande dissension entre Rome et l'empereur Frédéric. L'hostilité de l'empereur contre l'Église n'avait plus de bornes, et les persécutions dont il accablait le clergé fidèle étaient devenues intolérables. Le pape Grégoire IX l'excommunia et envoya en France, en qualité de légat, un moine blanc, Jacques, évêque de Preneste, avec mission de publier par tout le pays l'excommunication de l'empereur. Celui-ci ne tint aucun compte de la publication de la bulle. Le légat réunit alors un certain nombre d'archevêques et d'évêques dans la cité de Meaux, pour se concerter avec eux à ce sujet. A la fin de la réunion, au nom de l'obéissance due au Saint-Siége, il leur commanda de le suivre à Rome. Un vaisseau tout appareillé les at-

3*

tendait à Nice pour leur offrir par mer une voie plus
sûre que par terre, où les passages étaient gardés.
Informé du voyage des prélats français, l'empereur
manda au roi de France Louis qu'il ne permettrait
de se rendre à Rome à aucun membre de l'Église
de France, soit par terre, soit par mer, en compagnie du cardinal. Puis il commanda à ses gens
la plus grande surveillance, nuit et jour, de tous
les passages de terre et de mer. Personne ne pouvait les franchir sans son autorisation. Les prélats
consentirent quand même à suivre le légat ; ils
arrivèrent à Nice pour s'y embarquer. Le voyage
avait été long, les fatigues et les dépenses exces-
sives. Quand les prélats virent quelques vaisseaux
et un petit nombre d'hommes d'armes seulement
pour les garder et les défendre contre les gens de
l'empereur, ils redoutèrent excessivement d'entrer
en mer. Les archevêques de Tours et de Bourges,
l'évêque de Chartres et un grand nombre de docteurs venus avec eux, rebroussèrent chemin à la vue
du péril. Les autres, accomplissant la maxime de
l'Évangile : « Ne craignez pas ceux qui tuent le
corps et ne peuvent tuer l'âme, mais craignez plutôt
celui qui peut envoyer l'âme et le corps en enfer »,
les autres prirent la mer avec le cardinal et bra-
vèrent le péril du corps pour mériter le salut de
l'âme.

L'empereur Frédéric avait chargé Mainfroy, son
fils naturel, de garder la mer, de jour comme de

nuit, avec un grand nombre de vaisseaux bien
armés. Celui-ci aperçut, longeant la rade de Pise,
les navires qu'il guettait, et, courant sur eux avec
ses gens, il s'empara par violence du légat et des
prélats qu'il envoya dans diverses prisons de l'empereur son père. Les prélats étaient toujous incarcérés, quand le pape Grégoire succomba sous le
poids de ses tribulations. Célestin III, son succes-
seur, mourut lui-même dix-sept jours après son
avénement.

Le siége pontifical resta ensuite vacant pendant
l'espace de vingt-deux mois, et durant ce temps,
les prélats furent maintenus en prison.

CHAPITRE XVII

COMMENT LE ROI DE FRANCE LOUIS MANDA A L'EMPE-
REUR FRÉDÉRIC DE LUI RENDRE LES PRÉLATS DE SON
ROYAUME.

L'ÉGLISE de Rome privée de tout secours humain, les prélats de son royaume tenus en
prison par l'empereur Frédéric, c'était plus qu'il
n'en fallait pour remplir d'indignation le cœur
du bon et saint roi Louis. Il envoya donc aussitôt
l'abbé de Corbie avec un de ses chevaliers, Gervais
de Cresnes, pour supplier l'empereur de vouloir
bien, par amitié pour lui, délivrer les prélats de
son royaume qu'il tenait incarcérés. Frédéric
écouta les prières et la requête du roi Louis, mais
sans y donner suite ; au contraire, il fit rassembler
tous les prélats captifs et les dirigea sur la cité de
Naples. Puis il répondit au Roi par ses messagers : « Que votre royale majesté ne s'étonne pas
si César tient étroitement et dans l'angoisse ceux

qui venaient pour mettre César dans l'angoisse. »
Ces paroles de l'empereur montrèrent au roi Louis
qu'il ne fallait plus compter sur les prières ; il lui
adressa donc, par l'entremise de l'abbé de Cluny,
la lettre suivante :

« Nous espérons que, pour longtemps encore,
» il n'y aura aucun sujet de querelle, de procès
» ou de haine entre notre royaume et votre em-
» pire. Nos prédécesseurs sur le trône de France
» ont toujours aimé et honoré le haut et saint em-
» pire romain comme la première puissance de
» l'univers, mais nous restons fidèles aux tradi-
» tions de nos devanciers, tandis que vous rompez,
» comme il nous semble, l'amitié et l'union qui
» procurent la paix et la concorde. Vous retenez
» dans vos prisons nos prélats, qui se rendaient à
» Rome par foi et par obéissance, pour exécuter
» l'ordre du Pape ; vous les avez fait saisir sur
» mer : c'est une action que nous ne pouvons
» comprendre et qui nous affecte profondément.
» Comme leurs lettres le déclarent, ils n'avaient,
» soyez-en persuadé, aucune intention hostile
» contre votre autorité. Or, n'est-il pas juste que
» puisqu'ils n'ont rien à se reprocher, Votre Majesté
» leur ouvre les portes et les laisse libres de re-
» venir dans leur pays ? Mettez dans la balance de
» l'équitable jugement ce que nous vous mandons,
» pesez-le et ne retenez pas plus longtemps ces
» prélats par force, car le royaume de France n'est

» pas encore si affaibli qu'il se laisse guider par
» vos éperons. »

Le ton de la lettre du roi Louis inquiéta l'empereur; il lui rendit les prélats de son royaume, dans la crainte de le courroucer, mais ce fut contre son gré.

CHAPITRE XVIII

EN l'an de l'Incarnation 1241, le roi Louis rassembla à Saumur un grand nombre d'archevêques, d'évêques et de barons de son royaume, et créa chevalier son frère Alphonse, marié tout récemment à Madame Jeanne, fille du comte de Toulouse.

A l'occasion de ce mariage le Roi avait donné à son frère Alphonse le comté de Poitiers et les terres d'Auvergne et d'Albigeois. Merveilleuse et splendide fut la fête; les barons et les chevaliers s'étaient revêtus de robes de samit et de soie; chacun avait prodigué l'or et l'argent pour contribuer de son mieux à l'éclat de la représentation.

Quand tout fut terminé, le Roi requit le comte de la Marche de faire à son frère Alphonse, comte de Poitiers, hommage de la terre qu'il tenait de lui. Mais ce dernier, gonflé d'orgueil et s'appuyant sur un roseau brisé tel que le roi Henri d'Angleterre dont il avait épousé la mère, répondit par un refus et donna pour raison qu'il voulait guerroyer contre le Roi. Louis fut extrêmement irrité de cet affront fait en public; mais comme il n'était pas prêt pour le combat, il s'éloigna brusquement et revint à Paris.

En cette même année, le second jour de mars, la reine Marguerite accoucha d'une fille, qui eut nom Isabelle.

CHAPITRE XIX

COMMENT LE ROI DE FRANCE GUERROYA CONTRE LE
COMTE DE LA MARCHE ET LE ROI D'ANGLETERRE.

E comte de la Marche ne douta pas que le
roi de France ne vengeât son injure par
la guerre. Il s'embarqua donc aussitôt pour l'Angleterre et alla trouver le roi Henri [1] qu'il voulait
entraîner dans son projet de révolte contre le roi
Louis. Les motifs de haine ne manquaient pas.
Henri se rappelait sa propre déchéance, la saisie
de ses biens par le roi de France, la ruine et le
déshonneur jetés sur sa famille; c'en était assez
pour le décider à prêter main-forte au comte de la
Marche.

En ce moment, un grand nombre de barons
d'Angleterre se préparaient à la croisade. Henri

---

[1] On se rappelle que la mère du roi Henri III avait épousé
en secondes noces le comte de la Marche.

les fit haranguer par un frère mineur d'une illustre famille et occupant un rang considérable à la cour. Ce frère leur persuada de renoncer à leur guerre de Terre sainte pour se liguer contre le roi de France qui voulait saisir les terres du comte de la Marche, sans droit et sans raison ; il rappela que le roi Jean avait ainsi perdu la Normandie, et beaucoup de barons d'Angleterre les riches possessions qu'ils y avaient. Ces paroles, dites au nom du Roi, reçurent un accueil favorable de la part des barons, ils jurèrent de le suivre et de ne point l'abandonner pendant toute la durée de la guerre.

Les préparatifs commencèrent aussitôt. Pendant que l'on recrutait des troupes en Allemagne et en Norwége, on garnissait les vaisseaux d'armes, de chevaux, de vins et de vivres. Le Roi, accompagné de ses chevaliers, gagna bientôt les rivages de France, et la comtesse de la Marche, sa mère, accourue au devant de lui, l'embrassa en lui disant : « Beau fils, c'est bien à vous de venir secourir votre mère et vos frères contre les enfants de Blanche d'Espagne, qui veulent nous accabler et nous fouler aux pieds. Mais, s'il plaît à Dieu, les choses n'iront pas à leur gré. »

De son côté, le Roi de France ne resta pas inactif. Le royaume était tout en mouvement. Les pairs de France furent convoqués au Parlement de Paris et le Roi leur posa cette question : Que

doit-on décider du vassal qui veut tenir sa terre
sans suzerain et qui refuse la foi et l'hommage
rendus par ses devanciers ?

Les pairs répondirent que le Roi devait considérer les terres de ce vassal comme lui appartenant
et les réunir à son domaine. « Par mon nom, dit
le Roi, le comte de la Marche veut tenir ainsi sa
terre, fief de France depuis le grand roi Clovis,
qui s'empara de l'Aquitaine et de tout le territoire
jusqu'aux Pyrénées contre le roi païen Alaric. »
Ces paroles en disaient assez. Le Roi termina la
session du Parlement et ne pensa plus qu'à se
préparer à la guerre. Comme les siéges devaient
être nombreux, on convoqua tous les ouvriers
d'engins de guerre, puis, quand tout fut prêt,
l'armée se mit en mouvement et envahit les terres
du comte de la Marche. Le nombre des hommes
à pied et à cheval était si considérable que partout
où ils passaient, le pays paraissait couvert de guerriers.

On venait d'entrer dans la province de Poitou.
Le signal des hostilités fut donné par la prise d'un
château appelé Montreuil-Bonin, qui se rendit en
peu de jours, puis on attaqua la tour de Béruge,
forte par ses murailles, par sa nombreuse garnison
et par ses merveilleuses défenses de toute sorte.

Le Roi fit planter ses tentes et développer ses
pavillons, puis dresser ses pierriers et autres engins contre la tour; les assiégés opposèrent une

vigoureuse résistance, et se défendant vaillamment
soutinrent longuement les assauts des Français.
Loin de se décourager, les Français redoublèrent
d'audace et firent tant qu'ils s'emparèrent de la
tour, où il y avait quantité d'armes et de vivres.
Une fois maître de la tour, autant pour les grands
maux qu'elle avait causés à ses gens que pour ceux
qu'elle pourrait causer encore, le Roi la fit abattre
et raser jusqu'à terre.

Une fois le château de Montreuil et la tour de
Béruge en son pouvoir, le roi Louis, persuadé
que Notre-Seigneur voulait le maintien et l'affer-
missement de sa puissance, n'hésita pas à marcher
contre un autre château appelé Fontenay, gardé
par un allié du comte de la Marche, Geoffroy,
sire de Lissigny.

Ce château ne résista pas à l'assaut de l'armée
royale; il en fut de même d'une autre forteresse
appelée Vouvant, qui était occupée par des parti-
sans du comte de la Marche. Le Roi gagnant tous
les jours du terrain, la résistance devenait de plus
en plus impossible, et les meilleurs alliés du comte
allaient bientôt l'abandonner.

Voyant son armée nombreuse, forte et aguerrie,
le roi Louis s'avança vers une ville fortifiée appelée
Fontenay. Une double enceinte de murailles cou-
pée de distance en distance par d'énormes tours,
offrait une grande étendue difficile à cerner. L'assaut commença; les troupes placées à l'intérieur

se défendirent avec courage et reçurent vigoureusement l'armée du roi de France. La force de la place, l'audace des assiégés et leur prouesse dans les armes, fit réfléchir le roi Louis ; sur ses ordres on construisit des tours de bois à la même hauteur que les murailles pour permettre à ses gens de lutter avec plus d'avantage ; on disposait en même temps les pierriers et autres engins. L'armée royale accablait ainsi de tous côtés les soldats et les murailles ; mais les assiégés ne perdirent point courage et soutinrent noblement l'assaut des troupes françaises.

Au milieu de la mêlée, un arbalétrier tira un carreau (flèche) qui blessa au pied le comte de Poitiers, frère du Roi. Le sang coula en abondance, et le Roi, très-courroucé de cette audace, fit pousser le siége avec plus d'énergie encore. Les chevaliers de France, nobles et courageux combattants, cernèrent complétement le château selon le commandement du Roi, puis donnèrent l'assaut de toutes parts, et se conduisirent si vaillamment qu'au bout de quelques jours la garnison de la place fut forcée de se rendre. Au nombre des prisonniers était un fils bâtard du comte de la Marche, quarante et un chevaliers, quatre-vingts sergents et une foule d'autres soldats. Le Roi donna ordre de diriger une grande partie des prisonniers sur Paris et dans d'autres lieux de son royaume, et de les tenir étroitement surveillés ;

puis il fit raser jusqu'à terre le château et les murs de la ville.

Les rapides succès du roi de France remplirent de rage l'âme de la comtesse de la Marche. Convaincue que son mari ne triompherait jamais dans cette guerre, elle eut recours à un moyen aussi perfide que déloyal. Elle manda deux hommes, ses serfs, et leur fit les plus belles promesses pour les décider à empoisonner le roi de France et ses frères; ces hommes reçurent de sa bouche la promesse d'avoir de grands biens, et même d'être faits chevaliers en cas de succès. Ils consentirent à se charger de cette infâme mission. La comtesse leur remit une fiole de poison tout préparé qu'il suffisait de verser sur des viandes ou dans du vin pour faire mourir aussitôt celui qui y goûterait.

Les deux serfs partirent et arrivèrent à l'armée du roi de France, déguisés en mendiants. Ils s'approchèrent du côté des cuisines et s'y tinrent avec tant de persévérance, que les cuisiniers chargés de la garde des viandes remarquèrent leurs allures suspectes. On les espionna et les deux misérables furent saisis en flagrant délit, au moment où ils versaient le poison dans un plat destiné à la table royale. On demanda au Roi ce qu'il fallait en faire; « qu'ils reçoivent, répondit-il, le présent qu'ils venaient m'apporter. » On les mena aux fourches, où ils furent pendus.

La comtesse apprit que ses hommes avaient été convaincus de leur crime et pendus. Ce fut pour elle une profonde douleur. Saisissant un poignard, elle se serait donné la mort sans l'intervention de ses gens, qui arrivèrent assez tôt pour l'en empêcher. Elle en eut toutefois une crise de rage qui lui occasionna une longue maladie.

Cet incident, auquel d'ailleurs le Roi devait s'attendre, ne ralentit pas les succès de son armée. A chaque pas elle se signalait par une nouvelle victoire, tant le pays était hérissé de forteresses. Un certain seigneur de Rochefort, allié du comte de la Marche, essaya de résister dans son château de Villers, mais pour punition de sa témérité et de sa perfidie, il eut le chagrin de voir ses murailles abattues de fond en comble. Après Villers, les châteaux de Preic et de Saint-Gelas eurent le même sort. Quant au château de Tannay, assis sur les bords d'une rivière, le Roi jugea que c'était une bonne position à conserver, et, après s'en être emparé, il le garnit de troupes.

Dieu dirigeait visiblement tous ses actes et conduisait son armée. Dans les contrées protégées par des châteaux les habitants se tournaient quand même de son côté; ils étaient tenus suffisamment en respect par le peu de troupes qu'il laissait derrière lui.

On approchait cependant du gros de l'armée ennemie, massée dans les environs de Saintes, et le Roi avait hâte de la joindre. Il s'arrêta encore à un château appelé Nantas, protégé par une forte tour carrée qui fut rasée après le siége, puis à une forteresse appelée Choran. Les assiégés, saisis de crainte à la vue de la nombreuse armée du Roi, préférèrent renoncer à la lutte plutôt que de braver sa colère et son ressentiment; ils accoururent sans armes lui présenter les clefs du château.

Ces fréquentes escarmouches retardèrent à peine la marche de l'armée. Le Roi arriva avec ses troupes près d'un marais, dominé par la cité de Saintes, où le roi Henri d'Angleterre s'était établi.

On convint de ne pas traverser de l'autre côté. Le jour suivant, qui se trouvait être la veille de la Madeleine, le Roi se porta vers Taillebourg, château appartenant à Geoffroy de Rancone et bâti sur la rivière de Charente; l'armée reçut ordre de camper sur le bord de la rivière. On apercevait à la rive opposée, l'armée ennemie, le roi d'Angleterre, Richard son frère, comte de Cornouailles, le comte Hugues de la Marche, Simon de Montfort, le comte de Lincester et une grande quantité de chevaliers, arbalétriers et autres gens armés en guerre. L'arrivée des troupes du roi de France décida Henri à rétrograder d'une double portée d'arbalète ainsi que tous les siens; il craignait d'être trop rapproché de son seigneur lige le roi Louis. Les Français, profitant du mouvement de l'armée anglaise, firent aussitôt passer le pont à cinq cents sergents bien armés, puis à une foule d'arbalétriers et d'autres gens à pied. Quand le comte Richard, frère du roi d'Angleterre, vit que les Français franchissaient la rivière, il mit bas les armes et courut à eux, les priant d'appeler le comte d'Artois, Robert, pour négocier une trêve; mais celui-ci, avant d'accéder à sa demande voulut prendre d'abord l'avis du Roi et disparut dans la direction du pavillon royal. Les Anglais, ne le voyant pas revenir, furent saisis de frayeur et prirent la fuite du côté de Saintes.

4

CHAPITRE XX

COMMENT LE ROI LOUIS COMBATTIT LE ROI HENRI D'ANGLETERRE DEVANT LA CITÉ DE SAINTES

LE lendemain de la fête de la Madeleine [1], le roi Louis et son armée passèrent la rivière de Charente sur le pont qui se trouvait en face du camp; puis aussitôt que quelques cavaliers furent de l'autre côté, le Roi donna ordre à ses fourriers de courir vers la cité de Saintes. Un enfant, apercevant cette course effrénée, se hâta d'en prévenir le comte de la Marche, campé dans un faubourg de la ville avec tous ses gens, en face de l'armée des Français. Sur le champ, le comte de la Marche et ses trois fils s'étant armés, ainsi qu'un grand nombre de chevaliers anglais et gascons, ils se portèrent contre les fourriers du roi de France et leur coururent sus. Mais il n'en ré-

[1] Le 23 juillet.

sulta pour eux aucun avantage, car le comte
Alphonse de Boulogne, les ayant vu mêlés aux
fourriers, les chargea le premier, lui et ses gens.

A cette première attaque fut tué le châtelain de
Saintes, qui portait l'oriflamme du comte de la
Marche.

Les Français, indignés d'être assaillis les premiers par les Anglais, s'élancèrent aussitôt sur eux
et les deux Rois avec toute leur armée se serrèrent
de près. Merveilleuse et grande fut la bataille,
considérable le massacre des hommes; le combat
dura fort longtemps âpre et rude, mais au dernier
moment les Anglais ne purent supporter l'assaut
des Français et commencèrent à lâcher pied. A
cette vue le roi d'Angleterre, saisi de stupeur, fit
un mouvement en arrière pour gagner la cité de
Saintes; les Français de leur côté profitèrent de
cet avantage pour harceler pied à pied leurs ennemis, les tuant en grand nombre ou les faisant
prisonniers. Vingt-deux chevaliers, quatre hauts
personnages clercs et nobles, cent-vingt sergents
d'armes tombèrent dans les mains des Français en
cette circonstance.

Le roi Louis rappela ses gens qui poursuivaient
avec trop d'acharnement les gens du roi d'Angleterre; il arrêta le pillage et se borna à diriger les
captifs sur différentes localités de son royaume.
La nuit qui suivit cette bataille, le roi d'Angleterre et le comte de la Marche s'enfuirent de la

cité de Saintes avec tout le reste de leurs gens et laissèrent le château complétement inoccupé. Le lendemain matin, les habitants de Saintes vinrent offrir au roi Louis les clefs de la ville et du château ; il en prit possession et y laissa une garnison de quelques hommes.

Ainsi le roi de France conquit une grande partie des terres du comte de la Marche, mais il perdit beaucoup de bons chevaliers et de vaillants soldats, victimes de la grande chaleur qui corrompit l'air et engendra des maladies.

Le mardi après la fête de saint Jacques [1], Renaud, sire de Pons et allié du comte de la Marche, épouvanté de la puissance du Roi et de la grande victoire que Dieu lui avait donnée, se rendit auprès de lui au village de Colombiers, situé à une lieue de Pons, et fit publiquement son hommage au comte de Poitiers. En ce même jour, Hugues, fils aîné du comte de la Marche, armé chevalier quelques années auparavant par le roi Louis, se présenta pour traiter de la paix aux conditions suivantes : toutes les terres conquises sur les possessions du comte de la Marche, de sa femme et de ses enfants, resteraient au pouvoir du Roi ; ledit comte lui donnerait en sus les trois châteaux forts qu'il possédait à Mespin, à Crosan

---

[1] Saint Jacques le Majeur, 25 juillet.

et à Haquardi dans lesquelles le Roi aurait garnison entretenue aux frais et dépens du comte.

Le Roi retint ledit Hugues en otage jusqu'au lendemain, jour où le comte de la Marche devait venir ratifier définitivement les propositions faites par son fils. La dignité, le calme exempt de haine et de vengeance, dont on fit preuve dans ces débats, décidèrent le comte à se rendre lui-même en présence du Roi accompagné de sa femme et de ses deux autres fils récemment créés chevaliers par le roi d'Angleterre. Ils se mirent à genoux tout en pleurs et se prirent à crier hautement : « Roi très-débonnaire, pardonnez-nous, calmez votre colère et votre ressentiment ; ayez pitié de nous, car nous reconnaissons avoir agi envers vous avec malice et orgueil. Sire, selon la grandeur de votre miséricorde, pardonnez-nous nos méfaits. » A ce spectacle, la miséricorde l'emporta sur la colère dans l'âme du Roi, il fit signe au comte de se lever et lui pardonna libéralement son indigne conduite. Puis, le comte de la Marche, sa femme et ses enfants jurèrent de tenir désormais en toute loyauté les susdites conditions envers le Roi et le comte de Poitiers et de leur faire le service que leurs fiefs comportaient. Mais, pour éviter un nouvel outrage, le comte de Poitiers fit occuper par ses gens les châteaux conquis sur le comte de la Marche et que le Roi lui avait donnés en fief. A l'occasion de ce traité, le Roi s'attribua encore les hommages de Regnaut, sire de Pons, de Geoffroy de Ranconne et du comte d'Eu, pour les terres qu'ils avaient en Poitou, ainsi que l'hommage de Geoffroi de Lusignan pour les châteaux de Mervent et de Vouvent qu'il tenait du comte de la Marche [1].

Le 1er août, jour de la fête de saint Pierre, le roi Louis campa dans les prés de Pons, au delà de la ville; deux seigneurs des environs, les sires de Mirabeau et de Mortaigne, vinrent lui faire leur soumission. C'était dans le château de ce dernier que le roi d'Angleterre, suivi de sa femme et de ses gens, avait séjourné à son arrivée. Ces deux seigneurs ainsi que plusieurs autres firent hommage au Roi et à son frère, le comte de Poitiers, de ce qu'ils tenaient jusqu'à la Gironde. Ce jour même, le roi d'Angleterre et son frère, le comte Richard, étant à Blaye, apprirent que le roi de France venait à leur rencontre; ils firent alors passer la Gironde à leurs gens et se retirèrent à Bordeaux. Le roi d'Angleterre cherchait le moyen d'apaiser son ennemi victorieux; le roi de France avait, lui disait-on, le projet de soumettre la Gascogne à son pouvoir, et c'était pour lui un sujet de crainte

---

[1] L'original du traité est au Trésor des Chartes (J. 170). Édition Teulet, I, p. 12. — Il y est dit que le Roi supprima une rente de 5,000 livres tournois qu'il servait chaque année au comte de la Marche.

et d'épouvante. Henri envoya des messagers au
roi Louis avec une proposition de trève, mais ce
dernier refusa, malgré les prières de plusieurs de
ses gens ; puis, ayant réfléchi en lui-même que
jamais cœur endurci ne faisait son salut, il se
laissa fléchir et accorda au roi d'Angleterre une
trève de cinq ans.

CHAPITRE XXI

NAISSANCE DU PREMIER FILS DU ROI.

En l'an 1244, le dix-septième du règne et le vingt-huitième de l'âge du Roi, son épouse Marguerite lui donna un fils. Aussitôt après la naissance de l'enfant, le Roi fit mander Guillaume, évêque de Paris, et Eudes Clément, abbé de Saint-Denis, le premier pour baptiser l'héritier du royaume et l'abbé pour le tenir sur les fonts du baptême. Il voulut que l'enfant s'appelât Louis comme lui-même. Des messagers annoncèrent par tout le royaume la nouvelle de la naissance du fils du Roi, nouvelle qui remplit de joie et d'espérance le cœur des Français.

CHAPITRE XXII

COMMENT INNOCENT IV FUT PAPE ET DE LA MALADIE QUE
LE ROI LOUIS EUT A PONTOISE.

IL a été dit ci-dessus qu'après la mort de Célestin, le siége de Rome fut vacant pendant
l'espace de vingt-deux mois entiers. Malgré la
situation critique de la sainte Église, les cardinaux parvinrent à se réunir en conclave et élurent,
sous le nom d'Innocent IV, Sinibalde de Fiesque,
prêtre et cardinal de Saint-Martin-au-Mont. Ce
pape vint aussitôt en France, le séjour de Rome
lui étant impossible à cause des persécutions de
l'empereur Frédéric.

On était alors en l'année 1244. Un peu avant
l'arrivée du pape à Lyon, le roi Louis tomba
malade d'une forte fièvre et d'un flux de ventre,
au mois de décembre, le jour de la fête de sainte
Luce. Cette maladie le retint longuement à Pontoise. Dans tout le royaume l'inquiétude était à

son comble. Les archevêques, évêques, abbés et barons, s'apitoyant sur leur Roi, vinrent en toute hâte à Pontoise et attendirent pendant plusieurs jours ce que la Providence voudrait ordonner de lui. La maladie croissant de jour en jour, ils ordonnèrent des prières pour fléchir la volonté de Dieu et obtenir le rétablissement de la santé du Roi. Dans toutes les églises cathédrales on exhorta les fidèles à faire des aumônes, des prières, des processions. Mais la maladie, loin de se ralentir, ne fit qu'empirer; pendant une journée entière les médecins conçurent des craintes sérieuses pour la vie du Roi.

Le pape Innocent apprit cette triste nouvelle à son arrivée à Lyon. Ce fut pour lui un surcroît de douleur et d'embarras; si le roi de France venait à mourir, il perdait le seul défenseur de l'Église au temps où elle était le plus en proie aux flots et à la tempête soulevés contre elle par l'empereur Frédéric. Mais la Providence, qui commande aux vents et à la mer, fut touchée des prières des fidèles et ne voulut pas priver l'Église ni le royaume de France du soutien qui lui était nécessaire. La violence de la maladie se ralentit.

Dès la plus légère amélioration, le Roi, ayant retrouvé sa connaissance, fit vœu de prendre la croix pour aller outre-mer aussitôt qu'il serait remis en santé.

Cependant tout danger n'était pas conjuré, au

dire des médecins ; le Roi et la reine Blanche demandèrent à l'abbé de Saint-Denis de retirer des caveaux le corps du glorieux martyr saint Denis et ceux de ses compagnons saint Rustique et saint Eleuthère, protecteurs du royaume de France. On espérait qu'en exposant aux yeux du peuple ces précieuses reliques, on obtiendrait des prières plus ferventes qui attireraient encore plus promptement les grâces du ciel pour le rétablissement du Roi.

L'abbé de Saint-Denis s'empressa d'accéder à ce désir ; il donna des ordres pour qu'on disposât l'église et le monastère suivant l'usage des fêtes les plus solennelles. Les murailles furent tendues de draperies de soie et d'or, des cierges furent allumés à profusion sur les autels. On voulait que l'exposition des corps saints eût lieu avec toute la pompe nécessaire.

Les populations de Saint-Denis et de Paris apprirent bientôt qu'il allait y avoir une magnifique cérémonie en l'honneur des glorieux martyrs; aussi, le jour de la fête, il y eut foule dans l'église et dans la ville.

Les corps saints furent retirés des caveaux par les évêques de Noyon et de Meaux assistés de l'abbé de Saint-Denis, puis la procession commença à se mettre en marche dans les cloîtres de l'abbaye. Les moines suivaient la procession nu-pieds, versant d'abondantes larmes et pouvant à peine chanter, tant ils étaient affectés douloureusement de la maladie du Roi.

Notre-Seigneur, qui ne méprise pas les cœurs humbles et contrits, les exauça bientôt; à partir de ce jour, le Roi se porta mieux et fut promptement guéri par les prières du glorieux martyr saint Denis et de ses compagnons.

La maladie du Roi était dans les desseins de la Providence; il en résulta beaucoup de bien, comme par exemple, le secours à la terre d'outre-mer, quand il prit la croix, et les améliorations qu'il fit en son royaume, ainsi qu'on le lira ci-après.

CHAPITRE XXIII

DES ÉVÉNEMENTS D'OUTRE-MER [1].

LES Tartares ayant envahi le territoire de la Turquie, y commirent de nombreux ravages sur une étendue de pays considérable. Ils s'avancèrent même en Europe jusque dans le royaume de Hongrie, y laissant, comme trace de leur passage, une famine affreuse.

Les chrétiens d'Orient furent les premiers à souffrir de cette guerre, mais ils vendaient chèrement leur vie. Un jour, parmi les prisonniers, les Tartares ayant trouvé deux chrétiens français, il leur prit fantaisie d'éprouver leur courage tant vanté dans les combats. Ils demandèrent donc à

---

[1] Le chroniqueur entre dans quelques détails sur l'état de la Terre-sainte, lorsque saint Louis entreprit sa première croisade. Ces détails sont assez vagues et incomplets, mais le plan de cette chronique ne nous permet d'y rien ajouter.

5

leurs chefs l'autorisation de les faire combattre l'un
contre l'autre, pour avoir le spectacle d'un combat
singulier où deux chrétiens s'entretueraient. On
donna donc à ceux-ci de bonnes armes et de bons
chevaux. Mais, arrivés sur le champ de la lutte, au
lieu de s'attaquer l'un l'autre, ils se ruèrent sur
les spectateurs, à coups de lances et d'épées. Une
quinzaine de Tartares furent ainsi tués, une tren-
taine grièvement blessés, et ce fut avec peine que le
reste des assistants, effrayés d'une pareille vaillance,
parvinrent à massacrer les deux combattants.

Entre autres nouvelles désastreuses de la terre
d'Orient, on apprit la destruction de Jérusalem.
Des barbares appelés Kharismins, race cruelle et
maudite, envahit la Judée ; les hommes, les
femmes, les enfants furent massacrés ; les maisons
de la ville et les églises du saint Sépulcre furent
violées et souillées du sang des chrétiens.

Ainsi s'accomplit de nouveau la prophétie de
David : « Seigneur, une race cruelle a pénétré sur
tes terres et dans tes temples ; ils ont souillé d'or-
dures tes églises et massacré tes guerriers ; les
cadavres sont devenus la proie des oiseaux et des
bêtes sauvages ; leur sang a coulé comme de l'eau
autour de Jérusalem et leurs corps sont restés sans
sépulture. »

Déjà ces barbares avaient décimé les chrétiens et
les chevaliers, templiers et hospitaliers, à Gaza.
On redoutait qu'en peu de temps, ne fussent détruits

par eux, les établissements chrétiens d'outre-mer qui avaient coûté tant de sacrifices et de travaux.

Ces tristes événements hâtèrent encore les préparatifs de la croisade que le pieux Roi avait décidée en son âme pendant sa grave maladie de Pontoise.

CHAPITRE XXIV

Le dernier jour d'avril 1245, veille de la fête des apôtres saint Jacques et saint Philippe, la reine accoucha d'un fils qui reçut, en mémoire de son bisaïeul le roi Philippe-Auguste, le nom de Philippe [1].

Un concile s'était réuni à Lyon, sous la présidence du pape Innocent IV, pour fulminer l'excommunication contre l'empereur Frédéric. Le Roi, désirant beaucoup profiter du séjour du Pape en France pour aller lui rendre visite, attendit la fin du concile et vint le voir à l'abbaye de Cluny. Le Roi était suivi de ses trois frères, de Madame Blanche, la reine mère, et de quantité de chevaliers.

La plus grande pompe fut déployée par les gens

[1] Il régna sous le nom de Philippe III, en 1270.

de l'escorte royale. La beauté des vêtements ,
l'éclat des armures, l'ordre merveilleux des bataillons offraient un coup d'œil magnifique. En avant
marchaient cent sergents à cheval, l'arbalète en
main ; derrière eux cent autres, vêtus du haubert,
la tête couverte du heaume et le bouclier pendu au
cou ; une troisième troupe de cent hommes était
armée de toutes armes et portait l'épée nue au
poing. Puis, venait le Roi entouré d'une foule
innombrable de chevaliers. C'est ainsi qu'il fit
son entrée dans l'abbaye de Cluny. Là, le Pape et
le Roi eurent une conférence secrète où furent
traitées les questions qui les intéressaient, puis, le
Roi se retira après avoir salué les cardinaux et
reçu la bénédiction papale.

CHAPITRE XXV

MARIAGE DE CHARLES, FRÈRE DU ROI.

En quittant Cluny, le Roi envoya une partie de ses chevaliers en Provence, avec mission d'en ramener Béatrix, fille du feu comte de Provence et sœur de la reine Marguerite. Le comte venait de mourir, et Béatrix, abandonnée à elle-même, avait à se défendre contre les troupes du roi d'Aragon, qui voulait se saisir d'elle pour la donner comme épouse à l'un de ses fils.

Quelque temps après son arrivée à la cour de France, la demoiselle consentit à épouser Charles, frère du Roi. Les cérémonies du mariage furent magnifiques. La mère de la jeune épouse, ses oncles, Pierre, comte de Savoie, Thomas, comte de Flandres, et l'archevêque de Lyon se trouvaient présents parmi la foule des chevaliers.

L'année suivante, en 1246, le jour de la Pentecôte, le Roi, au milieu d'un grand concours de barons, créa son frère Charles chevalier et lui donna les comtés d'Anjou et du Maine.

Malgré ces événements, le Roi n'oubliait pas son vœu pour la guerre d'outre-mer. Depuis sa maladie, il en parlait à toute occasion, et faisait tout son possible auprès des barons pour les engager à se croiser. Le Pape, qui s'était réservé la direction du mouvement, voyant le moment favorable, envoya à Paris Mgr Eudes de Châteauroux, évêque de Tusculum, légat en France, pour prêcher la croisade d'outre-mer.

De son côté, le roi de France réunit un grand parlement, à cette intention, pendant l'octave de saint Denis. On répondit de toutes parts aux prédications du légat et aux exhortations du Roi. Parmi les archevêques et grands barons du royaume on comptait Jean, archevêque de Reims, Philippe, archevêque de Bourges, Robert, évêque de Beauvais, Garnier, évêque de Laon, Guillaume, évêque d'Orléans, Robert, comte d'Artois, frère du Roi, Hugues de Châtillon, comte de Saint-Pol et de Blois, Gautier, son neveu; Jean des Barres, noble et preux chevalier, Pierre, comte de Bretagne et Jean, son fils; Hugues, comte de la Marche, Jean, comte de Montfort, Raoul, sire de Couci, et une foule d'ecclésiastiques et de chevaliers.

A la même époque, le Pape envoya aux armées des Tartares une ambassade composée de deux

frères mineurs et deux prêcheurs. Ces peuples
dont l'invasion devait bouleverser l'Asie offraient
un mélange de barbarie et de traditions religieuses
que le Pape voulait connaître. Il leur adressa des
lettres pour les conjurer de mettre fin aux massacres qu'ils faisaient parmi les populations chrétiennes, et les prier d'embrasser la foi catholique
et de recevoir le saint baptême. Les frères recueil-
lirent avec soin les renseignements les plus détaillés
sur les mœurs, la vie, la religion et les actes de
ces peuples.

CHAPITRE XXVI

A partir du jour où les derniers préparatifs de son départ pour la Terre sainte furent achevés, le Roi cessa de porter des robes de soie écarlate, brune ou verte, et les remplaça par de simples robes en drap de couleur noire ou foncée, comme le *camelin* et le *pers* [1]; les éperons d'or, les selles, les étriers dorés furent entièrement bannis; l'équipement ne se composa plus que d'objets unis et tout blancs. Cette modification dans les habitudes de sa personne et de sa cour produisit une notable réduction dans les dépenses, et le bon Roi, en esprit de charité, voulut que tout le produit de ces économies fût distribué aux pauvres, en plus de la somme déjà considérable que son argentier avait ordre de consacrer aux aumônes.

[1] Noms donnés au XIIIᵉ siècle à certaines étoffes de laine.

5*

Le Roi n'en continua pas moins, pour l'amour de Notre-Seigneur, à donner aux malheureux ses vêtements hors de service.

Quand le moment fut venu de partir pour la croisade, le vendredi après la Pentecôte [1], le roi Louis quitta Paris, suivi d'une nombreuse foule d'habitants qui l'escortèrent jusqu'à l'abbaye de Saint-Antoine. Avec le Roi se trouvaient messire Eudes, cardinal-évêque de Tusculum, légat en France, Robert, comte d'Artois, Charles, comte d'Anjou, frères du Roi, ainsi que beaucoup d'autres barons et prélats du royaume de France.

Son troisième frère Alphonse, qui avait aussi pris la croix, resta pendant une année avec sa mère, la reine Blanche, pour garder le royaume.

Le Roi traversa la Bourgogne jusqu'à Lyon, où le Pape séjournait encore. Il lui fit une courte visite pour le saluer et lui demander sa bénédiction.

De Lyon, il se rendit à la Roche-de-Glin [2], château fort qui domine le Rhône ; le seigneur du château avait coutume de dépouiller, soit directement, soit au moyen de droits injustes, tous les voyageurs qui passaient sur les terres environnantes. Il poussa même l'audace jusqu'à voler les gens du Roi qui marchaient en avant pour pré-

[1] 12 juin 1248.
[2] La Roche-de-Glun (Drôme).

parer le ravitaillement de l'armée. Le Roi s'empara de ce château et fit raser une partie des murailles ; puis, le seigneur rentra en possession, à la condition qu'il cesserait désormais ses brigandages.

Le Roi poursuivit sa marche sans nouvel arrêt jusqu'à Aigues-Mortes ; il monta dans son vaisseau le vendredi après la fête de saint Barthélemy l'apôtre [1], et y séjourna deux jours en attendant un vent favorable.

La comtesse d'Artois qui était enceinte retourna d'Aigues-Mortes en France et attendit pour s'embarquer le moment du départ du comte de Poitiers.

Le vendredi d'après, le Roi, à qui Dieu donna bon vent, sortit du port ; ses matelots naviguèrent si bien que le jeudi avant la fête de saint Mathieu l'apôtre [2], il aborda de nuit dans l'île de Chypre. Les barons du pays et tous les seigneurs qui l'avaient suivi lui conseillèrent de s'y arrêter tout l'hiver, autant pour attendre les vaisseaux retardataires qui viendraient encore grossir son armée que pour laisser passer la mauvaise saison. Pendant le séjour du roi de France en Chypre, le Roi, les barons et presque tous les prélats de l'île prirent la croix et se présentèrent au roi Louis, lui disant qu'ils iraient avec lui partout où ils

[1] Cette fête tombe le 24 août.
[2] Cette fête tombe le 21 septembre.

voudrait les conduire, lorsque l'hiver serait passé.

En ce temps, le soudan de Babylone [1] était à Damas, se préparant à guerroyer contre les chrétiens des pays d'outre-mer. A la nouvelle que le roi Louis de France venait de passer en Orient, il renonça à ses projets. Il craignait des défections de la part de ses voisins, car entre les trois soudans de Babylone, d'Alep et de Damas, il y avait alors grande haine. Cependant une épidémie qui sévit dans l'île de Chypre, causa des pertes sensibles parmi les pèlerins de France; ainsi moururent Robert, évêque de Beauvais, Jean, comte de Montfort, le comte de Vendôme, Guillaume de Mello et Guillaume des Barres, preux et vigoureux chevaliers, Archambaud, sire de Bourbon, Robert, comte de Dreux, et beaucoup d'autres chevaliers dont le nombre s'élevait bien à deux cent quarante. Le comte Charles d'Anjou fut lui-même fort gravement malade d'une fièvre quarte.

A cette époque, le cardinal-légat, Monseigneur Eudes, apaisa une discorde qui durait depuis longtemps entre l'archevêque de Chypre et les chevaliers de Nicosie; tous reçurent l'absolution du cardinal. La présence du Roi et de son armée fut d'ailleurs le signal d'un retour vers la foi

[1] Babylone d'Égypte ou le Caire.

catholique. L'archevêque des Grecs en Chypre, exilé comme hérétique et pour refus d'obéissance à l'archevêque latin, rentra en possession de son Église ; beaucoup d'autres Grecs excommuniés et refusant obéissance, renoncèrent aux hérésies qu'ils avaient soutenues et furent absous. Un grand nombre de Sarrasins établis dans l'île de Chypre, comme prisonniers de guerre, demandèrent et reçurent le baptême.

CHAPITRE XXVII

DES MESSAGERS TARTARES QUI SE PRÉSENTÈRENT AU
ROI LOUIS EN CHYPRE.

LE roi de France attendait toujours à Nicosie, capitale de l'île de Chypre, le reste
de l'armée des croisés. Aux environs de la fête
de Noël, il reçut une ambassade extraordinaire.
C'étaient des messagers se présentant de la part
d'Erchaltai, l'un des grands chefs des Tartares,
pour remettre au roi de France des lettres de
paix et d'alliance contre les Sarrasins. Le premier
de ces messagers, appelé David, fut reconnu par
le frère prêcheur André de Lonjumeau. Le frère
avait en effet été chargé quelques années auparavant, par le Souverain Pontife, d'une mission [1]
auprès du grand khan, roi des Tartares. Les

---

[1] Voyez ci-dessus, page 47.

ɔonnes dispositions que ces peuples avaient mon-
rées à cette époque envers les nations catholiques
ɛt principalement envers le Souverain Pontife,
ɔermirent de croire que la démarche des messa-
ʒers ne cachait aucune embûche. Le roi Louis,
ɔrt touché de cette prévenance, les reçut donc
ɪvec une visible satisfaction, et les autorisa à lui
ɗonner connaissance des lettres dont ils étaient
ɔorteurs. Voici la teneur de ces lettres :

« Par la puissance du Dieu Très-Haut, telles
ɔnt les paroles qu'Erchaltai, au nom du grand
ɔhan, roi de contrées innombrables, adresse
ɔar ses messagers au noble guerrier, au glaive
ɔe la chrétienté, victorieux défenseur de la reli-
ɔion des apôtres et de la loi de l'Évangile, au roi
ɔe France.

» Sire, que ta seigneurie et ton royaume crois-
ɛnt en grandeur, se gouvernent pendant de longues
ɪnnées, selon tes volontés équitablement accom-
ɔlies; que Dieu, par sa divine providence, t'ac-
ɔorde sa protection maintenant et toujours, qu'il
ɗaigne sauvegarder tes gens par les saintes prières
ɪes prophètes et des apôtres, amen.

» Cent mille bénédictions et cent mille saluts te
ɱandons, et par ces lettres, te prions de les agréer.
Ɗieu fasse que je te voie un jour, toi qui es un
ɡrand Roi. Veuille le haut Créateur du ciel et de
ɱ terre que nous soyons unis dans une même
ɔharité, que nous ne soyons qu'un. Apprends

par cette épître que notre plus grand désir est de travailler à l'extension de la chrétienté, ce que Dieu nous octroiera de faire avec l'aide des Rois chrétiens. Nous prions et requérons Dieu qu'il accorde la victoire aux armes des Rois chrétiens et qu'il leur soumette les adversaires de la croix par le bras du très haut-roi Louis ; que Dieu l'exauce et augmente sa grandeur aux yeux de tous. Nous voulons, par notre pouvoir et par notre mandement, que tous les chrétiens soient francs et hors de servage, quittes de tributs, de corvées, de péages et de toute autre exaction, qu'ils soient en honneur et en respect, et que nul ne touche à leurs possessions. Nous voulons que les églises détruites soient rebâties, que l'on sonne en liberté les cloches et les crécelles, et que nul ne s'enhardisse jusqu'à empêcher les chrétiens de prier en paix et de bon cœur pour notre royaume.

» Que Dieu nous conserve la vie en ce temps afin de nous permettre de défendre et glorifier la foi chrétienne. Nous avons adressé ces paroles par l'intermédiaire de nos honorables hommes Sabedin, Moriffat, David et Marc, chargés par nous de te faire connaître les sentiments qui nous inspirent. Daigne accepter nos lettres et nos paroles car elles sont vraies. Que celui qui est roi du ciel et de la terre accroisse ta hautesse. Qu'aucune différence ne soit entre le Latin et le Grec, l'Arménien, le Nestorien, le Jacobin et tous ceux qui adorent la croix. Nous requérons le grand Dieu qu'il ne les divise pas entre eux et qu'ainsi nous soyons tous unis, que sa pitié et sa débonnaireté soient et durent sur tous les chrétiens.

» Donné en février. Qu'il en soit ainsi avec la permission de Dieu. »

CHAPITRE XXVIII

UELQUE temps auparavant, le roi de Chypre avait reçu des lettres dont le contenu se rapportait à celles du roi des Tartares, et qui furent communiquées au roi Louis. La copie de ces lettres, ainsi que de celles du grand khan, fut confiée aux soins du légat Eudes et expédiées au pape Innocent IV. Voici la teneur des lettres adressées au roi de Chypre et communiquées au roi Louis :

« A très-haut et puissant seigneur, Henri [1], par la grâce de Dieu, Roi de Chypre, et à sa chère sœur Emmeline, la Reine, et à noble homme Jehan d'Ibelin, son frère, nous, connétable d'Arménie, salut et amour. Sachez comment je résolus

---

[1] Henri de Lusignan.

d'aller où vous savez, pour Dieu et pour le profit
de la foi chrétienne. Notre-Seigneur m'a conduit
sain et sauf jusqu'à la ville qu'on appelle Sausse-
quant. J'ai vu sur le chemin nombre de terres
étrangères; nous laissâmes l'Inde en arrière; nous
passâmes par le royaume de Bouddah et nous
mîmes deux mois à en traverser les terres. Nous
vîmes nombre de cités détruites par les Tartares;
l'importance et les richesses de ces villes, à en
juger par les ruines, dépassaient tout ce qu'on
peut imaginer. Pour traverser certaines d'entre
elles, il fallait au moins trois journées de marche.
Les massacres y furent si nombreux qu'il y eut
plusieurs monticules d'une hauteur étonnante
formés d'ossements humains [1]. Nous passâmes
un grand fleuve qui vient du lieu où l'on place le
paradis terrestre, et qui a nom Gihon [2]; son lit
est rempli de sable, et il faut l'espace d'un jour
pour aller d'une rive à l'autre. Sachez que le
peuple des Tartares est si considérable, qu'ils ne
peuvent être comptés par homme qui soit au
monde; ils sont robustes, endurcis à la fatigue et
aux privations, habiles au maniement des armes;
ils ont des faces laides et diverses, je ne pourrais

---

[1] Il est encore en usage, parmi les peuplades sauvages des
Indes, de faire des pyramides avec les ossements de leurs
ennemis.
[2] C'est l'Oxus des anciens.

vous décrire leur type ni leurs mœurs, tant ils
sont de races différentes. Nous n'avons cessé d'errer
nuit et jour, pendant huit mois ; encore ne sommes
nous pas au milieu des terres du khan, le grand
roi des Tartares. Nous avons entendu dire comme
chose certaine qu'après le trépas de Khan, roi
des Tartares, père de celui qui règne aujourd'hui
les barons et chevaliers tartares, disséminés en diverses contrées, ne mirent pas moins de cinq années
à se rassembler pour couronner le roi Khan, actuellement régnant. A peine même purent-ils être
réunis en un seul endroit, car certains étaien
dans l'Inde et dans la terre de Chata, d'autres er
Russie, d'autres dans la terre de Chastac et Tangat
pays qu'habitaient les trois rois qui vinrent à
Jérusalem pour adorer Notre-Seigneur. Les gens
de cette terre sont chrétiens. Je visitai leur église
dans laquelle j'admirai un tableau représentant les
trois rois offrant à l'enfant Jésus l'or, l'encens et la
myrrhe. Depuis l'événement des trois rois, les rois
de Tangat reçurent et conservèrent religieusemen
les principes de la foi chrétienne, et grâce à eux
le roi des Tartares, Khan et ses peuples, son
chrétiens maintenant. Devant leurs portes sont de
églises où l'on sonne les cloches, suivant la coutume des Latins, et les crécelles suivant la manière
des Grecs. Au matin, il vont premièrement saluer
Notre-Seigneur en ses églises, puis ils vont saluer
le roi Khan dans son palais.

Nous avons trouvé nombre de chrétiens répandus dans les terres d'Orient, nombre d'églises belles, hautes et anciennes, qui ont été pillées par les Tartares avant leur conversion au christianisme. Depuis cette époque, les chrétiens d'Orient répandus en diverses contrées du royaume, se sont présentés au roi des Tartarins Khan, actuellement régnant, lequel les reçut avec de grands honneurs, leur accorda la franchise et fit publier partout défense expresse de les molester d'aucune façon.

La religion de Notre-Seigneur n'a cependant ni pontifes, ni prédicateurs dans ces immenses contrées, et seul, le Roi, par son exemple et par ses saintes vertus, conserve parmi ses peuples la croyance en Jésus-Christ.

En la terre de l'Inde, que saint Thomas l'apôtre convertit à la foi chrétienne, se trouvait un roi chrétien ; ce prince fut victime des brigandages des Sarrasins jusqu'au moment où les Tartares, armés par la vengeance de Dieu, prirent possession de sa terre et le délivrèrent en même temps. Devenu leur feudataire, ce roi réunit son armée à celle des Tartares, combattit les Sarrasins et fit de telles conquêtes, qu'une multitude d'Indiens sont devenus ses esclaves. J'en vis plus de cinq cent mille que le Roi ordonna de vendre.

Sachez aussi que le Pape a envoyé des messagers au roi des Tartares, pour savoir s'il. était chrétien, et pour lui demander raison des massacres qu'il avait laissé commettre à ses gens sur des populations chrétiennes. Au sujet des massacres, le roi Khan répondit que Notre-Seigneur Dieu avait donné à ses ancêtres mission de parcourir le monde avec leurs soldats, pour débarrasser la terre des races maudites. Quant à sa qualité de chrétien, il répondit que Dieu la connaissait, et que, si le Pape la voulait apprécier, il devait venir en sa terre, et juger par lui-même de la croyance des Tartares. »

CHAPITRE XXIX

DES DEMANDES QUE LE ROI LOUIS FIT AUX MESSAGERS
DES TARTARES. — GOUVERNEMENT ET MŒURS DE CES
PEUPLES.

A PRÈS la lecture de ces lettres, le Roi demanda aux messagers depuis combien de temps Erchaltai avait reçu le baptême, et dans quel endroit il avait établi en ce moment sa résidence. Puis, il leur posa diverses questions sur la situation des populations tartares, sur les motifs de ce message, sur les circonstances qui leur avaient appris l'arrivée du roi de France dans les pays d'Orient.

Au dire des messagers, l'arrivée des Français vint à la connaissance du grand Khan, par l'intermédiaire du soudan de Moissac, qui est la ville autrefois appelée Ninive. Ce dernier avait reçu, du soudan de Babylone, des lettres qui mentionnaient l'approche du roi de France avec une nombreuse armée, et un commencement d'hostilités qui avait fait perdre aux Turcs une soixantaine de navires, ce qui était une fausse nouvelle. Convaincu cependant de la présence du roi de France, Erchaltai avait eu l'idée d'envoyer des messagers pour lui proposer une alliance et lui faire connaître son projet d'attaquer la ville de Bagdad, puis le calife des Sarrasins. Tel était le principal motif du message. Il conseillait aussi au roi Louis d'envahir l'Égypte en premier lieu, afin d'empêcher la jonction de l'armée du calife avec les Égyptiens.

Les messagers donnèrent ensuite au roi Louis des renseignements sur les mœurs et les usages des Tartares. Ces peuples avaient quitté leur pays depuis une période de quarante ans. Ils n'ont jamais eu ni châteaux, ni villes. Ils errent, çà et là, cherchant leur butin, campant quelque temps dans une contrée pour se reposer et nourrir leurs bestiaux, puis ils s'en vont ailleurs.

Le pays d'où ils tirent leur origine est éloigné de quarante journées de chemin de la terre où demeure Khan, le grand Roi, et où il a établi sa résidence. Cette terre porte le nom de Tartarie, d'où leur vient le nom de Tartares.

A la première sortie de leur terre, les Tartares combattirent le fils du prêtre Jean, roi de l'Inde, mirent son armée en déroute et massacrèrent tous ceux qui restèrent entre leurs mains. Depuis ce

temps, ils ont toujours formé une armée de con-
quérants, vivant à la suite de leur chef, le grand
roi Khan ; hommes, chevaux et bestiaux divers,
forment une multitude si considérable que personne ne les pourrait compter. Ils ne couchent
que sous des tentes, pour garder leurs troupeaux
au pacage ; ils n'ont ni orge, ni paille, ni aucune
chose qui puisse suffire à la nourriture de ces
troupeaux. Les capitaines envoient devant eux des
fourriers qui parcourent les contrées et les sou-
mettent à leur pouvoir ; ils restent toujours sous
la domination directe du grand Roi. A son décès,
pour la succession au trône, les capitaines ont le
droit de choisir, selon leur volonté, un des neveux
ou des fils du roi défunt.

Les messagers ajoutèrent que le roi Khan,
actuellement régnant, était né d'une mère chrétienne, fille, elle-même, du prêtre Jean, roi de
l'Inde. Sur les exhortations de sa mère, un saint
évêque, nommé Malassias, lui donna le baptême,
ainsi qu'à dix-huit fils de rois, à des capitaines et à
beaucoup d'autres personnages ; cependant, un
grand nombre d'entre eux refusèrent d'être chrétiens. Erchaltai, notre maître, ajoutèrent-ils, est
chrétien depuis longtemps, il n'est pas issu de
royale lignée, mais il est originaire de Perse oùil
occupe un rang élevé.

Le roi Louis demanda ensuite aux messagers
pourquoi le duc Bachon avait si mal reçu les

6

envoyés du Pape, chargés de présenter leurs hommages au roi Khan. Ils répondirent en déclarant que Bachon était païen et s'entourait de conseillers sarrasins ; qu'il n'avait, d'ailleurs, jamais eu qualité pour traiter avec les étrangers, puisqu'il se trouvait sous l'autorité d'Erchaltai.

Le Roi désira aussi savoir si le soudan de Moissac, ou Ninive, était chrétien. Les messagers répondirent qu'il était fils d'une femme chrétienne, qu'il aimait de cœur les chrétiens, qu'il observait leurs fêtes et n'obéissait en rien à la loi de Mahomet ; à la première circonstance favorable il se déciderait, croyait-on, à embrasser la foi chrétienne. En dernier lieu, les messagers assurèrent que le nom du Pape était déjà très-célèbre parmi le peuple des Tartares et qu'Erchaltai se proposait de marcher au printemps prochain, contre le calife des Sarrasins, pour venger la honte que les Sarrasins avaient infligée aux populations chrétiennes en recevant si indignement ses ambassadeurs.

CHAPITRE XXX

ES renseignements furent recueillis avec intérêt. Le roi Louis trouva bon d'envoyer des
messagers spéciaux à Erchaltai et au Roi Khan;
les uns devaient se présenter à Erchaltai et revenir
après avoir reçu audience, les autres devaient
poursuivre leur route jusqu'à la demeure du Roi
et lui offrir les présents de leur maître. Le roi
Louis voulait faire un présent digne de lui et
agréable au roi des Tartares. Il demanda à ce
sujet aux messagers, si leur maître recevrait avec
plaisir une chapelle d'écarlate vermeille, et, sur
leur réponse affirmative, il en commanda une qui
pût rivaliser, par sa richesse, avec les splendides
tentures de l'Asie. Les quatre panneaux ou rideaux
de velours de soie qui protégeaient la chapelle,
étaient rehaussées par des bas-reliefs en broderie

d'or et d'argent, représentant les scènes les plus touchantes de la vie de Notre-Seigneur sur cette terre. Le roi Louis s'occupa tout spécialement des sujets et des objets qui composaient l'ornementation de la chapelle, afin d'exciter dans le cœur du roi des Tartares le respect et la dévotion à la foi chrétienne. Il envoya aussi au roi Khan et au prince tartare Erchaltai du bois de la vraie Croix; à tous ces présents, il joignit dans ses lettres de vives exhortations pour les engager à aimer et servir comme ils le devaient Notre-Seigneur Jésus-Christ, qui leur avait fait la grâce de les appeler à sa foi, et à toujours persévérer de mieux en mieux dans son amour.

Messire Eudes de Châteauroux, cardinal et légat de l'Église de Rome, écrivit aussi au roi Khan, à sa mère, à Erchaltai, aux prélats et barons des Tartares. Sa lettre leur annonçait que l'Église romaine les recevait volontiers comme ses chers fils. On était fort joyeux, disait-il, de les voir entrer dans la grande famille chrétienne; on avait tout lieu d'espérer qu'ils resteraient fermement attachés à l'Église de Rome, comme les autres chrétiens. Il recommanda particulièrement aux prélats d'exercer leur ministère en évitant toute hérésie, et de conserver la doctrine de l'Église dans toute sa pureté, selon les déclarations des quatre premiers conciles généraux approuvés par l'Église de Rome.

Les messagers envoyés aux Tartares par le roi Louis furent frère André de Lonjumeau, deux autres frères de son ordre et deux clercs. Deux sergents d'armes les précédaient. Le huitième jour des calendes de février, ils partirent de Nicosie, où le roi Louis résidait. Frère André, désigné comme chef de l'ambassade, donna bientôt des nouvelles au roi Louis de l'accueil qu'on lui fit, et des difficultés du voyage. On conserva ses lettres, qui furent envoyées en France à la reine Blanche.

CHAPITRE XXXI

COMMENT LE SOUDAN DE BABYLONE COMMENÇA LES
HOSTILITÉS CONTRE LES CHRÉTIENS.

L'ARRIVÉE du roi de France en Chypre, la prolongation de son séjour, l'importance de ses troupes, les renforts qu'il recevait de temps en temps, étaient autant d'objets d'inquiétude pour les Sarrasins. La guerre s'annonçait comme imminente pour la fin de l'hiver. Le soudan de Babylone, ennemi acharné des chrétiens, ne négligeait aucun de ces symptômes belliqueux, et se tenait au courant des moindres mouvements de l'expédition française. Son premier soin fut de chercher à se rattacher tous les chefs de la contrée avec lesquels il avait été en guerre. Parmi eux, le soudan d'Alep était le plus redoutable. Il se dirigea donc du côté de Damas en passant par Jérusalem, et gagna à sa cause le calife de Bagdad et le Vieux de la Montagne, appelé le roi des Assassins. Ces deux personnages écrivirent au soudan d'Alep pour lui demander de faire alliance avec eux et avec le soudan de Babylone, en insistant pour qu'il oubliât ses ressentiments particuliers en présence de leurs ennemis communs, les chrétiens et le roi de France. Mais la lettre n'aboutit à aucun résultat satisfaisant : la perfidie et la fausseté du soudan de Babylone étaient trop connues.

Furieux de son insuccès, il fit mettre le siége devant la cité de la Chamelle [1], possession du soudan d'Alep, et s'en vint à Damas pour passer l'hiver. Le siége traîna en longueur; la rigueur de la saison, les pluies continuelles et les fréquentes sorties des bédouins firent subir aux assiégeants des pertes sensibles. De son côté, le soudan d'Alep, apprenant que sa ville était assiégée, rassembla une armée pour la secourir. En chemin, il fut rejoint par un messager se présentant au nom du calife de Bagdad. Celui-ci, dans ses lettres, montrait au soudan les périls qui menaçaient les Sarrasins s'ils ne cessaient pas cette guerre insensée. Les chrétiens, débarqués sur une terre si lointaine pour détruire la loi de Mahomet, se réjouiraient de voir les Sarrasins se combattre et s'entre-déchirer les uns les autres, sous leurs yeux. Il fallait à tout prix abjurer ces rivalités in-

[1] L'ancienne Emèse.

testines qui compromettaient le succès de leur
cause. Le soudan fut inflexible, et déclara qu'il ne
voulait conclure aucun traité tant que le soudan
de Babylone serait sur ses terres, et que, s'il ne
levait immédiatement le siége de sa cité, il lui li-
vrerait combat le lendemain.

Le messager du calife, voyant qu'il ne pourrait
rien obtenir du soudan d'Alep, porta aussitôt ses
efforts de l'autre côté. Les gens du soudan de
Babylone, aux premières exhortations du messager du calife, quittèrent le siége de la Chamelle,
et, dans un piteux état de misère et de dépit,
revinrent à Damas, où leur seigneur était gravement malade.

Pendant ces événements, le maître du Temple
et le maréchal de l'hôpital d'Acre, avaient envoyé
des lettres au roi Louis, l'informant que le soudan
de Babylone, accompagné d'une grande armée,
occupait les environs de Gaza et préparait une
alliance avec les soudans d'Alep et de Damas, afin
de s'opposer, à eux trois, à toute tentative des chrétiens contre Jaffa ou Césarée. Le maître du Temple
ajoutait qu'un amiral de l'armée du soudan de
Babylone lui avait offert la paix de la part de son
maître, et l'avait prié de savoir si le roi Louis de
France consentirait à un traité. Ce second ren-
seignement, qu'on avait tout lieu de trouver
étrange, déplut grandement au Roi et à tous les
barons ; de pareils rapports entre chrétiens et hé-

rétiques, surtout en pleine déclaration de guerre, parurent d'autant plus compromettants, qu'au dire de plusieurs, le soudan n'avait envoyé l'amiral qu'à la requête du maître. Aussitôt, le roi Louis manda au maître du Temple de ne plus dorénavant se montrer assez hardi pour recevoir de semblables messagers sans son ordre spécial, et de ne plus conférer sur un tel sujet avec les Sarrasins.

Les habitants de Chypre qui étaient au courant des affaires de Syrie, affirmaient que jamais les Syriens, quelle que fût leur situation, ne faisaient les premiers des propositions de trève, mais qu'ils ne les acceptaient que requis avec grande instance. Or, le maître du Temple en ayant fait parler le premier, à ce que l'on disait, la condition des chrétiens s'en trouvait compromise. Cela pouvait en effet donner à entendre que, si le roi Louis demandait une trève, c'était qu'il se sentait plus faible que les Sarrasins.

D'ailleurs, la conduite du grand maître du Temple à l'égard du soudan de Babylone, ne paraissait pas très-nette aux yeux du Roi. On parlait trop de l'amitié qui existait entre eux. Suivant un bruit répandu parmi le peuple, ils se faisaient saigner en même temps et du même bras, et versaient leur sang dans une même écuelle. Les bruits de ce genre produisaient un mauvais effet parmi les chrétiens de Syrie, qui soupçonnaient le

maître du Temple d'être un ennemi dissimulé.
De leur côté, les Templiers s'efforçaient de faire
croire que cette amitié, bien loin d'être contraire
aux chrétiens, leur offrait un gage de neutralité de
la part du soudan et des Sarrasins.

CHAPITRE XXXII

*

DES MESSAGERS QUE LE ROI D'ARMÉNIE ENVOYA EN
CHYPRE AU ROI LOUIS ET DE LA DISCORDE QUI
S'ÉLEVA ENTRE LES MARINS ET LE VICOMTE DE
CHATEAUDUN.

Durant le séjour du roi Louis en Chypre, le
roi d'Arménie, informé de sa présence, lui
envoya une députation solennelle composée d'un
évêque arménien et de plusieurs grands seigneurs.
Ils étaient porteurs de riches présents et remirent
au roi de France des lettres de leur maître, qui
lui témoignaient la plus haute estime et le plus
entier dévouement. Le Roi reçut les lettres et les
messagers avec grand honneur, et quand il sut la
discorde déjà ancienne qui divisait le roi d'Arménie et le prince d'Antioche, il envoya des
ambassadeurs à l'un et à l'autre, dans l'espoir
d'amener une pacification. Sa négociation obtint

un plein succès et les deux princes envoyèrent à leur tour des ambassadeurs au roi Louis pour conclure en sa présence, à la prochaine fête de la Saint-Jean, une trêve de deux ans. Le roi Louis envoya ensuite six cents arbalétriers, pour aider à combattre les Turcs, qui ravageaient depuis long-temps la terre d'Antioche.

En ce même temps, le diable suscita sur la terre de Chypre une révolte des mariniers contre le vicomte de Beaumont. Dans la fureur de la que-relle, les arbalétriers du vicomte massacrèrent deux Génois, dont l'un était de race noble. Cet acte de cruauté fit craindre au vicomte des con-séquences funestes pour lui et pour les siens. Il prit l'avis du comte de Montfort et tenta de s'échapper en passant à Saint-Jean-d'Acre, avec un grand nombre de chevaliers. Mais le roi Louis, en apprenant cette nouvelle, intima au vicomte comme à ses chevaliers l'ordre de rester. Ce dé-part pouvait en effet désorganiser l'armée et com-promettre la cause de la chrétienté. Le vicomte persévérant malgré tout dans son dessein, le Roi essaya de lui enlever tout moyen de fuir. Il enjoi-gnit aux commandants des vaisseaux de refuser au vicomte tout moyen de transport pour lui et ses chevaliers. Il ne restait plus à celui-ci qu'une res-source, c'était de s'emparer par force d'un bâti-ment; il le fit. Sur ces entrefaites, le roi Louis amena les deux parties à un compromis. Il obtint que chacune d'elles choisît un prud'homme pour arbitre. Le Roi devait faire le troisième en personne ou par un mandataire. Mais comme les deux parties ne voulaient faire aucune concession, il était impossible d'apaiser la discorde. Elles cédèrent enfin aux instances du Roi et du légat. Le vicomte rendit le navire aux Génois, et ceux-ci s'engagèrent, sous caution de deux mille livres, à soumettre leurs différends avec le vicomte au tribunal du Roi.

Cependant, le roi Louis avait envoyé à Saint-Jean-d'Acre et en d'autres lieux, pour louer des barques et des vaisseaux. Ses messagers se rendirent à Acre, mais ne purent décider les Génois et les Vénitiens à prêter leurs vaisseaux pour un prix raisonnable. La discorde régnait partout à Saint-Jean-d'Acre. Le diable avait soulevé une grande querelle entre les Génois et les Pisans. Le maître des Génois avait été frappé d'un javelot et tué. On voyait encore les mêmes sentiments de haine se produire entre les Vénitiens et le bailli du roi de Chypre.

Une fatalité diabolique semblait faire naître de tels désordres chez ces marins, seuls propriétaires des navires et seuls capables de les gouverner. Le roi Louis fit donc tous ses efforts pour les réconcilier; il leur envoya le patriarche de Jérusalem, l'évêque de Soissons et son connétable, lesquels, à force d'adresse et de persévérance, réunirent les

7

vaisseaux nécessaires pour la traversée. D'autre part on construisait en Chypre de petites embarcations qui devaient faciliter beaucoup les abordages.

On se rappelle les craintes et l'inquiétude du soudan de Babylone. Ce traître envoya plusieurs espions en Chypre avec la mission d'empoisonner le roi de France et les principaux chefs de l'armée chrétienne. Quelques-uns d'entre eux, saisis sur le fait, avouèrent leurs perverses intentions.

CHAPITRE XXXIII

En l'an de l'incarnation de Notre-Seigneur 1249, aux environs de la fête de l'Ascension, on vit arriver en Chypre auprès du roi Louis, les nefs et les vaisseaux qu'il avait fait louer. Des îles d'alentour, vinrent également d'autres navires et quantité de barons, chevaliers et pèlerins, établis pendant l'hiver dans les villes situées autour de l'île de Chypre.

Le samedi après l'Ascension, le roi Louis entra dans sa nef et y ayant assemblé tous ses barons, il fit, d'après leur conseil, crier et publier par toute l'armée que l'on se dirigeât sur Damiette, où il pensait bien débarquer, s'il plaisait à Notre-Seigneur. Depuis le jour de l'Ascension où nos gens étaient entrés dans les vaisseaux, on stationna dans le port jusqu'au mercredi d'après, attendant un

temps convenable pour naviguer et aussi un grand
nombre de pèlerins qui n'étaient pas encore prêts
au départ. Ce jour même les mariniers levèrent
leurs voiles, et le roi Louis partit de Limisso [1]
avec grande compagnie et quantité de nefs et de
vaisseaux ; peu de jours après leur sortie du port,
il survint un vent contraire qui rejeta les pèlerins
du côté de Paphos, autre cité de Chypre, et qui les
obligea de rebrousser chemin jusqu'au port de
Limisso, d'où il étaient partis.

On y trouva les vaisseaux du prince de Morée,
qui venait se joindre à eux pour marcher au secours de la Terre-Sainte, et le duc de Bourgogne,
qui avait passé l'hiver en Italie.

Les croisés s'attendirent les uns les autres, et
rassemblèrent leurs vaisseaux dispersés en divers
lieux par la violence du vent et de la tempête.
Puis, le jour de la fête de la sainte Trinité, Dieu
leur donna bon vent, et les mariniers levèrent
leurs voiles et cinglèrent si bien que les croisés
virent la terre d'Égypte, et, le vendredi d'après,
la cité de Damiette. Une fois en vue de la cité, ils
s'arrêtèrent dans le port et jetèrent l'ancre. Le
débarquement était impossible ; d'une part, les
rives apparaissaient garnies d'une grande multitude de Turcs à pied et à cheval, et d'autre part,
l'embouchure du Nil qui se trouve près du port,

[1] Ville de Chypre.

était soigneusement fermée par une grande multitude de galères et d'autres vaisseaux.

Le roi Louis prit conseil de ses barons et il fut
décidé que, le lendemain matin, ils sortiraient de
leurs vaisseaux et prendraient terre sur une île où
le roi Jean de Jérusalem avait déjà débarqué en
assiégeant Damiette. Donc, dès le matin, les pèlerins, munis de leurs armes et de tout leur attirail de
guerre, descendirent dans des galères et autres
petites embarcations, pour toucher terre.

Le roi Louis occupait un petit vaisseau devant
lui, le cardinal portait la sainte croix, découverte et visible à tous les yeux. En un autre petit
vaisseau s'avançait l'oriflamme de Monseigneur
Saint-Denis de France, le glorieux martyr. Les
frères du Roi, les autres barons et une grande
quantité de chevaliers et d'arbalétriers environ-
nèrent la barque qui portait le Roi.

En approchant de terre ils firent tirer subitement
et vigoureusement contre les ennemis, les couvrant
de flèches et de javelots, qui les accablèrent; puis,
voyant que leurs embarcations ne pourraient
atteindre la terre ferme à cause de la plage, qui
offrait en cet endroit une très-grande étendue et
fort peu de profondeur, plusieurs sautèrent dans
la mer et vinrent à pied jusqu'au rivage.

Les Sarrasins et les Turcs qui le gardaient,
s'efforcèrent de barrer le passage à nos troupes, en
leur opposant une nuée de flèches, de dards et de

javelots, et sur la rive une haie de lances et de
glaives; cependant, par la vertu de Dieu, nos gens
marchèrent avec tant de courage, qu'ils prirent
terre par force et repoussèrent les Sarrasins avec
de grandes pertes pour ceux-ci, en hommes et en
chevaux. Il y eut peu de morts parmi les nôtres,
tandis que les Sarrasins perdirent plusieurs grands
chefs, tels que le podestat (le gouverneur) de Damiette et deux grands amiraux. Le soudan de
Babylone n'assista pas à cette bataille; il était
arrivé tout nouvellement des environs de Damas,
et, retenu par la maladie, il avait dû s'arrêter à
une lieue de Damiette. Nos gens occupèrent l'entrée du Nil et les galères des Sarrasins s'enfuirent
en remontant le cours du fleuve. Le Roi, les barons
et l'armée des pèlerins dressèrent leurs tentes sur
le rivage et y passèrent la nuit. Le lendemain, qui
était un dimanche, on resta dans le même endroit;
les gens, les chevaux et autres bêtes de somme,
sortirent des vaisseaux et vinrent se joindre à
l'armée.

CHAPITRE XXXIV

APRÈS ce bon commencement, Notre-Seigneur Jésus-Christ envoya au roi Louis et à son peuple chrétien une plus glorieuse aventure. Les Sarrasins, établis dans la cité de Damiette, furent certainement épouvantés par une puissance divine. Dans la nuit où nos gens occupèrent le rivage et s'y logèrent, le peuple de la cité quitta soudainement la place et le lendemain, qui était un dimanche, la plus grande partie des Sarrasins s'enfuit, abandonnant la ville où ils allumèrent çà et là l'incendie. Dès que nos gens s'en aperçurent, il se mirent en mouvement et coururent ensemble vers la cité, où ils pénétrèrent au moyen d'un pont, naguère construit par les Sarrasins, et qu'ils avaient laissé subsister, sauf une rupture qui fut bientôt réparée. Lorsque le roi Louis se fut bien assuré que les Sarrasins avaient pris la fuite, il envoya aussitôt ses gens à

Damiette et y fit placer une garnison ; puis, ce jour-là même, il s'avança vers le pont et fit dresser tout près ses pavillons, de façon à pouvoir, au premier signal, porter secours à ceux qui étaient renfermés dans les murs. La prise de Damiette fut d'un grand secours pour nos troupes ; les Sarrasins avaient, en s'enfuyant, emporté beaucoup de marchandises ; de plus ils avaient mis le feu aux magasins en quittant la ville ; néanmoins, on trouva encore dans Damiette quantité de munitions de toute espèce. La place était en effet bien approvisionnée depuis longtemps. Son enceinte de murailles garnies de tours, et le fleuve du Nil qui l'environnait presque entièrement, faisaient de Damiette une ville très-forte ; le roi Jean de Jérusalem l'avait encore beaucoup fortifiée après s'en être emparé. Aussi disait-on qu'elle ne pourrait être prise par force sans un miracle du ciel, car des assiégés suffisamment pourvus de vivres pouvaient tenir dans la cité et y demeurer tout le temps qu'ils le voudraient.

Il fallut d'abord songer à débarrasser la ville des cadavres d'hommes et de bêtes, et à éteindre les incendies. Cela fait, le légat, le patriarche de Jérusalem, les évêques, et tout le clergé, entrèrent processionnellement dans la ville en chantant des psaumes. Le roi Louis marchait nu-pieds, les barons et le peuple suivaient fort dévotement. Le légat, ouvrant la marche, arriva dans l'endroit où s'élevait la

Mahommerie [1] et commença à le purifier. Autrefois, lors de la prise de Damiette par les chrétiens, on y avait dédié une église à Notre-Dame ; le roi Louis et les barons y rendirent grâces à Dieu, puis le légat et le clergé y célébrèrent une messe en l'honneur de la sainte Vierge.

Ainsi, suivant ce qui a été raconté plus haut, Damiette fut prise comme par miracle le jour de l'octave de la Trinité, l'an de Notre-Seigneur 1249.

Le Roi voulut établir, en signe de remerciement, un chapitre attaché à l'église, et composé de plusieurs prélats et chanoines qui se dévoueraient assidûment au service de Notre-Seigneur.

Le Roi et l'armée des chrétiens prolongèrent leur séjour pendant tout l'été, attendant la fin de l'inondation du Nil. Les eaux couvraient alors les campagnes et l'on se souvint qu'autrefois, après la prise de Damiette, le roi Jean de Jérusalem et l'armée des chrétiens avaient été incommodés par la crue.

En cette même année, le jour de la fête de saint Jean-Baptiste, Alphonse, comte de Poitiers, frère du roi Louis, et la comtesse d'Artois qui était restée à Aigues-Mortes, comme il est dit ci-dessus, partirent pour se rendre outre-mer ; la reine Blanche

[1] Lieu consacré au culte, le temple.

7*

demeura ainsi seule pour garder le royaume de France. Entrés en mer dans le port d'Aigues-Mortes, le lendemain de la saint Barthélemy apôtre, le comte de Poitiers et la comtesse d'Artois arrivèrent au port de Damiette le dimanche avant la fête des apôtres saint Simon et saint Jude.

CHAPITRE XXXV

VERS la fête de la Toussaint, le roi Louis et les barons tinrent conseil. Les préparatifs de la campagne terminée, ils sortirent de Damiette le vingt novembre, et se dirigèrent du côté de la Massoure où les Sarrasins avaient rassemblé leur armée. Sur la route ils eurent à essuyer, de la part des Sarrasins, plusieurs attaques, où l'ennemi perdit plus qu'il ne gagna.

Nos gens apprirent alors la nouvelle de la mort du soudan de Babylone ; mais cet événement ne changea rien à la face des choses ; son fils, établi dans les contrées d'Orient, accourut en toute hâte en Egypte, et vint prendre le commandement. Avant la mort du soudan, tous les chefs avaient prêté serment de se conduire loyalement envers son fils ; la garde de son armée et de son territoire avait été confiée à un amiral qui avait nom Facardin.

Le mardi avant Noël, l'armée des chrétiens fut en vue de la Massoure, mais sans pouvoir joindre les Turcs et les Sarrasins; le fleuve Thaneos [1], qui se jette dans les grands bras du Nil à cet endroit, séparait les deux armées. Nos gens dressèrent leurs tentes et campèrent, en occupant tout l'espace d'un fleuve à l'autre. Il y eut nombre d'escarmouches; beaucoup de Sarrasins périrent, soit par le fer, soit noyés dans les eaux du Nil. Puis, comme le fleuve de Thaneos ne pouvait être traversé ni à pied ni à cheval, à cause de sa profondeur et de la hauteur de ses rives, nos gens commencèrent à construire une chaussée pour faire passer l'armée. Ce n'était pas chose facile. Postés de l'autre côté de la rivière, les Sarrasins s'efforcèrent de détruire nos travaux ; ils renversèrent plusieurs châteaux de bois que les nôtres avaient élevés à la tête de la chaussée, et les brûlèrent avec du feu grégeois, en sorte que tout espoir d'achever la chaussée fut perdu.

Cependant un Sarrasin, venu de l'armée des Egyptiens, raconta qu'un peu plus bas il y avait un passage à gué pour les chevaux, par lequel nos gens pourraient bien franchir la rivière. Alors les barons tinrent conseil pour décider le jour du

[1] Un des bras du Nil, très-nombreux à cet endroit.

départ, qui fut fixé au premier jour de carême. Les
hommes préparèrent leurs armes, échelles et engins
de toute sorte; ils vinrent droit au lieu que le Sarrasin leur avait désigné, mais une fois entrés dans
le fleuve, ils coururent de grands périls, l'endroit
étant bien plus dangereux que le Sarrasin ne l'avait
dit; quelques chevaux se noyèrent, tant la rivière
était profonde, et l'ascension des rives, hautes et
boueuses, fut hérissée d'obstacles. Toutefois, par la
volonté de Dieu, nos gens passèrent le fleuve et
arrivèrent devant la chaussée, en présence des
ouvrages des Sarrasins. Bientôt ils leur livrèrent
bataille et en tuèrent un grand nombre, parmi
lesquels leur capitaine et plusieurs amiraux. Puis
les nôtres s'éparpillèrent, courant parmi les tentes,
poursuivant ce qu'ils trouvaient d'ennemis, jusqu'à
la ville de la Massoure. Quand les Sarrasins les
aperçurent, ainsi follement éparpillés, ils massèrent
leurs forces, et ayant opéré un mouvement pour
cerner les nôtres et leur couper la retraite, ils massacrèrent à leur tour une grande quantité de barons
et de braves chevaliers.

Il survint un événement affreux : Robert, comte
d'Artois, frère du roi Louis, chevalier preux et
hardi, se porta à la suite des Sarrasins qui fuyaient
dans la ville de la Massoure, et y entra par la porte
qu'il vit ouverte. Il pénétra donc dans la ville, suivi
seulement d'une petite troupe de sergents, et sans
réfléchir à l'extrême imprudence qu'il commettait

en s'aventurant ainsi dans l'intérieur des murs. Les
Sarrasins fermèrent aussitôt les portes derrière lui
et le massacrèrent avec tous ses compagnons. La
mort d'un tel chevalier remplit de tristesse l'armée
des chrétiens.

Cependant la lutte continuait sans trève ni répit
dans la plaine ; les traits des Sarrasins tombaient
sur nos gens aussi épais que la grêle, mais sans
vaincre notre résistance, qui dura jusqu'à l'heure
de none (trois heures après-midi), où les Sarrasins
nous laissèrent maîtres du terrain conquis, après de
nombreuses pertes en hommes et en chevaux. Notre
armée s'établit dans le camp ennemi ; le roi Louis
s'y installa pour le reste de la journée et pour la
nuit suivante. On pressa la construction du pont.
Sur l'ordre du Roi, d'autres barons passèrent la
rivière et vinrent fortifier le camp à l'aide de palis-
sades. Il n'y avait plus de temps à perdre, car le
vendredi suivant, les Sarrasins s'avancèrent en
bataillons serrés jusqu'aux lisses du pont qu'ils
attaquèrent avec furie. Jamais on n'avait ouï dire
que les Sarrasins eussent fait une sortie aussi
acharnée.

A cette vue, les nôtres coururent en toute hâte à
leurs armes, formèrent leurs bataillons et se portèrent si vigoureusement sur les assaillants, qu'après
en avoir tué un grand nombre, il les firent reculer
et fuir jusqu'à la Massoure.

CHAPITRE XXXVI

QUELQUE temps après, le fils du soudan, mandé des contrées d'Orient avant la mort de son père, ainsi qu'il a été dit plus haut, vint à la Massoure avec une grande suite de Sarrasins. On le reçut au bruit des cymbales et des tambours, avec grandes manifestations de joie. Les forces des Sarrasins s'accrurent, tandis que de notre côté, la Providence permit qu'il arrivât tout le contraire. Une grande épidémie sévit parmi les hommes et les animaux; l'armée fut décimée autant par la maladie que par le manque de vivres; la disette était si grande, que plusieurs moururent de faim. Aucun vaisseau ne pouvait parvenir jusqu'à nos gens du côté de Damiette; les galères des Sarrasins qui croisaient dans les eaux du Nil à chaque instant, enlevaient tout ce qui se trouvait sur leur

passage. Déjà plusieurs bateaux à destination de
Damiette avaient été capturés, et en dernier lieu,
deux grands vaisseaux qui apportaient à notre
armée des vivres et quantités de bonnes choses,
furent saisis et leur équipage massacré. Privés
d'aliments suffisants pour eux-mêmes, et de four-
rages pour leurs chevaux, nos gens tombèrent dans
une faiblesse et dans un découragement complets ;
ils commencèrent à quitter leur campement pour
se rendre à Damiette ; ce qu'ils eussent fait, si telle
avait été la volonté de Dieu.

Le cinquième jour du mois d'avril, de l'an de
Notre-Seigneur 1250, le roi Louis de France et
l'armée des chrétiens partaient pour Damiette,
lorsque les Sarrasins, avertis de leur mouvement,
tombèrent sur eux en masse avec une violence
extrême. Or, soit par mauvaise disposition des
troupes, soit peut-être aussi par l'effet de la vengeance du ciel à cause des péchés de plusieurs, il
survint que le roi Louis et ses deux frères, Alphonse
et Charles, se trouvèrent cernés en compagnie d'un
grand nombre de barons et chevaliers, dans une
grande mêlée et après un vrai carnage de Sarrasins.
La fureur des chevaliers était si grande qu'ils voulaient tous se faire tuer plutôt que de se rendre.
Tout près du Roi se tenait un sergent d'armes,
appelé Guillaume de Bourg-la-Reine, qui, armé
d'une hache colossale, massacrait autant d'ennemis
qu'il s'en présentait devant lui. Sa vigueur était

telle, qu'il épouvanta les Sarrasins. Mais une lutte tellement inégale ne pouvait durer. Le Roi, craignant pour la vie d'un si brave guerrier, lui criait de se rendre. Heureusement pour lui, un chrétien apostat le reconnut et lui dit en langue anglaise que, s'il se rendait, il lui promettait la vie sauve.

Ce combat fut atroce, parce que nous étions assaillis par le nombre, affaiblis par les privations et les maladies, embarrassés par les effets de campement et les convois de malades. Bientôt les Sarrasins pénétrèrent dans nos rangs, et, vu l'impossibilité de notre fuite, nous tinrent en leur pouvoir. C'est alors que le Roi, résigné à la volonté de Dieu, donna ordre de cesser le combat et déclara son armée prisonnière. Il était d'ailleurs d'un calme et d'une patience admirable, malgré le désespoir du moment et l'horrible pêle-mêle des deux armées.

Pour n'en donner qu'un exemple, tout malade et fatigué qu'il était, le très-pieux roi Louis, voyant le jour tourner et décliner vers le soir, demanda son bréviaire pour dire none avec le chapelain qui l'accompagnait.

Nul de ceux qui s'en retournaient par terre ne put échapper, excepté le cardinal, qui s'était éloigné de l'armée un peu avant les autres. La plus grande partie des barques qui redescendaient le fleuve, furent brisées ou brûlées, les gens pris ou tués; parmi eux se trouvaient beaucoup de malades, qui moururent dans des souffrances atroces.

De la part des Sarrasins, ce n'étaient qu'opprobres et blasphèmes de toute espèce ; ils crachaient sur le signe de la sainte Croix et la foulaient aux pieds, en mépris des nôtres et de Notre-Seigneur Jésus-Christ.

Quand le saint roi Louis fut fait prisonnier, il souffrait déjà gravement de cette cruelle maladie à laquelle on attribuait les nombreux décès de notre armée ; on avait peu d'espoir de le conserver. Heureusement, Dieu qui tourne ses regards vers ceux qu'il aime, donna au soudan l'idée de faire soigner le Roi par ses propres médecins, qui connaissaient mieux que les nôtres la nature de sa maladie ; tout ce que réclamait son état lui fut largement et courtoisement administré, et le bon Roi fut sauvé. Ce qui permet bien de rappeler à son sujet les paroles du psaume du roi David : *Dedit eos Dominus in misericordias in conspectu omnium qui ceperant eos ;* c'est-à-dire : Notre-Seigneur a eu pitié et miséricorde de son peuple, même aux yeux de ceux qui l'avaient fait prisonnier. Après tout, on ne doit peut-être pas considérer comme un malheur la captivité du roi Louis ; ce fut plutôt un miracle de la puissance divine qui accrut les mérites du bon Roi, car lui, ses frères et tous les autres, furent bientôt délivrés sains et saufs des mains des Sarrasins, pour une assez faible rançon, comme vous l'entendrez dire plus bas.

CHAPITRE XXXVII

— —

Peu de temps après, la santé du roi Louis étant rétablie, le soudan fit de grandes instances et même des menaces pour imposer une trêve. Il exigeait la reddition de Damiette, la restitution de tout ce qu'on y avait saisi lors du siége et le remboursement de tous les frais de la guerre.

Enfin, après de longs débats, on se décida à poser les bases d'un traité de paix et à fixer la rançon des prisonniers. Voici ce qui fut arrêté :

1º Le soudan mettrait en liberté le roi Louis et les hommes faits prisonniers dans la présente expédition en Egypte, ainsi que tous les autres chrétiens de diverses nations, saisis et incarcérés depuis le temps où le soudan, aïeul de celui-ci, avait jadis

conclu des trêves avec Frédéric, empereur romain [1].
On ouvrirait les prisons, et les chrétiens seraient
libres d'aller partout où ils voudraient; 2° Toutes
les terres possédées par les chrétiens dans le
royaume de Jérusalem, et conservées depuis l'arrivée du roi Louis, resteraient en leur possession
avec toutes leurs dépendances; 3° Il y aurait une
trêve de vingt années entre les chrétiens et les
Sarrasins.

De son côté, le roi Louis s'engageait : 1° A
rendre Damiette au soudan; 2° A payer huit mille
besans sarrasinois pour la délivrance des prisonniers chrétiens, pour les dommages et dépens que
cette guerre avait occasionnés; 3° A relâcher tous
les Sarrasins que les chrétiens avaient pris en Egypte
depuis l'arrivée du roi Louis, ainsi que tous les
autres prisonniers faits dans le royaume de Jérusalem depuis les trêves de l'empereur Frédéric avec
le soudan susnommé.

On décida encore que tous les objets mobiliers
laissés à Damiette, après le depart du roi Louis et
des barons de France, leur seraient conservés sous
la garde du soudan, jusqu'à ce qu'ils eussent occasion de les faire transporter sur la terre des chré-

---

[1] Frédéric Barberousse était, par sa femme, roi de Jérusalem, et à ce titre, malgré sa haine contre l'Église, il avait
consenti à délivrer le saint Sépulcre du joug des Sarrasins,
et à assurer la condition des chrétiens en Terre sainte.

tiens. Enfin, en ce qui concernait les chrétiens malades et ceux qui prolongeraient leur séjour à Damiette, pour fait de commerce, il fut convenu qu'ils resteraient en sûreté et pourraient partir sans empêchement, par terre ou par mer, selon leur volonté ou leur avantage, avec un sauf-conduit du soudan jusqu'aux territoires des chrétiens.

Ces conditions furent longuement débattues, puis arrêtées et confirmées par serment ; mais au moment où le soudan allait se rendre à Damiette pour les mettre à exécution, une révolte s'éleva tout à coup parmi les Egyptiens [1] ; plusieurs Sarrasins se ruèrent sur le soudan, à sa sortie de table, le blessèrent mortellement, puis le découpèrent en morceaux en présence de tous les amiraux et à la porte même de sa tente. Un semblable attentat commis en plein camp, avait rendu impossible toute tentative de fuite ou d'évasion, et, chose plus grave encore, il avait été fait par les meurtriers, avec l'assentiment de la plus grande partie de l'armée.

Les Sarrasins se portèrent ensuite à la tente du roi Louis ; armés et échauffés de colère, ils brandissaient leurs épées, toutes ruisselantes encore du sang du soudan, sur la tête du Roi et sur tous les chrétiens.

Heureusement la divine bonté de Notre-Seigneur

[1] C'est-à-dire parmi les Mamelucks qui formaient la garde du soudan.

protégea le roi Louis et ses gens, en calmant l'irri-
tation des Sarrasins. Ceux-ci requirent le Roi de
sanctionner les trêves conclues avec le soudan, et
usèrent de grandes menaces envers lui et les barons
s'ils ne rendaient pas, selon les conventions, la ville
de Damiette.

L'un de ceux qui avaient occis le soudan se présenta au Roi, l'épée nue et ensanglantée, lui
demanda de le faire chevalier, et s'offrit en retour
à le délivrer des mains des Sarrasins ; mais le Roi
répondit qu'il n'en ferait rien, s'il n'était pas chrétien ; que s'il voulait le devenir, il l'emmènerait
avec lui en France, lui donnerait de grandes possessions et le ferait ensuite chevalier.

Au traité concernant la paix et les trêves, les
Sarrasins voulurent ajouter cette condition : Dans
les lettres de confirmation, le Roi s'engagerait à
renier Dieu et sa foi, s'il agissait contre les conventions ; les Sarrasins eux-mêmes s'engageraient à
renier Mahomet et sa loi, s'ils violaient le traité.
Malgré les menaces des Sarrasins et les exhortations de quelques seigneurs, le Roi ne voulut
jamais consentir à cette condition, bien qu'il eût pu
l'accepter sans manquer à Dieu. Alors un amiral
lui dit : « Nous sommes vraiment émerveillés de
vous voir, vous notre esclave et notre prisonnier,
nous parler si fièrement, or, sachez que si vous ne
vous exécutez pas, je vous tuerai aussitôt. » A cela,
le bon Roi répondit en disant : « Vous pourrez bien

occire mon corps, mais vous n'occirez pas mon âme. »

Ce ne fut qu'à force de temps et par la grâce de Dieu, que le roi Louis parvint à s'accorder avec tous les amiraux; il reçut le serment de chacun, selon leur loi, et fixa le jour où les prisonniers seraient rendus et Damiette remise.

Il est bon de dire que la nécessité seule fit consentir le Roi et les barons à la reddition de Damiette ; la ville et ses quelques dépendances ne pouvaient résister longtemps à tous les forces des Sarrasins, massés dans le pays d'Egypte. Ce n'était donc pas une possession sérieuse et durable pour les chrétiens. Les barons tinrent conseil et déclarèrent plus profitable de rendre Damiette et d'en délivrer les habitants, que de perdre après tout et la cité et le peuple qui y était renfermé.

Le jour fixé, Damiette fut rendue aux amiraux, qui mirent en liberté le roi Louis et ses frères, les barons et chevaliers des royaumes de France, de Chypre et de Jérusalem.

Cet acte de loyauté donna dès lors au roi Louis et aux barons une ferme espérance pour la stricte exécution des autres conditions ; de même qu'on les avait délivrés, ils comptaient qu'on leur rendrait volontiers les autres chrétiens enfermés dans les prisons, selon les clauses de la trêve et les serments des amiraux.

CHAPITRE XXXVIII

COMMENT LE ROI LOUIS PARTIT D'ÉGYPTE ET COMMENT
LES SARRASINS ROMPIRENT LES TRAITÉS.

APRÈS l'exécution des conventions énoncées
ci-dessus, le roi de France partit d'Égypte
avec les barons et les hommes délivrés en même
temps que lui, laissant à Damiette des mandataires
sûrs pour recevoir les prisonniers et veiller sur le
dépôt des bagages, car les navires dont on disposait
n'étaient pas suffisants pour tout emporter. Le Roi
se rendit à Saint-Jean d'Acre, et comme il avait
grand désir de voir sortir de prison tous les captifs,
il envoya derechef en Égypte une ambassade solennelle. Les envoyés requirent les amiraux avec
grande instance d'exécuter les conditions de la
trève, et firent un long séjour à Babylone, dans
l'espoir d'obtenir ce qu'ils demandaient. Lassés
d'attendre indéfiniment, les envoyés firent une dernière réclamation à laquelle les amiraux répondirent
en relâchant quatre cents prisonniers environ sur
dix-sept mille, que les prisons contenaient, à ce que

l'on croyait, et encore une partie de ceux qui furent délivrés durent payer de leur argent cette liberté.

Quant aux autres objets, les amiraux ne voulurent rien rendre, faisant ainsi preuve de la plus grande perfidie; ils choisirent ensuite les plus beaux jeunes gens chrétiens qui se trouvaient en prison, et les firent frapper d'épées et de glaives, comme des bêtes qu'on mène au sacrifice, pour les exciter à abjurer la foi chrétienne et à embrasser la loi de Mahomet. Beaucoup de faibles âmes, vaincues par la peur, renièrent leur foi et embrassèrent la fausse loi excommuniée de Mahomet; d'autres, au contraire, vertueux et vrais champions de la foi en Notre-Seigneur Jésus-Christ, persistèrent courageusement dans leurs principes jusqu'à la mort; ils acquirent ainsi la couronne des glorieux martyrs.

Le Roi espérait que tout allait rester en paix après sa délivrance, grâce aux trêves conclues avec les Sarrasins. Il faisait préparer ses navires pour retourner en France, pensant que sa présence n'était plus nécessaire pour assurer la tranquillité des chrétiens. Mais à la nouvelle que les chefs sarrasins violaient leurs serments, méprisaient les conditions des trêves et martyrisaient les prisonniers chrétiens, il ressentit une violente douleur et réunit un conseil de barons, chevaliers, clercs et religieux, pour décider ce qu'on ferait dans une si grande nécessité.

8

La majeure partie fut d'avis que si l'on partait à ce moment, la terre d'outre-mer serait en grand danger d'être perdue, parce qu'elle se trouvait en mauvais état. De plus, en voyant le Roi s'éloigner, les chrétiens retenus dans les prisons des Sarrasins, verraient s'évanouir leur dernier espoir de délivrance et seraient totalement perdus. L'avis de la majorité des barons fut donc de prolonger encore un peu de temps le séjour du Roi, afin de sauvegarder, si c'était possible, les intérêts des chrétiens et ceux de la sainte Terre.

Cependant il y avait discorde entre les gens de Babylone et le soudan d'Alep. Celui-ci avait déjà rassemblé une armée qui s'était emparée de Damas et d'autres châteaux placés sous l'autorité des seigneurs de Babylone. Le soudan d'Alep, disaient beaucoup de gens, préparait une armée pour venir en Égypte, afin de venger la mort du soudan qu'on avait occis, et afin de conquérir l'Égypte par la force. Ces dispositions des Sarrasins firent encore supposer au roi Louis que sa présence pouvait être de quelque utilité pour les chrétiens ; il se décida donc à rester, tant il ressentait de chagrin à délaisser l'œuvre de Dieu dans un état aussi désespéré, et les captifs entourés de tant de périls.

Il envoya ses frères Alphonse, comte de Poitiers, et Charles, comte d'Anjou, pour rassurer la reine Blanche, sa mère, qui administrait sagement et paisiblement le royaume de France.

Ces événements se passèrent en l'an 1250.

CHAPITRE XXXIX

ÉVÉNEMENTS DE FRANCE. — CROISADE DES PASTOUREAUX.

ARMI les événements qui troublèrent le royaume de France pendant le séjour du Roi en Terre sainte, il faut citer la croisade des bergers ou pastoureaux. Voici l'origine et la cause de cette triste affaire.

Un docteur dans l'art de la magie vint offrir au soudan de Babylone de lui amener, par ruse, un nombre considérable de jeunes gens français, âgés de quinze à trente ans. Le roi Louis venait alors d'arriver en Chypre, la guerre était certaine, et le soudan voulait ruiner les chrétiens par tous les moyens. Suivant les conventions arrêtées entre eux, le docteur devait avoir quatre besans d'or par tête. Le magicien disait encore que ses voix lui avaient affirmé que le roi de France serait vaincu et fait prisonnier par les Sarrasins, ce qui réjouissait le soudan, inquiet de l'issue de cette guerre. Il pressa donc le magicien d'accomplir ses engagements, le combla d'or et de présents et le baisa sur la bouche en signe de reconnaissance.

Le maître [1] quitta les pays d'Orient et s'en vint en France où il commença ses sortiléges dans la province de Picardie. Il portait sur lui une poudre fulminante, qu'il jetait en l'air de temps en temps, comme pour invoquer le diable. Il s'adressait de préférence aux pâtres et enfants qui gardaient les bestiaux, et leur tenait ce langage : « Par vous, mes doux enfants, la Terre sainte sera délivrée des ennemis de la foi chrétienne. »

Il se disait envoyé de Dieu et faisait quantité de choses merveilleuses. Séduits par sa voix et par son pouvoir, les pâtres laissèrent leurs troupeaux et le suivirent ; tous ceux qu'il rencontrait se joignaient aux premiers, et en huit jours, il se trouva à la tête de près de trente mille personnes. Ils entrèrent dans la cité d'Amiens et la remplirent tout entière. Leur enthousiasme gagna les habitants ; de toutes parts on leur distribuait du vin, des viandes, des vêtements. L'illusion fut si grande, qu'on les prit pour les plus saintes gens du monde. On demanda à voir leur chef, et le docteur se présenta. C'était un vieillard au visage pâle et amaigri, encadré dans une longue barbe blanche qui lui donnait l'aspect

---

[1] Une chronique anonyme, sans raconter son origine asiatique et son traité avec le soudan, le nomme Rogier. (Voy. Hist. de France, XXI, p. 80.)

d'un ermite accablé par les jeûnes et les privations.
Plusieurs le vénérèrent comme un saint, se mettant
à genoux sur son passage. Tous lui offrirent leurs
maisons, leurs biens et les objets qu'il pouvait désirer.

Cependant, il sortit d'Amiens et se répandit dans
la campagne, enrôlant tous les jeunes gens séduits
par ses promesses. Le nombre s'en éleva jusqu'à
soixante mille. Dès lors, enorgueilli par son prestige, il essaya de régner sur les consciences ; il
s'attribuait le pouvoir d'absoudre de tous péchés, de
célébrer et de casser les mariages, de reconstituer
toutes les croyances à sa manière. Ces prétentions
émurent les prêtres, qui virent en lui un agent du
diable, et le signalèrent aussitôt à la vindicte
publique. Mais le prétendu chef de croisade leva
l'étendard de la révolte ; il fit jurer à cette troupe
indisciplinée haine contre les prêtres, et donna
l'ordre de les massacrer partout où on les rencon-
trerait. La foule, toujours aussi nombreuse, approchait de Paris. La reine Blanche, informée de leur
arrivée, recommanda de ne leur faire aucune opposition. Comme les autres, elle ne voyait en eux que
des gens poussés par l'esprit de Dieu. Elle fit venir
leur grand maître en sa présence, et lui demanda
son nom. Celui-ci répondit qu'on l'appelait le
maître de Hongrie. La Reine le combla d'honneurs
et de présents. Cet homme tenait du prodige ; sa
nombreuse troupe connaissait sa fourberie et le

suivait quand même ; il leur réitérait l'ordre d'égorger les prêtres et les gens d'église, leur disant que tout ce qu'ils feraient serait bien fait, que la Reine, enchantée de lui et de sa troupe, approuverait toutes leurs actions.

Une fois on le vit apparaître dans l'église Saint-Eustache, sous les ornements d'un évêque, avec la mitre et la crosse, il monta en chaire, célébra les offices et reçut les hommages du clergé.

Pendant ce temps, les pastoureaux se répandaient dans Paris et massacraient les gens d'église ; on ferma les portes du petit pont, de peur qu'ils ne se livrassent sur les écoliers à des violences que ceux-ci n'auraient pas la force de réprimer.

Lorsque le maître de Hongrie eut exploité de son mieux la ville de Paris, il divisa sa troupe. Une seule ville n'aurait jamais pu nourrir ou loger un si grand nombre d'individus. Il prit le commandement de la première, qui se dirigea sur Marseille ; quant à la seconde bande, elle s'avança dans la direction de Bourges, et ses chefs reçurent l'ordre de piller et de prendre sur leur passage, tout ce qu'ils pourraient emporter, puis de se rendre au port de Marseille, où le maître les attendrait.

Les clercs de Bourges, qui voyaient l'arrivée de ces gens avec grande défiance, voulurent prendre d'avance leurs précautions.

On leur avait raconté les horreurs commises en divers endroits. Ils représentèrent aux magistrats,

chargés de la défense de la ville, que ces bandes de
pastoureaux, parcourant les contrées de France,
n'étaient qu'un ramassis de vagabonds, enclins au
mal, au pillage ; qu'il suffisait d'un seul instant de
surveillance, pour les surprendre en flagrant délit
de crime et de vol. Le prévôt et le bailli reconnurent la vérité de ces observations et promirent
leurs concours pour l'arrestation des chefs de ces
bandits.

Les pastoureaux entrent à Bourges et se répan-
dent dans la ville. Aucun prêtre, ni clerc, ne se
présentèrent à leur vue ; tous s'étaient soigneusement cachés. Ils se mirent à traiter Bourges en ville
conquise, prenant ce qui leur convenait, comme
ils avaient fait à Paris et dans les autres bonnes
villes ; on ne fit aucune résistance, et tout leur fut
abandonné au gré de leurs désirs. Alors les maîtres
des pastoureaux, voyant qu'on ne s'opposait pas à
leurs exigences, brisèrent les portes et les armoires,
s'emparèrent de l'or et de l'argent, volèrent les
armes et les vêtements, enlevèrent les femmes, et se
laissèrent entraîner aux plus violents excès.

La justice, qui les épiait, reconnut tout de suite
leurs mauvaises intentions. Mis en prison, les
maîtres avouèrent leur malice, et racontèrent comment ils avaient ensorcelé tout le pays par des
enchantements. La justice les condamna à être
pendus, et les enfants, saisis de crainte, s'en retournèrent chacun dans leur pays.

Le bailli de Bourges expédia trois messagers sur Marseille, avec ordre de marcher jour et nuit sans s'arrêter. Ils étaient porteurs de lettres annonçant au viguier la présence du maître de Hongrie et tous les détails de sa vaste conspiration. Les messagers arrivèrent à temps ; le maître fut bientôt saisi et pendu à une haute potence. Les pastoureaux qui le suivaient s'échappèrent comme ils purent, en proie à la misère et au dénûment le plus complet.

CHAPITRE XL

A reine Blanche, pendant un séjour qu'elle fit à Melun, ressentit les atteintes d'une maladie de cœur qui lui causait des douleurs atroces. Ne voulant pas s'y laisser surprendre, elle commanda ses préparatifs de voyage et, malgré son mal, regagna Paris en toute hâte. Cette course forcée aggrava encore l'état de sa santé ; quelques jours après, elle rendait le dernier soupir. On lui fit de magnifiques obsèques. Son corps embaumé et revêtu de ses plus beaux vêtements de Reine, fut exposé avec la couronne et les attributs royaux sur un brancard d'or, que les barons transportèrent à travers les rues de Paris. Le peuple put ainsi contempler une dernière fois, comme de son vivant, les traits d'une Reine qu'il avait appris à admirer et à chérir. Les croix et les processions lui firent une escorte magnifique jusqu'à Pontoise, où son corps fut déposé, dans

l'abbaye de Maubuisson, qu'elle avait fait construire et où elle désirait être enterrée.

Sa mort jeta le peuple dans le désespoir ; la Reine
le défendait toujours contre les violences des grands,
au nom de la justice et de l'humanité. En voici un
exemple :

Les chanoines de Paris firent saisir les hommes
d'Orly, Chatenay[1], et quelques autres lieux, dépen-
dant de leur église. Ces hommes furent mis en
prison dans la maison du chapitre, où ils restèrent
pendant longtemps sans aucune subsistance. Epui-
sés par les mauvais traitements et les privations,
leur vie était sérieusement menacée. La Reine en
est informée, et prenant pitié de ces braves gens,
supplie en grâce les chanoines de les délivrer,
moyennant caution, et en attendant un jugement
équitable. Les chanoines répliquèrent que cette
affaire ne la concernait pas, qu'ils avaient sur leurs
serfs et vilains, tous droits de justice.

Cette réponse fut transmise à la Reine, et en
même temps les chanoines, irrités de son intervention, emprisonnèrent les femmes et les enfants
dans des salles si étroites, que la chaleur et l'infec-
tion causèrent plusieurs décès. La Reine cependant
eut pitié de son peuple ainsi torturé par ceux qui
auraient dû le protéger et lui donner le bon
exemple ; elle manda des chevaliers et des bour-

[1] Département de la Seine.

geois, les fit armer, et, se mettant à leur tête, les conduisit à la maison du chapitre où le peuple était emprisonné. Puis elle donna ordre à ses gens de se préparer à enfoncer les portes et frappa elle-même le premier coup avec un bâton qu'elle tenait à la main. Les gens d'armes, autorisés par le geste de la Reine, enfoncèrent la porte et délivrèrent les prisonniers.

Les chanoines n'osèrent point protester et en passèrent par ce que la Reine exigeait. Leur temporel fut retenu sous la garde royale jusqu'à ce qu'ils eussent racheté leurs injustices, et les susdits habitants furent affranchis, moyennant une somme d'argent fixe à payer chaque année au chapitre de Paris.

Plusieurs exemples de ce genre signalèrent l'administration de la reine Blanche, pendant que son fils était en Terre sainte.

CHAPITRE XLI

PENDANT que ces événements se passaient dans le royaume de France, le très-chrétien Roi, toujours plein d'honnêteté et fidèle à ses serments, demeurait sur la terre d'outre-mer, mais après sa délivance il n'y mangea pas son pain dans l'oisiveté. Pendant son séjour de cinq années, il fit entourer de fortes murailles et de grosses tours, la cité de Saint-Jean-d'Acre, le château de Cayphas, les cités de Césarée, Jaffa et Sayette. Ces villes, après l'exécution entière des travaux, se trouvèrent en état de résister aux siéges les plus longs.

Les princes des Sarrasins en étaient émerveillés. Ils se disaient entre eux que le plus puissant prince du monde ne pourrait pas faire ce que faisait ce Roi, qui avait perdu tous ses effets, payé sa rançon,

et entretenu une si grande armée à ses frais. Plusieurs amiraux, saisis d'enthousiasme à la vue de
sa grande constance et de la supériorité de ses
œuvres, se montrèrent bienveillants envers lui,
l'aimèrent, et lui rendirent de nombreux services,
bien qu'ils n'appartinssent pas à la chrétienté.

Le roi Louis voulut profiter de son séjour outre-
mer pour faire un pèlerinage à la cité de Nazareth,
où habita Notre-Seigneur Jésus-Christ pendant
son enfance. Ce voyage s'accomplit avec la piété que
le Roi montrait dans tous les actes de sa vie.

PRISE DE DAMIETTE

Miniature extraite du Joinville publié par la maison
Firmin Didot.

9

Le Roi partit d'Acre et vint à Séphoris, ville située sur une des montagnes de la Galilée, où Notre-Seigneur changea l'eau en vin au repas des noces de Cana ; à partir de cet endroit, il revêtit une haire [1], placée immédiatement sur la peau, et arriva la veille de l'Annonciation de Notre-Dame, par le mont Thabor, à la cité de Nazareth. D'aussi loin qu'il aperçut la cité, il descendit de son cheval, s'agenouilla en terre dévotement, et adora Notre-Seigneur. Il alla ensuite à pied depuis la ville jusqu'au lieu où naquit Notre-Seigneur Jésus-Christ, et jeûna au pain et à l'eau, bien qu'il fût très-fatigué de la route. Les actes de dévotion du bon Roi, les messes solennelles, les offices et cérémonies qu'il fit célébrer en grande pompe, avec accompagnement d'orgue et de chants, rendirent ce jour, de l'aveu des assistants, le plus beau de tous, depuis l'époque où le fils de Dieu, prenant incarnation en sa glorieuse mère, les anges en firent l'annonciation à la sainte vierge Marie.

Le bon Roi reçut très-pieusement le corps de son Sauveur, et s'en retourna à Jaffa, où il séjourna très-longtemps. La reine Marguerite, sa femme, y accoucha d'une fille, qu'il fit appeler Blanche, en souvenir de la reine Blanche, sa mère.

Pendant le séjour du Roi à Jaffa, on reçut la nouvelle du trépas de sa très-chère mère la reine

[1] Sorte de cilice en crin.

Blanche. Le légat de Rome, messire Eudes de Châteauroux, cardinal-évêque de Tusculum, l'apprit avant tous. Emmenant avec lui l'archevêque de Tyr, gardien du sceau royal, et frère Geoffroi de Beaulieu, confesseur du Roi, il se présenta devant le pieux prince en demandant à lui parler en secret. Le visage défait et abattu du légat fit pressentir au Roi une triste nouvelle; il les conduisit de chambre en chambre jusqu'à la chapelle, et, ayant ordonné de fermer les portes, il s'assit avec eux devant l'autel. Alors le légat commença à prononcer de sages paroles, rappelant au Roi les grands bienfaits dont Notre-Seigneur, en sa sainte bonté, l'avait abondamment comblé, depuis sa plus tendre enfance. Entre autres dons de Dieu, il devait surtout lui rendre grâces de lui avoir accordé une si digne mère, qui s'était employée tout entière à la sainte éducation de sa jeunesse et à l'administration des affaires de son royaume. Après ces mots le cardinal ne put retenir l'explosion de sa douleur, et les larmes dans la voix, il annonça au Roi la mort de la reine Blanche.

A cette fatale nouvelle, le Roi se mit à crier et fondit en larmes; mais bientôt, comme un vrai chrétien, il tomba dévotement à genoux devant l'autel, et les mains jointes, il fit à Dieu cette prière: « Seigneur Dieu, je vous remercie de m'avoir dans votre bonté conservé si longuement ma chère mère, et je vous rends grâce, maintenant qu'elle m'est

enlevée par la mort charnelle, de l'avoir reçue auprès de vous. Il est bien vrai, très doux père Jésus-
Christ, que j'aimais ma mère par dessus toute autre
créature humaine, et ce n'était que justice, pour
les bienfaits que j'ai reçus d'elle, mais puisqu'il est
de votre volonté qu'elle soit trépassée, béni soit
votre nom ! »

Le légat récita ensuite les prières pour la recommandation de l'âme de la morte, et quand il eut
achevé, il s'éloigna, ainsi que l'archevêque de Tyr,
laissant le Roi dans la chapelle avec son confesseur.
Le Roi demeura quelques instants dans les soupirs
et dans les larmes, puis, ayant un peu médité devant
l'autel et reçu quelques consolations, il se leva du
lieu où il était et se mit à réciter avec son confesseur tout l'office des morts, les vêpres et les
vigiles. A partir de ce moment, le Roi assista
chaque jour à une messe particulière, chantée pour
le repos de l'âme de sa mère, excepté seulement les
dimanches ou les jours de grande solennité.

CHAPITRE XLII

APRÈS avoir entouré de murailles et garni de
bastions la cité de Jaffa, le roi Louis envoya
des gens et des ouvriers en grand nombre pour travailler aux fortifications de la cité de Zaïde. Or un
matin, les Sarrasins, en troupe considérable, fon-
dirent à l'improviste sur les travailleurs, de sorte
que les soldats chargés de protéger l'œuvre arrivèrent trop tard. Trois mille chrétiens, au moins,
furent massacrés. Ceux qui furent assez heureux
pour échapper à la hache des Sarrasins s'enfer-
mèrent dans un château entouré par les eaux de la
mer, et n'osèrent plus reprendre les travaux. De
leur côté, les Sarrasins après ce carnage, se retran-
chèrent derrière les remparts de Belmas. A la
première nouvelle de ce désastre, le roi Louis envoya son armée à Belmas, et fit ravager la cam-

pagne tout à l'entour. Trois semaines après, il vint
lui-même à Zaïde avec quelques soldats, pour constater les dommages causés par les Sarrasins, et faire
reprendre les travaux ; mais en approchant de la
ville, il découvrit sur le rivage de la mer les cadavres des chrétiens tués et décapités par les Sarrasins,
gisant encore sur terre et répandant une puanteur
affreuse.

Voyant cela, le bon Roi, doux et débonnaire,
conçut une grande pitié en son cœur; il fit aussitôt
cesser tout autre ouvrage et creuser des fosses au
milieu des champs; un cimetière y fut consacré
par le légat et les évêques présents pour enterrer
les restes des victimes.

Le Roi aida de ses propres mains à enfouir les
morts ; il prenait les pieds, les bras, les mains, déjà
dans un état de décomposition atroce, les mettait dans
des sacs et les faisait porter dans les fosses avec
grand respect. Plusieurs fois, ces lambeaux de corps
mutilés étaient tellement pourris, que les chairs
n'avaient plus de consistance et retombaient quand
on les soulevait pour les mettre dans les sacs.
L'odeur était suffocante ; à peine quelques-uns
osaient-ils toucher à ces cadavres. Le Roi fit louer
des manœuvres et des ânes pour porter les sacs aux
fosses ; chaque matin, pendant cinq jours que dura
l'inhumation, il venait après la messe encourager
ses gens par sa présence et leur disait : « Allons
ensevelir les martyrs qui ont souffert la mort pour

Notre-Seigneur, et ne soyez pas fatigués de cet ouvrage, car ils ont plus souffert que nous. »

Là étaient présents, revêtus de leurs ornements sacrés, l'archevêque de Tyr, l'évêque de Damiette et leur clergé, récitant le service des morts ; ils se bouchaient toujours le nez à cause de la puanteur des cadavres, tandis que le bon Roi ne prit jamais cette précaution, tant il s'acquittait de ce devoir avec conscience, tant son cœur était plein de charité chrétienne.

Le pieux roi Louis, alors à Zaïde, apprit que le royaume de France était fort menacé du côté de l'Allemagne et du côté de l'Angleterre. Les grandes guerres des Anglais en Gascogne, et la lutte cruelle qui existait en Flandre, entre la comtesse Marguerite et les d'Avesnes, menaçaient partout à la fois les barons de France. Ces fâcheuses nouvelles affectèrent beaucoup l'esprit du Roi, et il examina sérieusement s'il devait partir ou rester.

Avant de prendre une résolution définitive, il fit faire de nombreuses processions pour obtenir les lumières de Dieu. Un sermon fut prêché par le patriarche, où tout le monde assista nu-pieds et en habits de pénitents, pour prier Dieu de faire connaître au Roi s'il valait mieux retourner en France ou demeurer.

Enfin, les seigneurs d'outre-mer, ne voulant pas abuser de la bonté du pieux Roi, vinrent le remercier des services qu'il avait rendus à la Terre-

Sainte, et dirent au Roi que, pour le moment, sa présence n'y était plus nécessaire pour le soutien de la foi chrétienne.

Le Roi, s'étant rendu à ces avis, laissa en Terre-Sainte, avec le cardinal, une grande partie de ses chevaliers, entretenus à ses frais. Il établit comme son lieutenant, dans la cité d'Acre, un chevalier preux et habile dans les armes, appelé Geoffroy de Sergines, et commanda qu'on lui obéît ainsi qu'à lui-même. Après le départ du Roi, Geoffroy se conduisit avec grande sagesse et loyauté, jusqu'au moment où il fut enlevé de ce monde.

CHAPITRE XLIII

COMMENT LE ROI REVINT D'OUTRE-MER EN FRANCE ET DES
DANGERS QU'IL COURUT.

E roi de France attendit à Acre que tout fût prêt pour son voyage, puis il prit congé des prélats et barons de la terre d'outre-mer, et monta sur son navire pour retourner en France. Nul ne pourrait dire quelle immense procession, quelle nombreuse assemblée de prélats, de clergé, de chevaliers et d'autres gens, se porta vers le navire avec soupirs et avec larmes.

Le bon et pieux Roi fit exposer, dans une chapelle installée sur le vaisseau, le corps de Notre-Seigneur, pour l'édification de tous, et pour le besoin des malades. Aucun pèlerin, même de la plus illustre origine, n'avait jamais obtenu cette insigne faveur; le légat crut pouvoir lui en accorder l'autorisation toute spéciale, en considération de sa grande piété.

9*

La chapelle, contenant le glorieux trésor du corps de Notre-Seigneur, était placée à l'endroit le plus élevé et le plus convenable du vaisseau ; on y voyait un tabernacle garni d'un drap de soie et d'or battu. Devant le tabernacle, fut dressé un autel richement paré d'ornements, où le Roi faisait dire tous les jours l'office entier de la messe, excepté le canon et ce qui touche à la consécration ; puis, on récitait toutes les heures canoniales. Les ministres de l'autel étaient scrupuleusement revêtus des ornements de couleur conforme à l'office de chaque jour.

Le Roi mit grand soin et diligence à ce que tous ses gens malades et autres eussent sur le vaisseau tout ce dont ils auraient besoin, suivant la nature de leurs maladies ; il veillait également à ce qu'ils fussent bien confessés et reçussent les sacrements ; ses chapelains devaient dire les prières des morts, et célébrer les obsèques, aussi complétement que les exigences du service maritime le permettraient. Quand les voiles furent tendues au vent, le vaisseau royal navigua de façon à dépasser en trois nuits la pointe de l'île de Chypre ; mais, quelque temps après, il s'en fallut d'un rien qu'ils ne fussent tous perdus. Le vaisseau royal, ses voiles déployées, heurta si fort contre un banc de terre dure, qu'il se produisit dans la quille du navire, un grand craquement qui pouvait compromettre gravement le salut de l'équipage. Ce fut parmi tous les passagers un cri de terreur, on croyait le vaisseau brisé, on s'attendait d'un moment à l'autre à le voir s'entr'ouvrir, et entraîner au milieu des flots tous ceux qu'il portait ; les mariniers se désespéraient, ne sachant quel parti prendre. Convaincu autant que les autres du danger qui le menaçait, le pieux Roi ne perdit pas un instant son sang-froid, ni sa ferme espérance en Notre-Seigneur, et, laissant la reine Marguerite, sa femme, et ses enfants, gisant comme morts, tant ils étaient étourdis, il courut devant l'autel et se mit en oraison, prosterné jusqu'à terre, priant Notre-Seigneur de le sauver du péril, lui et ses gens.

Nous devons croire que par les mérites et les prières du bon roi Louis, Notre-Seigneur préserva du danger le vaisseau et tout ce qu'il contenait, car, ainsi qu'on le disait, pas un navire sur deux cents n'aurait échappé à un semblable péril. Grâce à l'intervention divine, le vaisseau entama si profondément ce banc de terre durcie qu'il s'y fraya une voie, et le traversa de part en part. Les mariniers allumèrent des torches et visitèrent la quille du vaisseau, mais ils ne trouvèrent aucun dégât, ce que voyant, ils furent rassurés et remontèrent sur le pont, où ils restèrent jusqu'au jour. Au matin, dès la première heure, le bon Roi, plein de foi, retourna en secret devant l'autel et se mit à genoux pour rendre humblement grâces à Dieu de l'avoir préservé d'un si horrible danger.

Après cet événement, la traversée se fit sans

encombre et, onze semaines après, le vaisseau royal et sa suite vinrent mouiller dans le port d'Hyères, sur la côte de Provence.

Le roi Louis partit d'Hyères en juillet 1254, et vint à Aix saluer les reliques de sainte Madeleine. Puis il passa le Rhône à Beaucaire et continua son chemin à travers la province de Languedoc, où il rendit quelques ordonnances. Partout il était reçu en grande pompe et avec de merveilleuses démonstrations de joie ; le peuple se portait en foule sur son passage et lui offrait des présents. Il profitait de son séjour dans les villes qu'il traversait pour supprimer les abus, rétablir les lois, concéder des faveurs; plusieurs lettres patentes furent ainsi données pendant son voyage.

Il passa par le Puy en Velay, Brioude, Clermont, Moulins. Le 24 août il était à Saint-Benoit-sur-Loire, et le 5 septembre à Vincennes. En attendant que les bourgeois de Paris eussent achevé les préparatifs de sa réception, il se rendit à Saint-Denis pour remercier Dieu et son saint patron de l'heureux retour qu'il avait fait.

A cette occasion, le Roi et la reine Marguerite donnèrent des draps de soie les plus beaux, les plus grands et les plus riches qu'on vit jamais. Depuis cette époque, l'église de Saint-Denis en est parée à toutes les fêtes solennelles. En outre, la reine Marguerite donna encore un beau et riche pavillon de soie, qu'elle recommanda d'étendre à toutes les fêtes annuelles sur les corps des glorieux martyrs saint Denis et ses compagnons.

Le Roi fit son entrée solennelle à Paris le 7 septembre. Le clergé des églises et les bourgeois allèrent en procession au devant de lui, vêtus et parés de leur mieux. Paris tenait à lui témoigner encore plus de joie que les autres villes. On fit durant plusieurs jours des feux, des danses et d'autres réjouissances publiques, qui finirent néanmoins plus tôt que le peuple ne l'eût voulu. Le Roi, voyant avec peine la grande dépense que causaient ces danses et les futilités qui s'y passaient, se retira au bois de Vincennes pour y mettre fin.

Parmi ce débordement de joie, on n'oubliait pas de rendre grâces à Notre-Seigneur, premier auteur du retour du Roi ; on le remerciait d'avoir délivré le bon prince, et aussi d'avoir modéré les exigences des Sarrasins, qui auraient pu obtenir une somme cent fois plus forte. Voilà quelle fut la fin de cette première croisade du pieux roi Louis ; son absence du royaume s'était prolongée pendant plus de six années, depuis son départ de Paris, le 12 juin 1248, jusqu'au 7 septembre 1254.

CHAPITRE XLIV

COMMENT LE ROI LOUIS GOUVERNA LE ROYAUME APRÈS
SON RETOUR D'OUTRE-MER ET DES LOIS QU'IL Y ÉTABLIT.

Sı sainte que fût la vie du roi Louis, dès les
premières années de son enfance, sa conduite
depuis le retour de la Terre-Sainte, différa du
passé autant que l'or diffère de l'argent. Il accorda
sa protection à de nouveaux ordres religieux qui
venaient fonder des couvents à Paris : c'étaient les
frères Sachets, les Barrés ou Carmes, les frères de
Sainte-Croix de la Bretonnerie, les Guillotins, les
Béguines, les Cotarins, et beaucoup d'autres.

Le roi Louis établit un grand nombre de lois et
règlements des plus sages. Il supprima le gage
de bataille [1] dans les terres soumises directement à

---

[1] Le gage de bataille, ou combat judiciaire, était un usage
barbare introduit par les Germains qui envahirent la Gaule
au cinquième siècle. Il consistait à vider les procès par la
force des armes, dans un combat entre les parties. L'Église
ne cessa de faire des efforts pour y substituer la procédure par
enquête, et saint Louis, entrant dans ses vues, proscrivit
dans ses domaines le combat judiciaire, qui, banni peu à
peu de la procédure légale, se perpétua dans nos mœurs
privées par l'absurdité du duel.

la juridiction royale. Ces batailles étaient une source d'abus ; dans le cas de querelle entre un personnage pauvre et un riche, lorsqu'il devait y avoir gage de bataille, le riche attirait le plus grand nombre de guerriers de son côté, et empêchait son adversaire d'en avoir lui-même pour l'assister. De la sorte, le pauvre chevalier perdait sa personne et ses biens.

En ce qui concerne le commerce, il fit une ordonnance obligeant les marchands de Paris à payer comptant aussitôt après livraison des denrées les marchands forains, qui pouvaient ensuite s'en retourner chez eux en toute tranquillité. Cette mesure produisit des résultats excellents, les marchands affluèrent de toutes parts et contribuèrent largement au bien-être du royaume.

Mais son œuvre principale fut la grande ordonnance sur les devoirs et obligations des baillis et autres ministres de la justice, ordonnance qu'il publia, de l'avis et consentement des barons, au parlement de décembre de l'année même de son retour (1254). Elle portait que les baillis, vicomtes, prévôts et maires, devaient prêter serment de juger sans acception de personne, sans distinction de pauvres ou de riches, suivant le bon droit et les coutumes. Et, dans le cas où les officiers manquaient à leur devoir, ils en étaient punis sur leurs biens et sur leurs personnes.

Ces mêmes officiers avaient ordre de ne recevoir pour eux-mêmes, ni pour leurs femmes, enfants ou parents, aucun don en argent ; ils ne devaient point non plus en offrir à leurs supérieurs hiérarchiques, tels que les conseillers du roi, les enquêteurs ou visiteurs. Tout contrat d'emprunt ou prêt, avec des personnes de leur juridiction, leur était interdit au delà d'une somme de vingt livres et pour plus de deux mois. Pour donner au serment une grande solennité, le Roi voulut qu'il fût prêté, en pleine assise, devant une nombreuse assemblée de clercs, de laïques, de chevaliers et de sergents, afin que, dans le cas de parjure, la honte s'ajoutât au remords dans l'âme du coupable.

En ce qui concerne la tenue et la conduite de ses officiers, le Roi leur interdisait les jurons, le jeu de dés, la fréquentation des mauvais lieux. Sans autorisation préalable du Roi, ils ne pouvaient ni acquérir des possessions, ni marier, ni mettre en religion leurs enfants dans l'étendue de leur ressort. Leur personnel devait être réduit au strict nécessaire et les huissiers nommés publiquement.

Le Roi insistait encore longuement sur l'impartialité des juges, dans l'exercice de la justice, sur l'application exacte des amendes, sur la levée complète et en même temps régulière des impôts, sur la suppression des abus de toute sorte. En résumé, cette célèbre ordonnance contenait les prescriptions les plus étendues sur l'administration des affaires du royaume et sur les devoirs des officiers. Elle montrait combien le Roi avait à cœur de bien gouverner ses sujets.

Le roi Louis s'occupa également au plus tôt de visiter son royaume ; il en était resté éloigné depuis six années. Ses visites étaient accompagnées d'une profusion extraordinaire d'aumônes. Il voulait ainsi compenser en quelque sorte ce qu'il n'avait pu faire durant son absence.

Au mois d'octobre il était en Picardie à Soissons. Il présida dans cette ville à une conférence, qui se termina par un accord entre le comte de Bretagne et Thibaud de Champagne, au sujet du royaume de Navarre, et promit sa fille Isabelle à ce dernier. Puis il se rendit à Chartres, au devant du roi d'Angleterre.

Ce prince, accompagné de sa femme, sœur de la reine Marguerite, venait d'un pèlerinage à Saint-Edmond-de-Pontigny [1]. L'entrevue des deux familles royales eut lieu avec une grande pompe à Orléans. Les princes anglais furent très-flattés de l'aimable accueil dont ils étaient l'objet et retournèrent chez eux, emportant les félicitations du roi de France et l'assurance de rapports excellents entre les deux pays [2].

[1] Pontigny, Yonne. Il y avait une abbaye dédiée à saint Edmond, roi d'Angleterre et martyr.

[2] Cette entrevue, mentionnée par une seule chronique anonyme (Voy. Recueil des Historiens de France, t. xxi, p. 83), eut lieu en 1254, au retour d'une expédition du roi d'Angleterre en Gascogne. Elle ne doit pas être confondue avec l'entrevue qui eut lieu à Paris en 1259, à l'occasion de la paix conclue entre les deux pays.

Le mariage d'Isabelle avec Thibaud eut lieu à Melun, en avril 1255. Depuis ce moment, Louis traitait Thibaut comme son fils ; dans les actes et dans ses lettres intimes, il le qualifiait son très-cher fils et féal, à cause de la Champagne. Conformément au droit féodal, le Roi leva une taille à l'occasion de ce mariage ; mais cette taille fut bien modérée, car il ne donna que dix mille livres en dot à Isabelle et à ses autres filles.

Le Roi tint ensuite la session ordinaire du parlement. L'affaire la plus importante fut celle du seigneur de Montréal. Il y avait plusieurs plaintes graves au sujet des violences et des cruautés de ce seigneur ; on disait même qu'il avait fait mourir un prêtre en l'enveloppant d'abeilles. Comme ce méchant seigneur relevait du duc de Bourgogne, le Roi manda plusieurs fois à ce dernier de remédier à ce désordre et de faire comparaître son vassal devant sa cour.

Le duc était parent d'Anséric, seigneur de Montréal. Il ne fit rien de ce qui lui était ordonné. Le Roi enfin lui commanda, sous peine de désobéissance, de se saisir du château de Montréal [1] et d'y placer une garnison assez forte pour arrêter les violences commises par le seigneur. Mais Gui de Mello, évêque d'Auxerre, oncle par alliance d'Anséric, demanda un délai pour tenter de faire rentrer

[1] Montréal, Yonne.

son neveu dans le devoir ; il craignait que celui-ci, en perdant sa terre, ne vînt à compromettre l'avenir de sa famille. Le seigneur de Montréal se décida en effet à aller trouver le Roi, mais ne lui offrit aucune satisfaction ni réparation suffisantes.

Ne voulant pas laisser tant de crimes impunis, de peur de donner à d'autres la hardiesse d'en commettre de semblables, Louis écrivit encore au duc de Bourgogne, pour l'obliger à mettre sans délai garnison dans Montréal et à l'assiéger, si le seigneur du lieu faisait résistance. Il devait à tout prix, disait le Roi, réparer les maux causés par ce seigneur et en empêcher la continuation.

Cette fois, le Roi fut enfin obéi. Anséric de Montréal rendit son château au duc de Bourgogne, ainsi que la forteresse de Château-Girard et plusieurs autres terres. Anséric obtint seulement l'autorisation d'habiter le château à la condition expresse d'en sortir au premier commandement. On lui laissa ses meubles et quelques revenus. Le duc retint les terres comme confisquées pour toujours.

Les choses étaient toujours dans le même état quand Anséric vint à mourir sans enfants. Jean, son frère, demanda au duc de Bourgogne le partage de ce qui lui appartenait sur Montréal, Château-Girard et les autres terres confisquées. Gui, évêque de Langres, et plusieurs autres ecclésiastiques, intervinrent dans cet accord et décidèrent que le duc attribuerait à Jean six cent soixante-dix

livres de rente en fonds de terre à la condition
que ce dernier renoncerait à tout ce qu'il pouvait prétendre sur les possessions de son frère.
C'est ainsi que, selon les prévisions de l'évêque
d'Auxerre, les crimes d'Anséric ruinèrent la maison
de Montréal, mais la justice et l'autorité du Roi sur
les seigneurs étaient sauvegardées. Autant le Roi
se montrait sévère lorsque son autorité était menacée par quelque rébellion, autant il se montrait
doux quand on s'adressait à sa bonté. C'est ce qui
eut lieu pour son droit de gîte.

Dans ses différents voyages, le roi Louis usait,
comme ses prédécesseurs de ce droit de gîte, qui
consistait à se faire entretenir gratuitement, lui
et toute sa suite, pendant la durée de son séjour
dans une localité. Cette charge, imposée au vassal,
avait été, même auprès des rois, l'objet de nombreuses plaintes. Le roi Louis reconnut qu'elle
était parfois trop onéreuse ; il consentit non pas
à la supprimer complétement, mais à la réduire,
pour certains vassaux, à une somme fixe qu'on ne
dépasserait pas.

L'année où les troubles de l'université eurent
lieu (1255), le Roi défendit de boire dans les
tavernes, autrement que debout et en passant;
il interdit aussi les blasphèmes contre Dieu, la sainte
Vierge et les saints; tout individu convaincu
d'avoir blasphémé, était sévèrement puni d'une
amende et d'une peine matérielle.

En 1256, l'hiver fut d'une extrême rigueur et le printemps eut des pluies continuelles jusqu'à la Saint-Jean. L'année suivante il fit horriblement chaud pendant tout l'été, et dans l'hiver qui vint après, le froid fut très-rigoureux jusqu'à la Saint-Marc. Ces variations extrêmes de température nuisirent aux récoltes; le pain, le vin et la viande furent hors de prix dans toute la France. Le septier de blé à Paris valait plus de vingt sols parisis [1]. Les pauvres gens seraient tous morts de faim, sans l'intervention du Roi, qui consacra tous ses biens au soulagement des malheureux: les grands et les prélats imitèrent l'exemple du Roi, et à force de sacrifices on parvint à conjurer le fléau.

[1] Le sol parisis de saint Louis valait, d'après M. de Wailly, 1 fr. 26 c., valeur intrinsèque, en poids d'argent. Guérard évalue le septier de blé à 126 litres. Ces appréciations sont trop incertaines pour permettre une comparaison avec notre époque.

CHAPITRE XLV

E roi Louis craignait pour la Normandie, qui n'appartenait à la France que depuis Philippe-Auguste. L'Angleterre et l'Allemagne cherchaient à la lui disputer. Il la visita souvent, fit réparer les places fortes, changea les barons qui lui paraissaient suspects et mit à leur place des Français de naissance. Il désirait vivement s'assurer cette province d'une façon définitive. Elle était entrée dans le patrimoine des rois de France en 1202, après le jugement rendu contre Jean-sans-Terre, au sujet du meurtre qu'il avait commis sur son neveu Artus de Bretagne. Après plusieurs citations demeurées sans résultat, le Roi et les barons de France le déclarèrent déchu de l'Aquitaine, de la Normandie et de toutes les terres qui relevaient de la couronne.

Philippe-Auguste ne s'en rapporta à personne

pour exécuter l'arrêt de sa cour, mais il remplit lui-même cette mission à la tête d'une armée. Il acheva en 1204, par la prise de Rouen, la conquête de la Normandie; le pays tout entier avait cédé sous ses armes, depuis que Jean en avait abandonné honteusement la défense pour s'enfuir en Angleterre.

Philippe porta ensuite ses armes victorieuses dans le Maine, la Touraine, l'Anjou, le Poitou ; Louis VIII acheva ces conquêtes et y ajouta la Marche, l'Angoumois, la Saintonge, le Périgord et le Limousin. Ces possessions acquises par une guerre que les coutumes de la féodalité justifiaient pleinement inspiraient encore quelques scrupules à la conscience du roi Louis. Aussi désirait-il vivement faire un traité de paix avec le roi d'Angleterre, à condition qu'il fût avantageux pour la France et qu'il consacrât une partie des conquêtes faites par son aïeul.

Aux divers ambassadeurs qui se présentèrent de la part du roi d'Angleterre le roi Louis offrit la cession du Périgord, du Limousin, de l'Agenois, et d'une partie du Quercy et de la Saintonge. Il gardait les autres provinces. Après plusieurs pourparlers, ses propositions furent acceptées le 28 mai 1258, et, en attendant l'arrivée et le serment personnel du roi d'Angleterre, ces conditions furent confirmées sous réserve par le serment des ambassadeurs.

Vers la Saint-Martin, Henri partit de Londres

pour passer en France, accompagné de la reine et d'un grand nombre de seigneurs. Il s'embarqua à Douvres et aborda à Wissant, port alors célèbre dans le Boulonnois. Le roi Louis voulut lui faire les honneurs de sa capitale avec un éclat digne de son rang ; il lui abandonna une partie du palais et lui envoya durant plusieurs jours, à lui et aux siens, des présents de vin et de viande. Henri alla ensuite loger à Saint-Denis ; après y être demeuré plus d'un mois il offrit à l'abbé de magnifiques présents. Louis venait lui rendre de fréquentes visites en cette abbaye et ne manquait point de travailler tous les jours à la conclusion de la paix.

Enfin, le 4 décembre, le roi d'Angleterre renonça solennellement à tous ses droits sur les provinces que voulait garder le roi de France, lui fit hommage-lige et lui prêta serment de fidélité, dans le jardin du palais, en présence d'un grand nombre de seigneurs des deux royaumes.

Le roi Henri III prolongea encore son séjour assez longtemps à Paris et à Saint-Denis, même après la signature du traité. Il passa à Paris avec le roi Louis les fêtes de Noël, auxquelles correspond le commencement de l'année chez les Anglais [1].

---

[1] L'usage de donner des étrennes à Noël existe encore aujourd'hui dans beaucoup de familles anglaises. En France, bien que l'année légale commençât à Pâques pendant le moyen âge, nous avons toujours fixé l'époque des étrennes au premier janvier.

Peu de temps après, le roi de France eut la douleur de perdre son fils aîné, Louis; il souffrait depuis quelques jours seulement d'une fièvre maligne. Cette mort était survenue au commencement du mois de janvier. Le roi d'Angleterre, déjà parti pour s'en retourner dans son royaume, revint aussitôt à Paris afin d'assister aux funérailles de ce prince, neveu de sa femme. Le corps fut porté d'abord à Saint-Denis, où les religieux le veillèrent et passèrent toute la nuit à chanter des psaumes. Le lendemain, il fut porté à Royaumont, où le roi Louis avait voulu qu'il fût inhumé. Les principaux barons de France et d'Angleterre, et même le roi Henri, le portèrent sur leurs épaules durant une demi-lieue et l'accompagnèrent jusqu'à Royaumont, où les funérailles se firent avec la magnificence due à un prince de cette qualité. Il fut enseveli en présence du roi Henri, le 13e jour de janvier.

Louis retint le roi d'Angleterre à Paris jusqu'au carême et le reconduisit ensuite jusqu'à Saint-Omer. Les deux rois célébrèrent Pâques ensemble et prirent ensuite congé l'un de l'autre, Louis ayant fait divers présents tant à Henri qu'à ceux qui l'accompagnaient.

Parmi les actes du Roi pendant cette année, on remarque des donations considérables aux Chartreux de Paris, à l'Hôtel-Dieu de Vernon, à l'Hôtel-Dieu de Compiègne. Les constructions

10

que le roi Louis fit faire dans ce dernier établissement lui coûtèrent douze mille livres parisis, non compris ce qu'il donna pour la fondation de lits et l'acquisition d'autres objets nécessaires. Lorsque la maison fut en état, Louis, assisté du roi Thibaud, son gendre, y mit le premier malade et le porta lui-même dans un drap de soie qu'il laissa sur le lit. Ses deux fils portèrent ensuite le second malade et, après eux, les barons qui étaient présents portèrent les autres.

CHAPITRE XLVI

DE LA PRÉVÔTÉ DE PARIS.

E Roi s'attacha ensuite à réformer la justice et l'administration de son royaume ; en premier lieu, il fixa son attention sur le triste état des habitants de Paris.

Jusqu'à cette époque, les hautes fonctions de prévôt de Paris, étant vénales, tombaient entre les mains d'un bourgeois de Paris ou de tout autre personnage qui voulait les acheter [1]. Une fois en possession de cette charge, le titulaire en profitait pour favoriser ses parents et enfants, dans toutes les injustices et les infamies que ceux-ci se permettaient sur le menu peuple ou sur les gens faibles qui n'osaient protester. Le peuple souffrait exces-

---

[1] Le prévôt de Paris était un haut fonctionnaire chargé de l'administration des localités situées soit dans l'intérieur de la ville, soit dans la banlieue, appartenant au roi de France. Ses attributions comprenaient la justice, l'administration, la police, la perception des impôts, etc.

sivement de ces abus continuels ; il n'obtenait
jamais gain de cause contre les riches, qui corrom-
paient le prévôt à force d'argent. Celui qui, pour
ne point se rendre parjure, disait la vérité sur une
dette ou toute autre chose, était souvent frappé
d'une amende ou d'une peine. Enfin, il n'y avait
plus de justice. Désespéré, le menu peuple abandonna peu à peu les terres soumises à l'autorité
judiciaire du prévôt. D'autres quartiers de Paris,
placés sous la juridiction religieuse [1], offrant aux
habitants une situation préférable, ils s'y portèrent en grand nombre.

La terre du Roi devenait déserte. Le prévôt
tenait quelquefois des audiences où l'on ne voyait
pas plus de dix ou douze personnes. En outre,
le pays était la proie des voleurs de grand chemin.

Une situation aussi déplorable fut signalée au
roi Louis ; des plaintes lui vinrent de tous côtés.
Comme première amélioration, il voulut que la
charge de prévôt ne fût plus vénale ; il assigna des
gages considérables à celui qui occuperait la place
de prévôt de Paris et interdit formellement les
abus qui ruinaient le peuple ; puis il fit chercher

[1] Le Roi possédait certains quartiers de la ville. Un grand
nombre d'autres quartiers ou bourgs, tels que Saint-Ger-
main, Saint-Marcel, la ville l'Évêque, etc., étaient indépendants de lui ; il n'y possédait que certains droits de taille
et de chevauchée.

un homme capable de rendre la justice avec conscience et rigueur, sans accorder plus de considération à un riche qu'à un pauvre.

Le personnage le plus digne d'obtenir la confiance du Roi dans cette mission difficile et déli-
cate fut Étienne Boileau. Nommé prévôt de Paris,
il s'acquitta si habilement de ses fonctions, qu'en
peu de temps les malfaiteurs disparurent. Ceux
qui eurent l'audace de rester furent bientôt saisis
et pendus. Homme d'une fermeté à toute épreuve,
Étienne Boileau ne se laissa séduire ni par les liens
de parenté, ni par l'or ni par l'argent. On cite de lui
deux traits qui montreront la force de son caractère. Il fit pendre un de ses filleuls ; ce malheureux menait une telle vie de débauche et de bri-
gandage, que sa mère elle-même fut contrainte à
porter plainte contre lui. Une autre fois, Étienne
fit pendre un de ses collègues pour avoir nié un
dépôt d'argent qui lui avait été réellement confié.

Cette rude et loyale justice rendit la confiance
aux habitants. Ceux qui avaient déserté la terre
du Roi s'estimèrent heureux d'y pouvoir revenir
et de rendre au gouvernement royal les avantages
qui résultent d'une nombreuse population. L'amélioration de la situation des habitants produisit
bientôt des droits de ventes, saisines, achats et
autres revenus, qui formèrent une recette quatre
fois plus considérable qu'auparavant.

10*

CHAPITRE XLVII

En l'an 1260, le dimanche d'avant Pâques fleuries, le roi Louis réunit les barons et prélats de son royaume. Il leur communiqua une lettre du pape dans laquelle on lui mandait que les Tartares avaient envahi la Terre-Sainte d'outre-mer, vaincu les Sarrasins, pris l'Arménie avec Antioche, Damas, Alep et toutes les terres d'alentour, en sorte que la ville de Saint-Jean-d'Acre et la chrétienté se trouvaient dangereusement menacées [1].

Cette nouvelle jeta le royaume dans la désolation, les prélats et barons ordonnèrent les mesures d'usage en pareil cas, c'est-à-dire de faire des processions, de réciter des litanies et des prières, de se

[1] On voit que la nouvelle rapportée plus haut de la prétendue conversion des Tartares, ne reposait que sur des faits ou des paroles mal interprétés.

garder de vilainement jurer par le nom de Notre-Seigneur et des Saints, enfin de s'abstenir le plus possible de pécher, et d'éviter la superfluité dans les plaisirs de la table, ou dans le luxe des vêtements. En même temps on défendit pour deux ans les danses et les mauvais jeux ; les hommes reçurent l'ordre de s'exercer à l'arc et à l'arbalète. On espérait par ces pénitences publiques apaiser la colère de Dieu et délivrer la Terre-Sainte du joug des infidèles.

Les tristes nouvelles transmises par le Pape excitèrent, dans l'esprit du pieux Roi, le désir qu'il exprimait depuis quelque temps au sujet d'une deuxième croisade. Cette intention lui était venue après avoir renoncé, sur l'avis de ses meilleurs conseillers, à un projet d'entrer en religion qu'il avait quelque temps nourri [1]. Il voulait faire quelque chose pour Dieu, quelque acte extraordinaire de dévouement, et personne au monde n'était capable de l'en détourner.

Durant les années précédentes le roi de France et le roi de Tunis avaient correspondu par messagers. Des gens dignes de foi affirmaient que le roi de Tunis était bien disposé envers les chrétiens, et qu'on pouvait être assuré de sa conversion si une occasion favorable se présentait à lui. Garder son honneur sauf et se mettre à couvert de la ven-

[1] Il avait même eu l'idée d'abdiquer en faveur de son fils.

geance des Sarrasins, telle était sa seule préoccupation.

Le pieux Roi, plein de zèle, s'écriait souvent en parlant de lui : « Si je pouvais le voir, avec quel bonheur je serais parrain d'un tel filleul ! » Quelquefois, dans son enthousiasme, il se plaisait à se figurer que Carcassonne et Narbonne étaient les terres de Tunis et il les visitait avec joie en pensant à la bonne action que Dieu lui avait inspirée. L'année de son départ il reçut encore des envoyés tunisiens. Pendant leur présence à Saint-Denis on baptisait un juif de grand renom, que le Roi et les barons tinrent sur les fonts de baptême. Le Roi exprima aux ambassadeurs le désir qu'ils assistassent à la cérémonie, puis, les ayant appelés : « Dites à votre roi, s'écria-t-il, que je désire tant le salut de son âme, que je consentirais à être enfermé chez les Sarrasins le reste de mes jours et privé de la lumière du soleil, si par là j'étais assuré de le voir devenir sincèrement chrétien, ainsi que vous et votre pays. Voir revenir à la foi catholique et à son ancienne splendeur religieuse cette terre d'Afrique, où saint Augustin et tant d'autres saints docteurs avaient brillé d'un si vif éclat, et Carthage surtout, illustrée par tant de grands évêques et de nobles martyrs, était-il espoir plus digne d'enthousiasmer le cœur du pieux roi de France ?

Les bonnes dispositions du roi de Tunis, et d'autre part les avantages qui résulteraient de l'occupation des côtes d'Afrique, décidèrent le Roi et les barons à faire de ce pays le premier objet de la croisade projetée. Tunis contenait de grands trésors, c'était l'arsenal des Sarrasins pour l'Orient ; une fois maîtres de Tunis, les chrétiens y auraient trouvé et les ressources et l'appui nécessaires à une expédition en Terre-Sainte. Malheureusement, comme on le verra dans la suite, l'expédition fut arrêtée à ses débuts.

D'ailleurs, la pieuse ardeur du Roi se heurtait à de grands obstacles [1] : les chevaliers commençaient à se lasser de ces expéditions où ils sacrifiaient leurs vies et leurs fortunes ; les finances n'étaient pas dans une situation très-prospère ; l'âge du Roi déjà avancé, sa santé délabrée, engageaient ses conseillers les plus intimes à le détourner de ce projet. Plusieurs événements eurent encore lieu avant l'exécution de cette deuxième croisade.

[1] Le départ n'eut lieu que le 1er juillet 1270 ; on s'y prépara donc pendant dix ans.

CHAPITRE XLVIII

LE mariage qui avait été arrêté l'an 1258, entre Philippe, héritier de la couronne de France, et Isabelle d'Aragon, s'accomplit enfin en l'année 1262, à la Pentecôte, dans la ville de Clermont en Auvergne, où le Roi réunit, pour cette occasion, presque toute la noblesse du royaume. Jacques, roi d'Aragon, s'y trouva en personne avec Sanche, l'un de ses fils.

Le roi Louis faillit rompre le mariage en apprenant que le roi Jacques mariait Pierre, son fils aîné, avec Constance, fille de Mainfroy, l'usurpateur du royaume de Sicile et l'ennemi acharné des papes. Jacques espérait, par ce mariage, unir la Sicile à l'Aragon. Il essaya auparavant de réconcilier Mainfroy avec l'Église, mais il ne réussit qu'à s'attirer les reproches du pape, qui lui dit que

les crimes de Mainfroy étaient trop grands pour
mériter aucune grâce et qu'il trouvait étonnant de
voir un prince, champion de l'Église, ternir l'éclat
de sa noble maison en mariant son fils à la fille
de Mainfroy.

Ces raisons n'arrêtèrent point le roi d'Aragon.
A cette nouvelle, qu'il reçut en arrivant à Clermont, le Roi déclara qu'il ne fallait plus songer au
mariage de Philippe avec Isabelle, car il ne pouvait souffrir que lui ni aucun des siens s'unît à
ceux qui avaient la moindre liaison avec les ennemis et persécuteurs de l'Église.

Cependant les choses s'arrangèrent bientôt; le
roi d'Aragon affirma qu'en mariant son fils avec
la fille de Mainfroy, il ne prétendait point que ce
fût au préjudice des droits de l'Église romaine ni
de sa propre alliance avec la France.

Le mariage s'accomplit enfin. Il eut lieu le jour
même de la Pentecôte avec beaucoup de magnificence. Le Roi fixa, quelque temps après, dans le
courant de juillet, le douaire d'Isabelle, consistant
en quinze cents livres de rente et quelques terres
en Languedoc.

CHAPITRE XLIX

1264. — LE PAPE URBAIN OFFRE LE ROYAUME DE SICILE A CHARLES, COMTE D'ANJOU, FRÈRE DU ROI DE FRANCE.

MAINFROY était fils naturel de l'empereur Frédéric, et, bien qu'il ne fût pas son héritier, il parvint à se faire reconnaître pour roi de Sicile. Depuis la concession de l'empereur Constantin, ce royaume, considéré comme patrimoine de l'Église, était placé sous la suprématie du Pape. Si Mainfroy eût gouverné paisiblement et avec l'intention de racheter les méfaits de son père, la cour de Rome l'eût facilement accepté, mais il se déclara ouvertement ennemi de l'Église et ne cessa de nuire à ses intérêts.

Le Pape lança l'excommunication contre Mainfroy, puis, comme la guerre était inévitable, il eut recours au roi de France comme au bras droit de l'Église, et lui fit transmettre par le cardinal de Sainte-Cécile une lettre où étaient contenues ces paroles : « Beau cher fils, comme Mainfroy ne veut faire droit à la sainte Église, je vous prie de m'envoyer votre frère Charles avec ses hommes d'armes. Nous lui donnons et octroyons le royaume de Sicile, le duché de la Pouille et le titre de prince de Calabre, avec le droit de conserver toutes ces dignités dans sa descendance, jusqu'à la quatrième génération. »

Le Roi examina ces propositions et en fit part à son frère ; à son avis, Charles ne devait accepter qu'à la condition de pouvoir transmettre ces dignités à perpétuité dans sa famille. Mais Charles fut moins exigeant et accepta les conditions offertes par le Saint-Père, disant qu'il était trop heureux et fier de servir la sainte Église et de lui porter secours. Le Roi ne voulut pas s'opposer au bon mouvement de son frère et lui donna son entière approbation.

Le comte d'Anjou demanda seulement au Roi, son frère, pleine et entière autorisation d'emmener avec lui tous les chevaliers qui voudraient le suivre. Louis s'y décida avec peine, car il voyait avec grand regret un bon nombre de chevaliers s'éloigner de son royaume ; cependant, l'entreprise étant considérée comme une croisade, il ne voulut point les priver de la grâce du plein pardon. Parmi eux se trouvaient l'évêque d'Auxerre, Guy, suivi d'une forte troupe de chevaliers et de sergents de son évêché, tous bien équipés, hardis et vigoureux ;

11

Robert, fils du comte de Flandre, avoué de Béthune; le comte de Vendôme; Monseigneur Guy, maréchal de Mirepoix, et quantité d'autres chevaliers.

Charles d'Anjou quitta la France et s'embarqua à Marseille après Pâques de l'année 1265. Il fut reçu solennellement à Rome et, après avoir été couronné par le Pape roi de Sicile, il commença la guerre contre Mainfroy et parvint en trois années à se défaire de ses ennemis.

CHAPITRE L

COMMENT LE ROI LOUIS PRIT LA CROIX UNE SECONDE FOIS POUR ALLER OUTRE-MER.

AINSI que nous l'avons dit plus haut, le pieux Roi méditait une nouvelle croisade. Les résultats de sa première expédition d'outre-mer ne lui laissaient pas la conscience bien en paix ; à ses yeux, cette expédition malheureuse avait plutôt nui à la gloire du royaume de France que procuré des avantages réels à la sainte Église ; son plus ardent désir était donc de retourner outre-mer, espérant apporter cette fois un secours plus efficace aux populations de la Terre sainte, exposées de nouveau à de grands périls. Mais ce n'était pas à lui seul de trancher la question ; la croisade devait être approuvée par la cour de Rome ; à cet effet, le roi de France envoya au pape Clément un messager pour lui demander en particulier son avis sur l'opportunité de la chose.

Le pape, homme fort sage, hésita dans le commencement ; puis, après une longue délibération, il finit par consentir et donna son approbation au projet du Roi. Il envoya en France, tout spécialement à cette occasion, Monseigneur Simon, prêtre et cardinal de Sainte-Cécile.

Au moment de prendre la croix, le bon Roi réunit à Paris un grand parlement de barons, prélats, chevaliers et autres gens ; il les exhorta vivement à tirer vengeance des dévastations commises par les Sarrasins en Terre-Sainte, et des insultes qu'ils faisaient à la religion du Christ. Le cardinal prêcha ensuite le sermon d'usage, à la fin duquel le roi Louis prit très-dévotement la croix, et, après lui, ses trois fils, Philippe l'aîné, Jean et Pierre, et une grande multitude de barons et de chevaliers. L'exemple du Roi fut suivi par d'autres barons qui n'avaient pas connu la date de la cérémonie ; parmi ceux qui prirent la croix, on citait : Alphonse, frère du Roi, comte de Poitiers et de Toulouse ; Thibaud, roi de Navarre, comte de Champagne et Palatin de Brie ; Robert, comte d'Artois ; Jehan, comte de Flandres ; Jehan, fils aîné du comte Bretagne, qui avait épousé une des filles de Henri, roi d'Angleterre, et beaucoup d'autres nobles personnages que nous ne nommons pas. Afin que le Roi et les barons eussent le temps de pourvoir à tout ce qui leur était nécessaire pour ce voyage, ils fixèrent au mois de mai 1270 l'époque à laquelle ils devraient se mettre en marche. D'ici là, quantité de personnes prirent encore la croix.

Les vaisseaux du Roi et des barons furent équipés dans le port d'Aigues-Mortes. A l'approche du départ, le bon roi Louis voulut, selon l'ancien usage des rois de France, faire une dernière station aux tombeaux de saint Denis ; trois de ses fils et une multitude de chevaliers l'y accompagnèrent. Il se rendit le matin du jour de son départ devant le corps du glorieux martyr et y pria longtemps avec beaucoup de dévotion. Il reçut ensuite des mains de l'abbé l'escarcelle et le bourdon du pèlerin, puis il prit sur l'autel l'oriflamme de saint Denis. Quand le Roi eut mis tout son royaume sous la garde du saint martyr, il vint dans la salle du chapitre des moines pour se recommander, lui et ses enfants, à leurs prières. Le couvent tout entier l'attendait, chacun assis sur son siége selon la coutume. Le Roi s'assit sur la dernière marche du trône de l'abbé, au dessous même de la place réservée aux enfants de chœur ; il se recommanda aux prières de la communauté, et sortit ensuite de l'abbaye pour aller passer la nuit au bois de Vincennes. Le lendemain, il se sépara de la reine Marguerite, sa femme ; ses adieux furent entrecoupés de profonds soupirs et d'abondantes larmes. Il confia la garde de son royaume à l'abbé de Saint-Denis, Mathieu de Vendôme, homme plein de sagesse et de vertu, et au seigneur de Nesle, Symon, noble et loyal chevalier.

En cette même année (1269), sa fille Blanche fut envoyée avec grande pompe en Espagne pour être donnée en mariage, la veille de saint André, apôtre, à Ferrand, fils aîné d'Alphonse, roi de Castille. Le mariage avait été conclu sous cette condition que les enfants de Blanche et du prince Ferrand son mari, celui-ci venant à mourir avant son père, ne perdraient pas pour cela leurs droits au trône d'Espagne, mais qu'ils seraient considérés comme les héritiers légitimes du roi Alphonse leur aïeul.

CHAPITRE LI

Au mois de mars, de l'année 1270, le bon roi
Louis se mit en marche pour son second
voyage d'outre-mer ; il traversa la Bourgogne,
passa à Sens, à Vézelay, à Mâcon, à l'abbaye de
Cluny, puis à Lyon, sur le Rhône, à Beaucaire et
à Vienne. Il trouva peu de monde en arrivant à
Aigues-Mortes, où, comme nous l'avons dit, l'armée des croisés devait se rassembler ; mais à peine
y était-il que les barons, les chevaliers et le menu
peuple, arrivèrent en telle foule que toute la terre
en était couverte. C'était un beau spectacle que de
voir le rivage rempli de guerriers et le port couvert de navires prêts à lever l'ancre.

La ville ne pouvant contenir une si grande multitude de gens, plusieurs grands barons de l'armée se dispersèrent dans les cités et bonnes villes des environs pour y attendre que les vaisseaux eussent le temps de compléter leur chargement d'armes et de vivres.

Pendant qu'ils attendaient ainsi, le diable, qui toujours prend à tâche de semer dans le champ du père de famille l'ivraie au milieu du bon grain, suscita entre les pèlerins des haines et des discordes pour tâcher de mettre obstacle à leur sainte entreprise. A propos d'un rien, une querelle s'émut entre les soldats de Provence et de Catalogne et un certain nombre de gens de pied français. Ils s'attaquèrent les uns les autres avec épées, glaives et arbalètes; plus de cent hommes perdirent la vie dans cette bagarre. A la fin, les Français, transportés de fureur, chargèrent leurs adversaires avec tant de violence, qu'ils les repoussèrent jusqu'aux vaisseaux. Ils se seraient volontiers mis à l'eau jusqu'au cou pour les massacrer jusqu'au dernier. Il n'y avait personne là qui pût ou osât réprimer ce désordre. Le Roi et les hauts barons séjournaient dans les villes des environs; mais quand le Roi, qui se trouvait à Saint-Gilles, en Provence, où il venait de célébrer la Pentecôte et de tenir une cour solennelle, eut été informé de ce qui se passait, il arriva en toute hâte, fit saisir les principaux meneurs et ordonna de les pendre.

LE ROI PART POUR LA TERRE SAINTE

LE ROI PRISONNIER EST CONSOLÉ

D'après Montfaucon et Seroux d'Agincourt. — Extrait de l'histoire de France publiée par le Magasin Pittoresque.

Quelque **temps** après, les préparatifs étant ter-
minés, le roi Louis entra dans son vaisseau le

11*

mardi après la fête de saint Pierre et saint Paul
de l'année 1270, ayant avec lui ses deux fils, Philippe et Pierre. Après le Roi, les autres barons
entrèrent aussi dans leurs navires et attendirent
tout le jour et toute la nuit, jusqu'au mercredi
matin, pour lever l'ancre. Ils cinglèrent alors vers
la haute mer. Le vent fut favorable jusqu'au mercredi vers minuit. Tout à coup, une tempête si
violente s'éleva sur les flots, que d'immenses
vagues ballottaient les vaisseaux en tous sens. Cette
tempête survint dans la mer de Lion, ainsi nommée parce qu'elle est profonde, rude et toujours
agitée. Par suite de la fureur du vent et des flots,
les vaisseaux, qui jusqu'alors s'étaient tenus tous
assez rapprochés les uns des autres, s'écartèrent ;
mais quand on eut dépassé le golfe de Lion, au
milieu de grands périls, le samedi matin, ils trouvèrent une mer plus tranquille, et un grand
nombre de croisés, fort malades des suites de cette
tempête, furent assez promptement remis.

Le jour d'après, qui était le dimanche, ils vo-
guèrent en paix, mais le mauvais temps reprit vers
le milieu de la nuit. Le ciel se couvrit de nuées
noires, et un si grand vent agita la mer, que la
tourmente fut encore plus affreuse qu'elle ne l'avait
été dans la mer de Lion. Le lendemain matin,
pour fléchir la colère du ciel, le Roi fit chanter
quatre messes, sans consécration, à cause du mouvement des flots, en l'honneur de la sainte Vierge,

des saints anges, du Saint-Esprit et des morts,
mais peu d'hommes parvinrent à se tenir sur leurs
jambes pendant la célébration de l'office. La mer
se calma enfin. Les croisés prirent quelque nourriture, mais ils s'aperçurent alors avec terreur
que leur provision d'eau douce était corrompue.
Beaucoup d'hommes et de chevaux en contrac-
tèrent des maladies. A cette affreuse situation,
s'ajoutait l'incertitude de la route. On s'étonnait de
ne pas arriver à Cagliari, en Sardaigne, où d'autres
barons attendaient pour se joindre à la croisade.

Mandés par le Roi, les marins apportèrent une
carte et lui montrèrent qu'ils devaient approcher.
De son côté, Philippe, fils du Roi, envoya un chevalier à son père pour lui faire part de ses soup-
çons au sujet de la conduite des marins. Des murmures s'élevaient ; on disait que le vent était assez
bon pour venir d'Aigues-Mortes à Cagliari en
quatre jours. Une galère, commandée par un
nommé Benouvel, s'était attardée pendant la tempête et gagnait, prétendait-on, les pays barbares,
Tous ces bruits étaient faux, comme on le verra.

CHAPITRE LII

COMMENT LE ROI LOUIS ET LES BARONS PARVINRENT
A CAGLIARI.

IL fut décidé que pendant la nuit les vaisseaux flotteraient sur la mer sans avancer, par crainte des récifs semés près de la côte. Au jour, la terre apparut. Le port était encore à soixante milles. La mer resta mauvaise jusqu'à neuf heures ; le vent contraire pendant toute la journée, empêcha d'entrer dans le port. On jeta les ancres à environ dix milles de la terre ; des barques, expédiées en toute hâte sur la côte, rapportèrent d'une abbaye de l'eau fraiche et des légumes, ce qui réconforta les plus malades.

Le mardi suivant, huitième jour de traversée, le vent contraire empêcha encore d'aborder. Comme la veille, on envoya des barques pour se ravitailler, mais les habitants de la ville furent si peu accommodants, qu'on put à peine obtenir de l'eau et quel-

ques pains. A l'arrivée des vaisseaux, dans la
crainte d'une surprise, ils avaient enlevé toute espèce de marchandises.

En présence d'un tel refus de secours, le Roi se
décida à envoyer un chevalier au seigneur châtelain de la ville de Cagliari pour lui demander au
moins un refuge pour les malades de son armée.
On répondit que le château, appartenant à la ville
de Pise, ne pouvait être ouvert, mais que la ville
basse était à la disposition du Roi. Le convoi des
malades fut aussitôt organisé ; plusieurs étaient si
faibles qu'ils moururent dans le transport. Arrivés
sur la côte, les maisons qu'on leur destinait parurent si défectueuses qu'on installa les malades
dans un couvent de Frères Mineurs, situé sous le
château et en bon air. Les exigences des habitants
recommencèrent ; le peu de vivres qu'on trouvait
étaient hors de prix ; un poulet qui valait quatre
deniers génois lors de l'arrivée des vaisseaux,
était estimé deux sous tournois [1] et même davantage. Ils ne voulaient accepter la monnaie tournois que pour même valeur que celle de Gênes,
bien que celle-ci fût inférieure d'un tiers. La mauvaise volonté de ces habitants causait de grands
ennuis au roi Louis ; à d'autres messagers qu'il
envoya pour obtenir des adoucissements, on ré-

[1] Le sou contenait douze deniers ; la monnaie tournois
était d'un titre bien supérieur à tous les autres.

pondit que, la ville appartenant à Pise et les marins du Roi étant génois, ils se considéraient comme ennemis et traitaient comme tels les gens de la flotte. L'armée française était irritée d'une pareille infamie ; on suppliait le Roi de détruire le château et la ville habitée par la plus méchante race qu'on ait jamais vue ; mais le bon Roi, tout en reconnaissant qu'ils le méritaient, ne voulut point combattre des chrétiens dans une expédition contre les infidèles.

CHAPITRE LIII

ENDANT que le vaisseau royal était mouillé dans le port de Cagliari, les galères des autres barons arrivèrent. C'étaient le roi de Navarre, le comte de Poitiers, le comte de Flandre, messire Jean de Bretagne et beaucoup d'autres. Après avoir salué le Roi, ils se réunirent en conseil pour arrêter définitivement la marche de l'expédition. Plusieurs étaient d'avis de marcher directement sur l'Egypte et la Terre-Sainte, mais la plupart se rangèrent à l'avis du Roi pour la direction de Tunis. Outre les raisons morales qui occupaient depuis longtemps l'esprit du Roi, la possession de Tunis offrait des avantages stratégiques de la plus haute importance. C'était une des clefs de la Méditerranée ; le soudan de Babylone s'y fournissait d'armes et de chevaux ; la ville possé-

dait d'immenses richesses ; les chrétiens y trouveraient certainement l'argent et les ressources nécessaires pour continuer l'expédition jusqu'en Terre-
Sainte ; la prise de cette ville pouvait donc réellement être considérée comme utile à la chrétienté.
On faisait encore entendre au Roi que, dans le cas
où le roi de Tunis résisterait, la grande armée
française aurait facilement raison de la ville et du
territoire et que celui-ci s'estimerait encore bien
heureux de garder son royaume en se faisant chrétien. Ces raisons, jointes à beaucoup d'autres, décidèrent les barons à faire voile vers Tunis.

A la vue des préparatifs du départ, le châtelain
et les habitants de Cagliari, convaincus cette fois
qu'on ne voulait point leur faire la guerre,
envoyèrent offrir en présent vingt tonneaux d'excellent vin grec, mais le Roi refusa en leur répondant que le meilleur présent à lui faire était de
bien soigner et de traiter avec égard les malades
de son armée qu'il laissait dans leur ville.

CHAPITRE LIV

COMMENT LE ROI LOUIS ET SON ARMÉE PARTIRENT DE
CAGLIARI ET ARRIVÈRENT AU PORT DE TUNIS.

N leva les ancres par un bon vent le mardi
avant la fête de saint Arnould [1] et deux
jours après on arrivait en vue de Tunis. Le Roi
envoya l'amiral en avant pour explorer le port
et examiner les conditions du débarquement.
L'amiral trouva deux galères vides appartenant
aux Sarrasins et plusieurs autres bateaux marchands ; il s'en empara sans difficulté ; puis, voyant
le port désert, il aborda, prit terre et expédia au Roi
un messager pour prendre les ordres et demander
du renfort. Le Roi s'inquiéta d'une pareille imprudence, l'amiral avait mission de rechercher l'endroit le plus commode pour débarquer et non de
descendre à terre.

[1] 18 juillet (1270).

Le conseil des barons fut réuni sur-le-champ, le Roi leur exposa la situation et leur demanda leur avis. On eut peine à s'entendre, parce que plusieurs voulaient qu'on profitât de cette occupation par surprise ; cependant il fut décidé que deux messagers, frère Philippe des Glés et le chef des arbalétriers, descendraient à terre et aviseraient au meilleur parti à prendre, ou faire revenir l'amiral ou faire débarquer les troupes pendant la nuit. Ils partirent et revinrent avec l'amiral ; ce qui souleva de nombreux murmures.

Les troupes attendirent toute la nuit dans les vaisseaux. Ce fut une grande perte de temps, car dès le matin le port était garni de Sarrasins à pied ou à cheval. Le Roi n'en commanda pas moins de prendre terre. Aussitôt les hommes sortirent tout armés ; le Roi et les barons firent avancer leurs vaisseaux près de la rive et tous débarquèrent à l'endroit désigné par l'amiral. Etonnés d'une telle audace, les Sarrasins reculèrent sans oser s'opposer à nos manœuvres et se massèrent en arrière sur une pointe de terrain.

Nos Français s'établirent sur une langue de terre longue d'environ une lieue et large de trois portées d'arbalète qui tenait au continent par les deux bouts ; c'était une bonne position de défense mais sans eau douce. Des valets de l'armée, qui allèrent au loin pour s'en procurer, furent tués en revenant.

La descente avait eu lieu un vendredi, fête de
saint Arnould ; le lendemain un détachement de
nos troupes attaqua une tour défendue par les
Sarrasins, en chassa la garnison et s'y installa,
mais il fut surpris et cerné par un nombre considérable de Sarrasins arrivés au secours de leurs
compagnons. Nos soldats résistèrent pendant une
journée et auraient été brûlés dans la tour sans le
renfort que leur envoya le roi Louis. La bataille
fut rude ; les Sarrasins, quoique nombreux, atta-
qués de deux côtés à la fois, lâchèrent pied et s'enfuirent laissant un assez grand nombre de morts ;
il fut impossible de les poursuivre, parce que les
chevaux, fatigués par la mer, tremblaient sur leurs
jambes et pouvaient à peine supporter leurs cavaliers. Nos soldats quittèrent la tour et rejoignirent
le gros de l'armée.

Le Roi tint conseil avec les barons pour choisir
un autre endroit de campement ; la position occupée était trop défectueuse pour la garder, à cause
du manque d'eau. Les troupes se dirigèrent en
ordre de bataille sur le château de Carthage, et,
chemin faisant, s'emparèrent de la tour dont nous
avons parlé. Les tentes furent dressées dans une
vallée fertile, située au dessous de Carthage, et
d'où les croisés avaient un accès facile vers le port
et vers leurs navires. On y trouvait un grand
nombre de puits creusés de distance en distance.
Chaque Sarrasin en avait un sur sa terre pour
l'arroser.

CHAPITRE LV

COMMENT FUT PRIS LE CHATEAU DE CARTHAGE.

Quand l'armée fut installée, les marins vinrent dire au Roi qu'ils se rendraient maîtres assez facilement du château de Carthage, à la condition d'être soutenus par une troupe d'arbalétriers. Le Roi approuva ce plan et leur dit que des soldats à pied et à cheval seraient à leur disposition. Deux jours après, les échelles et engins d'attaque étant dressés contre les murailles, on avertit le Roi que tout était prêt pour l'assaut. Il expédia de suite cinq cents arbalétriers à pied et à cheval avec quatre bataillons de troupes étrangères pour soutenir les marins. En même temps, le Roi et les barons sortirent du camp en ordre de bataille, et, marchant contre les Sarrasins qui s'avançaient vers eux, ils leur coupèrent toute communication avec le château. La garnison, prise à l'improviste et privée de secours, ne put tenir

longtemps. Les marins escaladèrent les murailles
et plantèrent leurs bannières au sommet d'une
tour; un seul d'entre eux avait été tué. A cette
vue le Roi et les barons accoururent, massacrant
nombre de Sarrasins sur leur passage. Beaucoup
de ceux-ci crurent trouver un refuge dans les
cavernes qui s'ouvraient sur le flanc de la montagne, mais on y mit le feu et ils moururent
étouffés. Près de deux cents Sarrasins furent tués
dans cette bataille. Quant aux survivants, ils se
sauvèrent, chassant devant eux leurs troupeaux et
leurs objets de toute sorte, sans être inquiétés par
les vainqueurs. Défense avait été faite de sortir
des rangs pour aucun motif, même pour secourir
celui qui s'aventurerait tout seul.

Le Roi établit dans le château une forte garnison composée de chevaliers et d'arbalétriers. On
enleva les cadavres, on nettoya les appartements
pour y assurer un refuge aux femmes, aux malades
et aux blessés. Plusieurs cachettes autour des murs
renfermaient une assez grande quantité d'orge;
c'est à peu près la seule chose qu'on trouva. La
noble cité que la reine Didon fonda et qui fut la
rivale souvent victorieuse de la puissante répu-
blique romaine, n'était plus qu'une petite forteresse perdue au milieu des ruines.

Le vendredi qui suivit la prise de ce château, les
Sarrasins, qui s'étaient montrés en vue de l'armée
française, se retirèrent sur le soir; ce n'était ni

par peur ni par ruse, mais uniquement pour célébrer leur sabbat. Le lendemain les ennemis reparurent et harcelèrent nos gens à tout instant et si bien qu'on n'avait pas même le temps de prendre les repas. En cette journée, deux chevaliers de Catalogne qui servaient à Tunis vinrent se mettre à la disposition du roi de France. Ils s'étaient échappés par le plus grand des hasards. Le roi de Tunis, dirent-ils, avait emprisonné tous les chrétiens qu'il avait à sa solde parmi ses troupes, en les menaçant de leur faire couper la tête si les croisés assiégeaient Tunis, et en leur promettant de les délivrer s'ils n'y venaient pas.

CHAPITRE LVI

ALPHONSE, comte d'Eu, et Jean d'Acre, bouteiller, son frère, commandaient le guet de nuit quand trois chevaliers sarrasins se présentèrent, demandant à se faire chrétiens. En signe de sincérité, ils mettaient la main sur leur tête, baisaient la main de nos gens, donnaient enfin toutes les marques accoutumées de soumission. Le bouteiller les mena dans sa tente et informa aussitôt le Roi, qui ordonna de les garder avec soin. A peine le bouteiller était-il de retour à son guet, qu'une centaine de Sarrasins se présentèrent de la même manière que les trois autres, demandant instamment le baptême. C'était une embûche, car, tandis qu'on parlementait, une nombreuse troupe de Sarrasins armés de lances tomba sur le guet, massacra une soixantaine de chrétiens, avant même qu'on eût le temps de crier aux armes, et prit la fuite. Ce fut une infâme trahison de la part des Sarrasins et un défaut de vigilance de la part des chrétiens. On en rejeta la responsabilité sur le bouteiller ; sans doute la démarche des trois personnages qui s'étaient présentés à lui et l'avaient suivi sans résistance, pouvait lui faire croire à la sincérité des autres, mais devant les ruses d'un ennemi, on ne saurait avoir trop de défiance. A son retour, le bouteiller accusa violemment les trois Sarrasins de fourberie et de trahison. L'un d'eux, qui paraissait leur supérieur, s'en excusa en pleurant et jura qu'il n'était pour rien dans ce guet-à-pens. Un frère prêcheur, qui savait la langue des Sarrasins, lui servit d'interprète. Le bouteiller, qui le crut, lui dit qu'il ne craignît point, que s'il avait mis sa confiance dans les chrétiens, elle ne serait point trompée ; que le roi Louis était d'une telle loyauté, qu'il ne souffrait pas qu'on manquât même à une simple promesse. Le Sarrasin ajouta : « Seigneur, je sais bien que vous me soupçonnez de cet acte infâme, bien qu'il n'y ait rien de ma faute ; mais sachez que c'est un de mes rivaux qui l'a commis pour me nuire. Chez le roi de Tunis nous sommes deux chefs chargés de commander chacun un corps de troupe de deux mille cinq cents chevaliers ; nous avons un pouvoir égal et sommes indépendants l'un de l'autre. Or, mon collègue qui me hait, apprenant

que je suis auprès de vous, a suscité cette attaque
pour me faire accuser d'y avoir contribué. Pourtant il sait bien que personne de mes chevaliers
n'y assista et ne porta jamais les armes contre
vous. D'ailleurs, pour preuve de ce que j'avance,
laissez aller un de mes compagnons vers mes gens,
et s'il ne revient pas avec deux mille hommes
prêts à vous fournir des vivres et des secours, je
consens à être puni comme traître. »

Le bouteiller rapporta ces paroles au Roi, qui
ne voulut point y croire, et néanmoins donna
ordre de relâcher les trois Sarrasins. Pendant qu'on
les reconduisait sains et saufs hors des lignes de
l'armée, nos soldats murmuraient de ne pouvoir
les sacrifier à leur vengeance. Ils auraient eu raison, car le seigneur sarrasin ayant juré encore de
revenir le lendemain accomplir ses promesses, se
garda bien de le faire, en rusé traître qu'il était.
La joie que leurs camarades firent paraître en les
voyant revenir, prouva qu'on les croyait assuré-
ment massacrés par les chrétiens.

CHAPITRE LVII

L'ARMÉE ROYALE FORTIFIE SON CAMP.

RESSENTANT des attaques incessantes et un séjour prolongé sur ce territoire, le roi Louis ordonna, sur l'avis de ses barons, de creuser des fossés et d'élever des retranchements pour abriter sûrement son armée. Les ouvriers travaillaient sous la direction de frère Amaury de la Roche, qui commandait en même temps une troupe de soldats chargés de les protéger. A la vue de ces travaux, les Sarrasins se ruèrent sur nous en grand nombre et avec plus de furie qu'auparavant. On avait répandu dans nos rangs le bruit de la présence du roi de Tunis parmi ses soldats, mais on n'ajoutait que peu de foi à cette nouvelle malheureusement trop vraie. De nombreux bataillons et escadrons débouchèrent de toutes parts, et, s'avançant jusqu'au rivage, menaçant d'occuper l'espace compris entre le camp et les vaisseaux, ils déployaient leurs lignes comme pour nous cerner. La sentinelle, apercevant cette manœuvre, cria aux armes et vint prévenir le Roi. Aussitôt l'ordre est donné de s'armer à la hâte, le Roi sort suivi de ses barons rangés en lignes serrées. Le comte d'Artois chevauchait vers la côte, afin de prendre par derrière les ennemis qui tenteraient de nous attaquer. Une autre troupe de trente cavaliers, commandés par Monseigneur Pierre le Chambellan et frère Amaury de la Roche, voyant le mouvement du comte d'Artois, chargèrent un escadron de Sarrasins de son côté pour le prendre entre eux et l'escadron du prince. Ceux-ci virent le danger et prirent aussitôt la fuite ; les nôtres les poursuivirent et leur tuèrent treize hommes et plusieurs chevaux, mais nous perdîmes deux bons et nobles guerriers, Jean de Roselières et le châtelain de Beaucaire. On les transporta mourants dans le château, où ils purent recevoir, avant de rendre le dernier soupir, les secours de la religion.

Les Sarrasins, ne se trouvant pas en force, se retirèrent peu à peu. De son côté, le roi Louis, qui attendait de jour en jour l'arrivée du roi de Sicile, préféra rentrer dans ses retranchements. La journée du lendemain fut tranquille, sans doute à cause du sabbat. Le mardi suivant, Olivier de Termes vint d'Europe annonçant que le roi de Sicile avait pris la mer et arriverait sous peu. Cette nouvelle fut accueillie avec grande joie.

CHAPITRE LVIII

ÉPIDÉMIE QUI SÉVIT DANS L'ARMÉE DES CHRÉTIENS. —
MORT DU COMTE DE NEVERS ET DU LÉGAT, MALA-
DIE DU ROI.

LES jours qui suivirent l'entrée des chrétiens
sur la terre de Tunis furent sans succès et
sans événements importants d'une part ni de
l'autre. Les Sarrasins harcelaient nos gens, qui les
repoussaient de leur mieux ; le temps se passait
en escarmouches sans conséquences graves pour
les deux armées, mais cependant funestes au repos et à la santé de nos troupes. Nuit et jour il
fallait être aux aguets et courir aux armes au premier signal. Cette vie de fatigue et de privations
ne tarda pas à engendrer des maladies dans notre
armée. L'impureté de l'air, tantôt brûlant, tantôt
humide, le manque d'eau et de vivres reconfor-
tants, le défaut de remèdes et de soins accélérèrent
les ravages de l'épidémie. Les barons furent atteints

aussi bien que les soldats. Jean Tristan, comte de Nevers, fils du Roi, mourut un des premiers, le jour de l'invention de saint Étienne. Selon l'usage en pareil cas, on fit bouillir ses chairs dans un mélange de parfums et d'herbes fortes, puis on le déposa dans un cercueil qui devait être transporté plus tard à Saint-Denis.

Quelques jours après, le jeudi avant la fête de saint Laurent, le légat succomba. Il avait pu avant de mourir déléguer ses pouvoirs à un frère prêcheur.

Le nombre des malades et la diversité des maladies augmentaient tous les jours. Le Roi lui-même, déjà souffrant en quittant la France, accablé par les fatigues de la guerre, affaibli par l'installation défectueuse des tentes, ressentit les atteintes de la fièvre et comprit, dès les premiers instants, qu'il ne s'en relèverait pas.

CHAPITRE LIX

MALADIE ET MORT DU ROI

A maladie du Roi anéantissait l'avenir de l'expédition en Terre-Sainte. Après quatre mois de séjour sous les murs de Tunis, pendant lesquels les chrétiens avaient dû constamment se tenir sur la défensive, l'armée allait rentrer en France ramenant les restes mortels de son chef et des principaux seigneurs.

La maladie du Roi se prolongea pendant trois semaines environ. Dominant l'atrocité de ses souffrances, le pieux Roi s'appliqua tout entier à la pensée de Dieu ; sa dernière maladie ne fut qu'une prière continuelle. Il récitait avec son chapelain les matines et les autres heures ; chaque matin on disait une messe basse dans sa chambre, puis des moines venaient chanter une grand'messe et les heures canoniales. Une croix était placée devant son lit et à portée de ses yeux pour qu'il pût la voir constamment ; il se la faisait apporter assez souvent pour la baiser et la mettre sur sa poitrine. Dans l'intervalle de la récitation des psaumes, il disait souvent le *Pater noster,* le *Miserere* et le *Credo ;* il remerciait Dieu de sa maladie comme

d'un bienfait. Il se confessa souvent au frère Geoffroy de Beaulieu et reçut plusieurs fois le corps
sacré de Notre-Seigneur.

MORT DE SAINT LOUIS
SAINT LOUIS FAIT DES MIRACLES

*D'après Montfaucon et Seroux d'Agincourt. — Extrait de
l'Histoire de France publiée par le Magasin Pittoresque.*

Un jour, au moment où on lui apportait la sainte communion, le pieux Roi, voyant le prêtre entrer dans sa chambre, oublia sa faiblesse et se jeta par terre hors de son lit. On le couvrit aussitôt d'un manteau, mais il voulut rester en oraison, à genoux, pendant assez longtemps, avant de recevoir la communion. Ses serviteurs le portèrent ensuite dans son lit, parce qu'il n'avait pas la force d'y aller tout seul.

Le pieux Roi, voulant profiter de ses derniers moments de lucidité, demanda l'Extrême-Onction ; il parlait encore, mais à voix si basse qu'on l'entendait à peine. Pendant la cérémonie, qui le fatigua beaucoup, on le voyait suivre des lèvres la récitation des prières. Les quatre derniers jours la parole lui manqua, mais à ses mouvements on voyait qu'il conservait la mémoire et la connaissance. Il tendait au ciel ses mains jointes, se frappait la poitrine et faisait des signes à ceux qui l'entouraient. Il prenait encore quelques aliments et quelque boisson, faisant très-bien comprendre par signes ce qui lui plaisait ou ce qui ne lui plaisait pas. Le dimanche, veille de sa mort, frère Geoffroy de Beaulieu lui porta la sainte communion. En entrant dans la chambre, il trouva le Roi à genoux par terre, les mains jointes sur son lit, prêt à se confesser et à communier dans la même position.

Dans la nuit qui précéda sa mort, il laissa

échapper ces mots entrecoupés de soupirs : « O Jérusalem ! ô Jérusalem ! » Le lundi, son dernier jour, le pieux Roi, étendant les mains vers le ciel, retrouva la voix pour s'écrier : « Beau sire Dieu, ayez pitié du peuple qui est sur ces rivages, conduisez-le en son pays ; qu'il ne tombe pas entre les mains de ses cruels ennemis et ne soit pas contraint à renier votre saint nom ! » Quelque temps après il dit en latin : « Père, je remets mon âme entre vos mains ! » Peu de temps après ces paroles il rendit le dernier soupir. C'était le lendemain de la fête du saint apôtre Barthélemy [1], l'an de grâce 1270, à trois heures de l'après-midi, comme Jésus-Christ, fils de Dieu, qui mourut sur la croix pour le salut du monde, auquel soit louange, honneur et gloire pendant tous les siècles.

[1] 25 août 1270 (la fête de saint Barthélemy est le 24).

CHAPITRE LX

Dès le début de sa maladie, le Roi avait compris que sa fin approchait, et, faisant appeler Philippe, son fils aîné, qui devait lui succéder, il lui remit ses enseignements, déjà rédigés depuis longtemps, mais dont il réservait la transmission au moment même de sa mort, pour leur donner le caractère particulier de dernières volontés.

Le Roi les avait écrits de sa propre main. Les voici :

« Cher fils, la première chose que je t'enseigne est d'entretenir en ton cœur l'amour de Dieu, sans lequel nul ne peut faire son salut. Garde-toi du péché mortel, c'est ce qui déplaît le plus à Dieu, et souffre tous les tourments plutôt que de commettre un seul péché de ce genre. Si Dieu t'envoie des adversités, supporte-les avec patience et même rends en grâce à Notre-Seigneur, parce que tu peux les avoir méritées, et les faire tourner à ton profit. S'il t'envoie des prospérités, remercie-le humblement et prends bien garde de t'enfler pour cela d'orgueil ou de vaine gloire : car il est bien mal de tourner contre Dieu ses propres bienfaits. Confesse-toi souvent et choisis des confesseurs discrets et consciencieux qui sachent bien t'enseigner ce qu'il faut faire et ce dont il faut se garder. Sois avec eux d'une telle modestie qu'ils puissent te reprendre sans embarras et sans crainte de te déplaire. Assiste souvent et pieusement aux offices de l'Eglise, sans regarder de côté et d'autre, sans parler de choses vaines ; élève ton âme à Dieu par la prière ou par la méditation, redouble surtout de dévotion au moment de la consécration du corps et du sang de Notre-Seigneur Jésus-Christ.

» Que ton cœur soit compatissant pour les pauvres et les malheureux, donne-leur des consolations et des secours selon tes moyens. Si ton âme est dans la peine, confie-le à ton confesseur ou à un homme sûr et tu le supporteras plus facilement. Recherche le commerce et les conversations des hommes vertueux, soit religieux ou laïcs, mais évite la société des méchants. Ecoute volontiers les sermons, en public ou en particulier ; tâche de gagner les indulgences de l'Eglise. Aime le bien et fuis le mal. Que personne n'ose dire en ta présence une parole qui porte au péché ou une calomnie contre le prochain. S'il arrive qu'on blas-

phème en ta présence contre Dieu ou ses saints,
que le coupable soit aussitôt châtié.

» A l'égard de tes sujets, suis toujours la ligne
droite de la justice. La cause du pauvre mérite la
préférence jusqu'au moment où la vérité se fait
jour. Dans une contestation où tu es partie, in-
cline du côté de ton adversaire jusqu'au moment
où la vérité sera connue. Ainsi tes conseillers
seront plus hardis à rendre leurs décisions selon la
justice. Ne conserve jamais ce que tu supposes ne
pas t'appartenir, que la possession vienne de tes
ancêtres ou de ton fait.

» Veille bien à ce que tes sujets vivent en paix
sous ton sceptre, surtout les religieux et les personnes de la sainte Église. A ce sujet on cite une
belle parole du roi Philippe, mon aïeul. Un de
ses conseillers lui disait que les ecclésiastiques lui
faisaient beaucoup de tort en empiétant sur ses
droits de juridiction[1], et que beaucoup de personnes
s'étonnaient de ne point le voir sévir contre eux.
Le Roi répondit : « Je crois bien ce que vous me
dites, mais quand je pense aux bienfaits que j'ai
reçus de Dieu et de l'Église, j'aime mieux relâcher
de mes droits que de donner lieu au scandale par
une querelle avec l'Église. » Aime donc, ô mon
fils, les ecclésiastiques et assure-leur la paix de
ton mieux.

[1] Il s'agit des contestations pour l'étendue et la limite des
deux juridictions, ecclésiastique et séculière.

» Honore ton père et ta mère et garde leurs commandements. Ne donne les bénéfices [1] de la sainte Église qu'à ceux qui les méritent, selon l'avis de pieuses personnes, et n'en accorde jamais à ceux qui en ont déjà.

» Garde-toi de faire la guerre sans mûre délibération, surtout contre les chrétiens; s'il faut la faire, préserve de tout dommage les personnes de la sainte Église, les gens inoffensifs. Saint Martin considérait comme son plus grand mérite d'avoir remis la paix entre des ennemis. Suis son exemple à l'égard de tes sujets qui se feront la guerre.

» Que tes baillis, tes prévôts et les gens de ton hôtel soient bien choisis, informe-toi souvent et diligemment de leur conduite. Veille à ce que les dépenses de ta maison soient bien ordonnées. Sois soumis et obéissant envers notre mère l'Église romaine, et le souverain Pontife, notre père spirituel.

» Tâche de bannir le péché de ton royaume, surtout le blasphème et l'hérésie, et encore une fois sois reconnaissant envers Dieu de ses bienfaits.

» O mon fils, je te demande, si je meurs avant toi, de faire dire des messes et des prières pour le repos de mon âme, d'en demander à toutes les

---

[1] Charges ecclésiastiques dont un certain nombre étaient à la nomination du Roi, et auxquelles étaient attachés des revenus divers.

maisons religieuses du royaume et de me réserver une part spéciale de mérite dans toutes les bonnes œuvres que tu feras.

» O mon très-cher fils, je te donne la meilleure des bénédictions qu'un bon et tendre père puisse donner à son fils. Que la sainte Trinité et les saints te préservent de tous maux. Que le Seigneur t'accorde la grâce de faire sa sainte volonté, de l'honorer, de le servir, afin que, réunis après cette vie, nous puissions l'aimer ensemble et le louer sans fin ! »

CHAPITRE LXI

LE roi de Sicile apprit, en débarquant, la maladie du Roi, son frère ; son premier soin fut de l'aller voir ; il le trouva dans un état désespéré. Le roi Charles avait une affection et une vénération toute particulière pour son pieux frère ; il l'assista dans ses derniers moments et porta lui-même la nouvelle de sa mort à Philippe son neveu. Celui-ci, déjà malade, fut cruellement affecté de la perte de son bon père le roi Louis ; heureusement Dieu eut pitié du royaume et ne permit pas que le jeune prince tombât aussi victime de l'épidémie. En même temps que le Roi, mourut monseigneur Pierre le Chambellan, son conseil et son serviteur dévoué, qui passa auprès de lui toute une vie consacrée à la justice et à la sainteté.

La mort du Roi jeta l'armée dans la désolation ; la douleur fut égale parmi les grands et les petits ;

on disait qu'on venait de perdre le père de la chrétienté, celui en qui après Dieu on avait le plus
d'espérance.

Le corps du roi Louis fut transporté en la cité
de Carthage, où le service des morts fut célébré
avec une pompe solennelle. Le roi de Sicile fut
d'un grand secours en ces tristes circonstances ;
il remonta le courage de son neveu le roi Philippe, abattu par la souffrance et par la douleur.
Il recueillit les restes du Roi, les fit embaumer,
puis transporter en Sicile près de Palerme, dans
une abbaye appelée Mont-Royal.

Après la mort du pieux roi Louis, les Français
présents à l'armée de Tunis tinrent conseil pour
proclamer roi Philippe, le fils aîné du Roi défunt.
Les princes se réunirent à ce sujet. Il y avait alors
Charles, roi de Sicile, Thibaut, roi de Navarre,
le comte d'Alençon, le comte de Poitiers, le
comte de Flandre, le comte d'Artois, le comte de
Dreux, le comte de Montfort, le fils du duc de
Bretagne et plusieurs autres princes, auxquels le
roi Charles fit prêter serment d'être bons et loyaux
serviteurs du roi de France, Philippe.

Les Sarrasins, apprenant la mort du roi Louis,
pensèrent que les chrétiens quitteraient immédiatement et sans conditions leur territoire, mais ils
se trompaient. Les forces des croisés étaient considérables et ne formaient pas moins de deux
armées, l'une sous les ordres de Philippe, roi de

France, et de Thibaut, roi de Navarre ; l'autre nouvellement venue et commandée par Charles d'Anjou, roi de Sicile [1].

Pour conclure un traité de paix honorable, il fallait d'abord en imposer aux Sarrasins par la force ;
on résolut donc de continuer provisoirement la
guerre, et l'on prépara tout pour le faire vigoureusement. Les Sarrasins n'osaient pas hasarder
une bataille rangée ; ils préféraient nous fatiguer
par des escarmouches et des feintes de toute sorte.

Leur pays est sablonneux et en temps de sécheresse couvert de poussière ; ils imaginèrent d'établir plusieurs milliers d'hommes sur la montagne
qui dominait notre camp et, lorsque le vent souf-
flait de notre côté, ils lançaient tous en l'air des
pelletées de sable qui, formant un nuage de poussière et venant s'abattre sur nous, nous gênaient
horriblement. Enfin la pluie détrempa le sol et les
força de renoncer à ce stratagème [2].

C'étaient entre chrétiens et Sarrasins des escarmouches de chaque jour où mille prouesses de part
et d'autres faisaient honneur au courage des guer--
riers, mais on n'obtenait aucun résultat sérieux.
Cependant, à la fin, les Sarrasins s'assemblèrent et
vinrent offrir une bataille rangée.

[1] Les événements qui suivirent la mort du Roi sont em-
pruntés à une chronique anonyme (Voy. *Hist. de France*,
XXI, pp. 85, 91 et 124.)

[2] Extrait de la chronique de Girard de Frachet, XXI, p. 5.

Les chrétiens, qui s'y attendaient, prirent aussitôt leurs rangs et formèrent deux corps, l'un commandé par le roi Philippe, l'autre par le roi Charles. Le coup d'œil était admirable, et quand les Sarrasins les virent si brillamment et si noblement armés, ils se repentirent de s'être avancés si loin, mais il était trop tard pour reculer. Nos bataillons s'élancèrent sur leurs ennemis, qui ne purent résister à l'attaque et furent enfoncés au premier choc ; leur front se débanda, leurs rangs perdirent pied et, s'enfuyant vers Tunis, ils laissèrent le champ de bataille et les chemins qui l'entouraient jonchés des cadavres de leurs morts. Les chrétiens étaient maîtres du terrain jusqu'à Tunis ; ils bâtirent un château sur l'eau et interceptèrent l'arrivée des vivres dans la ville. Le roi de Tunis, épouvanté de cette situation, fit appel aux soldats de toutes les contrées environnantes, qui arrivèrent en foule se ranger sous ses ordres. Cette nombreuse armée vint offrir la bataille aux chrétiens.

Les nôtres n'étaient pas restés inactifs. Le roi Charles et le connétable de France commandaient l'avant-garde ; au centre se trouvaient les Français avec le roi Philippe, les Flamands, les Picards et les Normands avec le comte de Flandre, les Bretons, Poitevins et Gascons avec le fils du duc de Bretagne ; le roi de Navarre, avec ses Navarrais, Champenois et Bourguignons, commandait l'arrière-garde. Les bataillons se rapprochèrent, se massèrent et l'action s'engagea. L'avant-garde du roi Charles donna la première; ses compagnies d'Italiens, Provençaux et Angevins, firent des prodiges de valeur. Les autres bataillons s'ébranlèrent et l'attaque eut lieu sur tous les points à la fois. Le roi Philippe, le comte de Flandre, le fils du duc de Bretagne, Pierre de Chaumont, Philippe de Montfort, Jehan de Beaumont, Gui de Montfort, et bien d'autres, frappaient si fort que les Sarrasins évitaient de les rencontrer. Le roi de Navarre, le comte de Dreux, le comte d'Alençon, le comte d'Artois et leurs gens ne se reposaient pas non plus. Les Sarrasins et le roi de Tunis combattaient avec force et courage ; il le fallait autant d'un côté que de l'autre. Le roi Charles eut fort à faire pour tenir et perdit beaucoup de monde autour de lui; mais Philippe lui envoya le comte d'Artois, qui, à force de prouesses, parvint à le dégager des ennemis. C'était un vaillant et preux chevalier que le comte Robert d'Artois.

Le roi de Tunis, voyant que ses soldats, déjà décimés, pliaient de toutes parts, prit la fuite vers Tunis et fut aussitôt suivi de son armée; mais une quantité de Sarrasins se cachèrent dans les montagnes, profitant de toutes les sinuosités du terrain pour se mettre à l'abri et guetter les Français qui viendraient à leur poursuite. Pareille chose s'était déjà présentée plusieurs fois aux grands dépens des nôtres, qui avaient été massacrés dans des embuscades. Aussi la poursuite des fuyards fut interdite.

Les chrétiens, demeurés victorieux et maîtres du champ de bataille, remercièrent Notre-Seigneur et partagèrent entre les soldats les nombreux trésors que l'ennemi avait laissés dans leurs mains. Les pertes avaient été nombreuses de part et d'autre, les cadavres jonchaient le sol et infectaient l'air, il en résulta une affreuse épidémie qui sévit avec une égale cruauté sur nous et sur les Sarrasins.

CHAPITRE LXII

Sur ces entrefaites, le roi de Tunis, inquiet à la vue de son armée décimée par la guerre et par les maladies, offrit au roi de France d'entrer en négociation. C'était là que Philippe en voulait venir, car à ses yeux l'expédition ne pouvait plus aboutir qu'à la conclusion d'une trève honorable. Philippe avait grande hâte de revenir en France pour y recevoir le sceptre, la couronne et l'hommage des barons. La reine Isabelle sa femme, vivement désireuse aussi d'être sacrée avec son époux, pressait le départ; on eût dit qu'elle avait le pressentiment du sort qui l'attendait, car la malheureuse reine ne devait plus revoir la France! Le roi de Sicile s'opposait à la conclusion si rapide d'un traité; il fallait, suivant lui, poursuivre la guerre et attendre pour faire la paix une occasion plus avantageuse.

Cependant un conseil des princes et barons fut réuni et le roi de France insista sur la nécessité

13*

de mettre promptement fin à la guerre pour le salut de l'armée, sérieusement compromise par les maladies. Philippe parvint à persuader le roi de Sicile, et un traité fut conclu avec le roi de Tunis. L'armée chrétienne quitterait l'Afrique ; la Tunisie paierait les frais de la guerre [1] ; la trêve aurait une durée de dix ans ; les marchands chrétiens entreraient en franchise dans le port de Tunis et cesseraient de payer les droits excessifs auxquels ils étaient assujettis ; les prisonniers chrétiens seraient tous relâchés et les résidants exemptés de toute taxe ; les chrétiens pourraient pratiquer la religion de Jésus-Christ librement et en toute tranquillité sur le territoire de Tunis ; enfin le roi de Sicile exigea, comme condition expresse de son acquiescement au traité, que le roi de Tunis reconnût qu'il lui devait d'ancienneté le tribut et s'engageât à le payer avec régularité désormais.

Lorsque les principales conditions du traité eurent reçu leur effet, l'armée prit la mer. Le roi de Sicile, qui désirait beaucoup fêter les nouveaux souverains et les barons, les engagea vivement à s'arrêter dans ses États, ce qu'ils acceptèrent volontiers. On fit donc voile vers la Sicile ; mais, au moment de débarquer à Trapani, il s'éleva une tempête si violente que la flotte entière faillit

[1] La chronique attribuée à Baudoin d'Avesnes (Voyez *Historiens de France*, XXI, p. 177), porte à deux cent dix mille onces d'or le chiffre de l'indemnité payée aux chrétiens par le roi de Tunis.

être engloutie. Heureusement, on n'eut à déplorer que quelques pertes. Lorsqu'ils furent reposés des fatigues de cette rude traversée, le roi Charles commença la brillante réception qu'il voulait leur faire. A Palerme, à Messine et dans le reste de son royaume, il y eut des fêtes merveilleuses, puis, au moment de la séparation, il fit de magnifiques présents à son neveu et aux seigneurs de la cour de France.

Les chevaliers français prirent congé du roi de Sicile et s'en retournèrent par terre le plus rapidement possible. Le roi Philippe fut obligé de s'arrêter à Constance ; la reine, sa femme, souffrait des suites d'une fausse couche. Elle n'en put guérir et mourut en quelques jours. Ses restes mortels furent ramenés en France avec ceux du bon roi Louis. Ce fut au milieu d'un deuil général que les croisés français rentrèrent dans leur patrie. Le peuple pleurait la mort de son pieux Roi, de la reine Isabelle et de tant d'autres seigneurs, imitateurs des vertus de leur souverain.

Le règne du roi Louis avait duré quarante-quatre ans. Il fut inhumé à Saint-Denis, près de son père et de son aïeul, dans le commencement de l'année 1271.

VERTUS DE SAINT LOUIS

CHAPITRE PREMIER

ÉDUCATION DU ROI LOUIS PENDANT SON ENFANCE.

LE très-glorieux roi Louis eut un père embrasé de l'amour de notre sainte foi, comme le prouve sa croisade contre les hérétiques albigeois. C'est après avoir foulé aux pieds l'orgueil de ce peuple maudit que le roi Louis VIII tomba malade et mourut à Montpensier en Auvergne.

La reine Blanche, sa veuve, s'occupa dès lors de l'éducation de son fils aîné, devenu roi de France à l'âge de douze ans. Elle prit courage

d'homme en cœur de femme et administra valeu-
reusement le royaume, malgré l'opposition d'adversaires puissants qui se soulevaient de toutes parts.
Les préoccupations du gouvernement ne l'empê-
chèrent pas de donner ses soins à l'éducation de
ses cinq enfants, Louis, le jeune Roi ; Alphonse,
comte de Poitiers; Robert, comte d'Artois; Charles,
comte d'Anjou, puis roi de Sicile, et Isabelle, qui
fut religieuse à Longchamps. Tous ses enfants
furent des modèles de vertu, de courage et de
dévouement à la foi chrétienne.

Cependant elle prenait le plus grand soin de
son aîné, qu'elle aimait par-dessus les autres et
qu'elle voulait rendre capable d'administrer un
grand royaume. Elle lui donna elle-même de mille
manières les enseignements, les bons exemples,
et lui inspira les vertus pratiques qui rendent les
princes accomplis et agréables à Notre-Seigneur ;
mais elle chargea aussi de son éducation des
hommes sages qu'elle jugea capables de lui inculquer tous les principes qui font les bons rois. Le
roi Louis avait un profond respect pour sa mère.
Il racontait à sa louange les paroles suivantes :
« Madame ma mère disait de moi, qu'elle aimait
par-dessus toute autre créature, que si j'étais malade
à la mort, sans pouvoir être guéri autrement
qu'en faisant un péché mortel, elle aimerait mieux
me voir mourir que de me voir offenser Dieu
mortellement. »

PORTRAIT DE SAINT LOUIS

Tiré du Musée des archives nationales, publié par la maison Plon et C¹ᵉ.

Les bons exemples et la grande capacité de la reine Blanche lui donnèrent sur son fils une si grande influence que, même quand il gouverna le royaume par lui-même, il fit toujours son pos-

sible pour traiter les grandes questions en présence et suivant le conseil de sa mère. Les bonnes
œuvres qui se multiplièrent, pendant son règne
et la vie qu'il mena jusqu'à son dernier jour,
montrent assez que, dès son enfance, on lui avait
appris à faire le bien et à éviter le mal.

CHAPITRE II

LA jeunesse est un temps d'exercice pour le corps et pour l'âme. Durant ce temps, qui offre comme les prémices de la vie, le roi Louis, évitant avec soin les futilités, sanctifia de son mieux les moindres de ses actions. Quand il jouait, se promenait ou se baignait, il était accompagné de son précepteur, qui continuait ses enseignements même pendant ces heures. Bien des fois, comme le pieux Roi le raconta plus tard, son maître le battait pour le rompre à l'obéissance.

Malgré sa jeunesse, il assistait chaque jour à la messe et aux heures canoniales. Son chapelain le suivait partout.

Il évitait les jeux inconvenants et toutes les occasions dangereuses. Jamais une injure en action ou en parole ; jamais un signe de mépris ou de reproche pour qui que ce soit. Quand il avait sujet d'être en colère contre quelqu'un, il se bornait à dire : « Reposez-vous et soyez en paix ; ne faites plus ceci, vous pourriez bien en porter la peine. »

Il parlait, en effet, à tout le monde au pluriel. Il ne faisait jamais de serment et se bornait à affirmer simplement ce qu'il disait.

Il ne chantait pas de chansons frivoles et interdisait aux gens de sa maison les chants de ce genre. Son écuyer favori avait une jolie voix et savait beaucoup de chansons, souvenirs de sa jeunesse, qu'il aimait à faire entendre ; il reçut l'ordre de ne plus chanter. Le Roi lui fit apprendre les antiennes de la sainte Vierge et l'*Ave maris Stella*, ce qui n'était pas facile, et tous deux les chantaient souvent ensemble.

CHAPITRE III

Dans tous les actes de sa vie, le pieux roi Louis montra qu'il avait une foi vive et ferme. Les enseignements qu'il laissa à son fils Philippe respirent, à chaque article, l'amour et la gloire du saint nom de Dieu. Son zèle pour la conversion des juifs et des infidèles n'avait pas de bornes. Une famille juive de Beaumont-sur-Oise s'étant convertie tout entière, lui, sa mère et ses frères, tinrent sur les fonts de baptême chacun des membres de cette famille.

Pendant son séjour en Terre-Sainte, et après sa sortie de prison, une cinquantaine de Sarrasins, parmi lesquels se trouvaient des amiraux et de grands personnages, vinrent se faire chrétiens ; le Roi désigna des religieux pour les instruire, les garda à sa solde et leur fit des concessions de terres après son retour en France. Il facilita aussi leur mariage avec des femmes chrétiennes.

Le pieux Roi aimait à insister sur son éner-
gique attachement à la foi dans ses conversations,
dans ses lettres, dans ses lois, dans ses actes. Par
respect pour Dieu et les saints, il interdisait les
serments et les blasphèmes. Quand un homme
était surpris blasphémant, on l'exposait sur la roue
en place publique et parfois on alla jusqu'à percer
d'un fer rouge la langue du misérable qui avait
osé transgresser l'ordonnance du saint Roi.

Il serait impossible de citer tous les traits de sa
vie, qui annoncent une foi vive et ardente. Qu'il
suffise de rappeler ses deux expéditions en Terre
sainte, entreprises à grands frais, avec des armées
considérables.

Le bon Roi avait la plus ferme espérance en
Dieu et la plus grande confiance dans l'efficacité
des prières. C'est ce qu'il montra bien dans tout
le cours de la croisade et surtout lorsqu'au retour
son vaisseau courut un si grand danger. La pieuse
reine Marguerite avait aussi à un haut degré les
vertus de foi et d'espérance. Elle était sur le vaisseau menacé avec ses enfants en bas âge. Au moment le plus critique, les nourrices vinrent trouver
la Reine et lui dirent : « Madame, que ferons-
nous de vos enfants? Faut-il les éveiller et les
lever ? A quoi elle répondit: « Ne les éveillez pas;
laissez-les aller à Dieu dans leur sommeil. » Belle
parole qui annonce la plus ferme espérance dans
la vie future !

Dès le commencement de sa jeunesse, le pieux Roi aima Dieu d'une tendre affection et ne sentit jamais son amour se ralentir ; bien plus, à mesure qu'il avançait en âge, sa ferveur augmentait ; le cœur du pieux Roi, comme un charbon incandescent, se consumait dans l'amour de Dieu. A tout propos il enseignait avec insistance que Dieu doit être aimé par dessus tout, et d'un amour sans limite. C'est la doctrine qu'il écrivit de sa propre main, pour sa fille la reine de Navarre, comme nous le verrons plus loin.

CHAPITRE IV

DE SON ASSIDUITÉ AUX SAINTS OFFICES DE L'ÉGLISE.

TRÈS-EXACT aux offices de l'Église, le pieux Roi se levait ordinairement à minuit, appelait ses chapelains, entrait à la chapelle et récitait matines avec eux, après quoi ils pouvaient se remettre au lit; mais souvent ils n'avaient pas le temps de s'endormir: le Roi les faisait appeler bientôt après pour dire prime avant le lever du soleil. Il entendait plusieurs messes chaque jour; la première pour les morts était basse, à moins qu'il y eût un enterrement ou un anniversaire. Chaque lundi on chantait la messe des anges; chaque mardi, la messe de la vierge Marie; chaque jeudi, la messe du Saint-Esprit; chaque vendredi, la messe de la Sainte-Croix; et le samedi encore, la messe de Notre-Dame. On chantait en outre une seconde messe pour la fête du jour.

En carême, il entendait toujours trois messes, parmi lesquelles une à midi. En voyage et par la grande chaleur, il chevauchait le matin et, pendant la halte des chevaux, il assistait à ses messes.

Avant le dîner, il se rendait à la chapelle pour réciter tierce et sexte ; quand la marche ne pouvait être suspendue à ces heures, on récitait l'office en marchant.

Puis venaient les vêpres et, après souper, les complies, suivies du chant de l'antienne *Salve Regina*. Alors le Roi entrait dans sa chambre, un de ses prêtres apportait de l'eau bénite et faisait l'absoute en récitant l'oraison *Asperges me*. Le Roi se mettait ensuite au lit pendant la récitation du dernier office du jour.

Le Roi dormait fort peu et interrompait à chaque instant son sommeil pour aller prier. Parfois il sautait de son lit, s'habillait et se chaussait à la hâte en faisant si peu de bruit que ceux de ses gens qui couchaient dans sa chambre ne s'en apercevaient point d'abord et couraient ensuite bien vite sur ses pas sans avoir eu le temps de se chausser.

Après la récitation de matines, il restait longuement en oraison aux pieds de son lit et se recouchait souvent tout habillé jusqu'au jour. Avant de s'endormir il donnait à ses gens une mesure de chandelle, avec ordre de l'éveiller quand elle serait finie ; puis, aussitôt éveillé, il se levait et allait à l'église.

Ces excès de veilles et de fatigues l'affaiblirent tellement qu'il céda au conseil de ses médecins et se décida à ne se lever qu'à l'aurore, de façon à pouvoir réciter matines avant le lever du soleil, au moins pendant l'hiver.

Dans presque tous les endroits du royaume, le Roi avait une chapelle, et s'il n'y en avait pas, il en établissait une dans sa chambre.

Pendant ses diverses maladies, le Roi faisait quand même réciter les offices par ses chapelains, près de son lit, et s'il était affaibli au point de ne pouvoir parler, un clerc prononçait les répons à sa place. L'autel de sa chapelle avait deux cierges aux jours ordinaires, quatre aux fêtes, huit aux fêtes doubles, douze aux fêtes solennelles et aux anniversaires des rois. Chaque fois que de nouveaux cierges étaient placés sur l'autel, le reste de la cire provenant des vieux cierges revenait aux clercs et aux chapelains.

Dans les grandes fêtes, il faisait célébrer l'office par un évêque, assisté des clercs de sa chapelle et, afin de ne jamais manquer de donner, faute d'insignes, l'éclat qu'il souhaitait à la célébration des offices, une série complète d'ornements sacerdotaux l'accompagnait toujours.

Aux grandes solennités, on célébrait parfois devant lui des offices tellement longs que tout le monde, sauf le Roi, en était ennuyé.

Dans une église ou dans sa chapelle, malgré

l'hiver et les grands froids, le pieux Roi se tenait
la plupart du temps debout ou bien agenouillé sur
le pavé, ou simplement appuyé sur le dossier d'un
banc ; pour se reposer, il n'avait ni siége, ni cous-
sin, il s'asseyait sur un tapis posé à terre.

Il ne souffrait pas qu'on lui parlât pendant la
messe ; entre l'évangile et l'élévation, son aumô-
nier ou un clerc pouvait seulement, en cas d'urgence, lui dire quelques mots.

Le pieux Roi écoutait souvent et avec bonheur
la parole de Dieu , chaque dimanche, les jours de
fête et le plus souvent possible les autres jours ;
s'il pouvait obtenir des religieux habitués à porter
la parole, il les faisait prêcher en sa présence.

Pendant le sermon, il avait coutume de s'asseoir
à terre sur un peu de paille.

Lorsque, dans ses courses, il pouvait s'arrêter
dans une abbaye ou dans un monastère quelconque
d'hommes ou de femmes, sans trop se retarder, il
y demandait un sermon qui servait à son édification et à celle du couvent tout entier. Quand il
assistait à un chapitre de religieux, il s'asseyait au
milieu du chapitre, à terre et sur un peu de paille,
suivant sa coutume, malgré les plus grands froids ;
autour de lui les moines restaient assis sur leurs
stalles ordinaires, en haut du chœur.

Pendant longtemps, il fit deux fois par jour, à
pied, un quart de lieue pour assister à un sermon
qu'il faisait prêcher pour le peuple, afin que sa pré-

sence attirât beaucoup de monde. Si par hasard, dans les sermons en plein air, on se permettait de faire du bruit, il faisait aussitôt tout rentrer dans l'ordre. Il s'ingéniait de mille manières différentes pour procurer aux populations l'occasion d'entendre la parole divine.

Les sergents d'armes de son palais, préférant ne pas se trouver réunis dans une salle commune, recevaient des gages et s'en allaient prendre leurs repas dehors; le Roi eut l'idée de les faire prêcher dans la salle à manger et, pour les engager à assister à ce sermon, il voulut faire les frais de leur nourriture tout en leur conservant les mêmes gages qu'auparavant.

Le roi Louis avait une grande dévotion pour le corps sacré de Notre-Seigneur ; il communiait au moins six fois l'an, à Pâques, à la Pentecôte, à l'Assomption de la sainte Vierge, à la Toussaint, à Noël et à la Purification de Notre-Dame. Avant de se présenter à la table sainte, il se lavait les mains et la bouche, il ôtait sa coiffe et son chaperon ; il se mettait à genoux à l'entrée du chœur et s'avançait ainsi sur ses genoux jusqu'à l'autel ; il disait ensuite son confiteor, les mains jointes, avec soupirs et gémissements, et recevait, de la main du prêtre, le corps de Notre-Seigneur.

CHAPITRE V

Au Vendredi saint, le Roi visitait les églises, nu-tête et nu-pieds. Depuis la porte de l'église jusqu'à l'autel, il faisait trois poses, priant d'abord à genoux, puis parcourant à genoux une certaine distance; enfin, arrivé près de la croix, il se prosternait à terre les bras étendus et la baisait avec effusion en versant des larmes.

Quand il quitta Paris pour sa première croisade, il marcha nu-pieds de Notre-Dame à Saint-Antoine, l'écharpe au cou et le bourdon dans la main; une grande foule de peuple l'accompagnait. Il ne monta à cheval qu'aux portes de la ville.

Le roi Louis possédait la couronne d'épines de Notre-Seigneur, un grand morceau de la vraie croix, la lance dont le côté de Notre-Seigneur fut percé et quantité d'autres précieuses reliques, acquises à grand prix. Pour les abriter dignement, il fit construire à Paris la sainte Chapelle du palais, qui lui coûta plus de quarante mille livres tournois ; les châsses enrichies d'or et de pierreries en valaient plus de cent mille. Le Roi ne reculait devant aucune dépense quand il s'agissait des saintes reliques.

Un chapitre de douze chanoines, dont chacun recevait cent livres par an, fut institué à perpétuité pour le service de la chapelle. Les chanoines étaient logés dans trois maisons situées près de l'église.

Le pieux Roi institua trois solennités par année en l'honneur des saintes reliques ; la première devait avoir lieu en présence des frères prêcheurs ; la seconde était destinée aux frères mineurs, et la troisième à tous les autres ordres présents à Paris. Après la célébration de la messe, tous les religieux allaient s'asseoir à la table du Roi et entendaient la lecture faite pendant le repas, suivant l'usage des couvents.

On invitait toujours les évêques qui étaient libres. On faisait une procession solennelle à travers le palais, le Roi et les évêques portant sur leurs épaules les saintes reliques, les religieux, le clergé de Paris et la foule du peuple formant le cortége.

Le pieux Roi assistait le plus souvent qu'il pouvait à la fête de saint Denis. Les chanoines de l'abbaye avaient coutume de passer toute la nuit de la fête en prières, chantant matines et laudes jusqu'au jour. Le Roi, suivi de ses clercs et chapelains revêtus de leurs plus beaux ornements, chantait les matines, puis se rendait en procession au tombeau de saint Denis, où le jour venait les surprendre tous au milieu des chants et des prières.

Après cette cérémonie, où il était d'ordinaire accompagné de son fils aîné, il faisait son offrande annuelle consistant en quatre besants d'or. Il s'approchait de l'autel du saint, y restait longtemps en oraison, puis déposait respectueusement son offrande et baisait l'autel en se retirant.

Après son expédition en Terre-Sainte, il offrit en une seule fois le présent qu'il n'avait point fait pendant ses sept années d'absence.

Le pieux Roi ne manquait aucune occasion d'acquérir des reliques ; il fit à cet effet des démarches auprès de l'abbé de Saint-Maurice, en Bourgogne, pour obtenir les restes vénérés de saint Maurice et de ses dix compagnons. Quand le précieux dépôt fut arrivé à une demi-lieue de Senlis, le Roi, qui l'attendait en grande pompe avec un cortège innombrable d'évêques, de religieux, de barons et de peuple, ordonna de se former en procession ; le Roi porta la dernière châsse avec le roi de Navarre et désigna des chevaliers pour porter les autres, montrant par là son intention de faire porter par des chevaliers les glorieux restes des dix saints chevaliers de Jésus-Christ.

14*

CHAPITRE VI

DE SON SOIN A ÉTUDIER LES SAINTES ÉCRITURES.

BANNISSANT toutes les occupations oiseuses et futiles, le pieux roi Louis préférait passer son temps à lire les saintes écritures. Il avait une bible avec de nombreuses gloses, les ouvrages de saint Augustin, des docteurs et des pères de l'Église. On les lui lisait après dîner, au moment où il prenait quelque repos quand il n'avait pas d'affaires urgentes. A ces mêmes moments il aimait à avoir près de lui des religieux ou des personnes sérieuses avec lesquels il s'entretenait de Dieu et des saints.

Le soir, après l'office des complies, on allumait dans sa chambre une chandelle de trois pieds environ, et tant qu'elle durait il lisait dans un saint livre.

Le pieux Roi, se trouvant à Royaumont, suivait parfois la règle des moines; au son de la cloche

qui appelait les religieux au cours de théologie,
il se rendait à la salle des cours et restait parmi
eux pour écouter la leçon du docteur ; jamais il ne
voulait prendre une place d'honneur, il s'asseyait
à terre sur un petit tapis carré en face la chaire et
suivait le discours avec la plus grande attention.
D'autres fois, au réfectoire et pendant le repas des
frères, il se mettait auprès du lutrin, où un frère
faisait la lecture, et l'écoutait attentivement.

Pendant son séjour outre-mer, le Roi apprit
qu'un soudan des Sarrasins faisait rechercher et
copier des livres de tout genre pour s'en former
une bibliothèque et permettre aux savants d'y
venir puiser de précieux renseignements. Cette
idée frappa le Roi. Pourquoi, disait-il, les fils des
ténèbres sont-ils toujours plus prévoyants que les
fils de la lumière, pourquoi sont-ils plus zélés
dans la diffusion de leurs erreurs que les autres
dans la propagation de la foi chrétienne ? Le pieux
Roi voulut suivre cet exemple pour les livres de
la sainte Écriture. Aussitôt qu'il fut de retour, il
fit bâtir une grande salle, près la sainte Chapelle
de son palais, où il rassembla les ouvrages originaux des saints Augustin, Ambroise, Jérôme,
Grégoire et autres docteurs. C'était un bonheur
pour lui que d'aller y étudier et d'y faire étudier
les autres. Avant ses audiences et avant vêpres, le
temps de sa sieste était souvent consacré à l'étude.
Il préférait faire copier pour son usage les livres

dont il désirait des exemplaires plutôt que de les acheter, afin d'en augmenter le nombre et de faciliter ainsi les recherches. S'il étudiait des livres latins en présence de gens de sa maison qui ne savaient pas cette langue, il leur traduisait le texte en français. Cette belle bibliothèque fut partagée, suivant les intentions contenues dans son testament, entre les frères mineurs, les frères prêcheurs et l'abbaye de Royaumont.

CHAPITRE VII

DE SA DÉVOTION DANS LES PRIÈRES.

ONVAINCU de ce précepte de Notre-Seigneur que la prière doit s'ajouter aux bonnes œuvres, le pieux roi Louis s'efforçait de mettre son esprit en oraison, afin de recevoir la consolation et l'appui que Dieu donne aux âmes dans la prière.

Chaque soir, après avoir récité complies, il restait en oraison dans sa chambre, étendu à terre, les coudes appuyés sur un banc, et si longtemps parfois que les gens qui attendaient dans l'autre chambre l'heure de son coucher s'en trouvaient extrêmement fatigués et ennuyés.

Une de ses pratiques pieuses était de s'agenouiller un grand nombre de fois de suite, en récitant un *Ave* à chaque fois.

Dans ces oraisons prolongées, l'immobilité du corps et l'inclinaison de la tête avaient considérablement affaibli ses forces et sa vue ; en se levant il avait le vertige, ses yeux éblouis ne voyaient plus et il disait souvent à son chambellan : Où suis-je ? mais à voix basse, de façon que les autres ne l'entendissent pas.

Le pieux Roi désirait beaucoup la grâce des larmes, il s'ouvrait fréquemment de cela à son confesseur. Dans les litanies qui portent ces mots : « O Dieu, donnez-nous une fontaine de larmes ! » le pieux Roi disait dévotement : « Sire Dieu, je ne vous demande point une fontaine de larmes ; quelques gouttes de larmes seulement suffisent pour arroser la sécheresse de mon cœur. » Quelquefois cependant il pleura dans le cours de ses prières ; les larmes coulaient sur ses joues et il les trouvait douces sur ses lèvres comme en son cœur.

Pendant sa captivité chez les Sarrasins, affaibli par la maladie et par les privations, tout grelottant de fièvre et réduit à un état de maigreur telle que ses os semblaient percer sa peau, le pieux Roi ne cessait d'être en oraison et de se recommander aux autres dans leurs prières. On le voyait quelquefois se mettre à genoux devant un religieux en lui demandant de prier pour lui. Chaque année il écrivait au Chapitre général de Cîteaux pour obtenir des prières et on lui accordait trois messes par chaque moine.

Dans les dernières recommandations qu'il fit à sa fille et à son fils, Philippe le Hardi, il insista tout spécialement sur les prières pour le repos de son âme, sur sa participation dans les grâces attachées aux libéralités que feraient ses successeurs.

Avant son départ pour la dernière croisade, il se rendit dans plusieurs monastères, entouré de chevaliers, et vint demander à genoux des prières pour le succès de son expédition. Quand, dans ses guerres, il pressentait un danger, son premier soin était de prier Dieu. En captivité, il faisait dire des messes et célébrer des offices pour la délivrance de ses soldats. Lorsqu'il fut question de son départ de Terre-Sainte, il fit célébrer un office solennel, suivi d'un sermon prêché par le patriarche, sermon auquel toute son armée dut assister nu-pieds et sans ceinture, pour obtenir les lumières du ciel sur ce qu'il devait faire.

Si une affaire importante venait en délibération devant le Conseil royal, il envoyait dans les couvents demander des prières pour que Dieu lui inspirât le véritable esprit de justice et la meilleure manière d'honorer par sa décision la Providence divine.

CHAPITRE VIII

ON doit aimer les hommes parce qu'ils sont
créés à l'image de Dieu, on doit les aimer
parce qu'ils sont bons ou qu'ils peuvent le devenir. Le pieux Roi était embrasé de cette charité
chrétienne, et cherchait à gagner tous les cœurs à
Dieu, par les bons exemples et par les enseignements. Il s'attachait surtout à en faire profiter ses
enfants et les gens de sa maison. Voici les enseignements qu'il écrivit pour sa fille Isabelle, reine
de Navarre :

LE ROI INSTRUIT SES ENFANTS
DE SON AMOUR POUR LE PROCHAIN

D'après Montfaucon et Seroux d'Agincourt. — Extrait de l'histoire de France publiée dans le Magasin pittoresque.

« Chère fille, dans l'espoir que la tendre affection que vous m'avez toujours témoignée conservera

15

en votre cœur mon souvenir plus longtemps que
celui d'aucune autre personne, je vous écris de ma
main ces enseignements. D'abord vous aimerez
Dieu de tout votre cœur et de toutes vos forces ;
en dehors de lui aucun être, aucun objet ne mérite
d'être aimé et ne peut l'être utilement. Tous nous
devons lui dire : « Seigneur, vous êtes mon Dieu,
vous n'avez pas besoin de mes services. » C'est
lui qui nous a envoyé son Fils et qui lui a fait
souffrir la mort pour nous racheter des peines de
l'enfer. Chère fille, vous gagnerez tout à son
amour; aimez-le sans limites, il en est digne, puisqu'il nous a aimés le premier. Tâchez de vous
pénétrer de ce qu'il lui a fallu faire pour notre
rédemption. Ayez grand désir de lui plaire et
évitez avec le plus grand soin ce qui lui ferait de
la peine. Par dessus tout, chère fille, prenez la résolution de ne jamais commettre un péché mortel,
souffrez la torture, souffrez la mort du martyre
plutôt que de l'offenser ainsi. Habituez-vous à
vous confesser souvent, choisissez un confesseur
pieux et instruit, capable de vous dire ce qu'il
faut éviter, ce qu'il faut faire, souffrez que votre
confesseur ou vos amis vous reprennent sans
crainte. Chère fille, assistez aux offices avec goût,
évitez dans les églises les distractions ou les
paroles inutiles. Priez à la fois des lèvres et du
cœur, et redoublez de ferveur au moment de la
consécration. Écoutez avec respect la parole de

Dieu, soit dans les sermons publics soit dans les entretiens particuliers, mais, dans ce dernier cas, n'acceptez comme son interprète qu'une personne d'une bonté et d'une sainteté reconnue. Ne négligez pas de gagner des indulgences.

» Chère fille, si Dieu vous envoie une maladie ou une souffrance pour l'adoucissement de laquelle les conseils sont impuissants, remerciez-en Notre-Seigneur, croyez qu'il l'envoie pour votre bien, soyez convaincue que vous l'avez méritée et bien au delà en raison de votre indifférence et de vos péchés. S'il vous accorde la santé et le bonheur, rendez-lui grâces humblement et n'en faites pas une occasion d'orgueil, ni d'aucun vice, car c'est un grand péché que d'offenser Notre-Seigneur au sujet de ses faveurs. Si quelque peine vous tourmente, confiez-la à votre confesseur ou à une autre personne discrète, vous la supporterez plus aisément. Chère fille, soyez charitable pour les maux du prochain ; aidez les malheureux de vos conseils ou de vos aumônes, selon les circonstances. Aimez les gens de religion et les gens du monde, aimez les pauvres et parmi eux ceux qui, par amour de Dieu, ont fait vœu de pauvreté.

» Chère fille, veillez à ce que vos femmes et les gens qui sont mêlés à votre existence intime soient de bonne et sainte vie ; évitez de votre mieux les gens de mauvaise renommée. Chère fille, obéissez humblement à votre mari et à vos parents, en tout ce qui est selon Dieu ; faites-le pour l'amour de Notre-Seigneur et pour l'amour d'eux, mais pour tout ce qui est contraire à Dieu vous ne devez obéir à personne.

» Ayez une conduite et une tenue qui inspirent le bon exemple à ceux qui vous verront. Même dans votre état, il me semble préférable que vous n'ayez pas une grande profusion de robes et de joyaux, que vous n'accordiez pas trop d'importance à vos atours, trop de temps et de soins à votre toilette, donnez plutôt davantage en aumônes et n'oubliez pas qu'en tout cela il vaut mieux faire moins que plus.

» Chère fille, ayez sans cesse présente à votre esprit l'idée d'agir en toutes choses par amour de Dieu, sans jamais désespérer des bienfaits qui n'arrivent pas ou vous lasser des épreuves qui se prolongent ; évitez quand même tout ce qui peut déplaire à Dieu. Recherchez les prières de gens vertueux et associez-moi à ces prières. S'il plaît à Dieu de m'enlever de ce monde avant vous, faites dire pour le repos de mon âme des messes et des oraisons, faites célébrer des offices. Ne montrez cet écrit à personne sans ma permission, hormis à votre frère. Que Notre-Seigneur vous comble de bienfaits, plus encore que je ne puis le désirer [1]. »

[1] Le confesseur de la reine Marguerite place à cet endroit les enseignements de saint Louis à son fils, Philippe le Hardi; nous les avons déjà rapportés ci-dessus dans la chronique de Guillaume de Nangis, p. 214.

Le pieux Roi envoya aussi à sa fille trois boîtes d'ivoire dans lesquelles il y avait une discipline composée d'une chaînette de fer terminée par un petit clou également en fer. La pieuse reine faisait souvent usage de cette discipline ; elle portait également une ceinture de poil, large comme la main. Jean de Mons, confesseur de la reine de Navarre, lui avait remis ces deux objets de la part du Roi, avec la recommandation de s'en servir pour le rachat de ses péchés et des péchés de son père.

Jamais le roi Louis ne manquait une occasion de ramener les âmes à Dieu par ses paroles ou par l'exemple ; il tenait autant que possible à se faire accompagner de ses enfants et de ses chevaliers intimes dans la plupart de ses exercices religieux et de ses actes de charité ; personne n'osait le blâmer et tous s'efforçaient de l'imiter. L'anecdote suivante montrera jusqu'à quel point il poussait l'humilité.

Le roi Louis, étant à son château d'Asnières, allait souvent à l'abbaye de Royaumont, située tout près. Suivant la règle de Citeaux, les moines se rendaient au travail à neuf heures. On construisait un mur au moment de la visite du Roi, des civières chargées de pierres et de mortier étaient transportées par les moines, placés l'un en avant l'autre en arrière. Le Roi voulut se mêler aux travaux comme il se mêlait aux offices du couvent, et il portait la civière ; bien plus, ses frères et les chevaliers de son entourage durent la porter aussi à

leur tour. Et s'ils se mettaient à parler, à jouer ou
à se reposer, le Roi leur faisait remarquer que les
moines ne parlaient ni ne jouaient. Telle était sa
manière de former sa famille à la pratique du bien.

Il ne négligeait aucune occasion d'exciter au service de Dieu. Pendant sa maladie à Compiègne,
durant laquelle il fit le vœu de sa première croisade,
il ne cessa de faire des sermons et des exhortations
à tous ses gens. Un jour il demanda au sire de
Joinville, son fidèle chevalier, ce qu'il aimerait
le mieux, d'avoir fait un péché mortel ou d'être
lépreux, à quoi le chevalier répondit qu'il aimerait
mieux en avoir fait trente que d'être atteint d'une
si affreuse maladie. Le pieux Roi le blâma fort et
lui montra qu'il valait mieux être lépreux : « Le
péché mortel, lui dit-il, est la lèpre de l'âme ; nous
ne pouvons savoir si nous en guérirons, parce que
nous ignorons les circonstances de notre mort ; si
nous mourons sans confession ou sans contrition,
ce qui dépend de Dieu, notre âme restera souillée
pour toujours et semblable au diable ; tandis que
nous sommes, à coup sûr, guéris par la mort de la
lèpre corporelle ; voilà pourquoi il vaut mieux être
lépreux qu'en état de péché mortel. »

« Voulez-vous, disait encore le pieux Roi au
même chevalier, avoir honneur en ce monde aux
yeux des hommes et grâce devant Dieu pour la vie
future ? Que vos actions, que vos paroles soient toujours les mêmes en votre particulier que devant le

monde, c'est-à-dire avant de faire quoi que ce soit, supposez toujours que vous aurez à subir le jugement du prochain. »

Le pieux Roi lui conseillait encore la dévotion aux saints du paradis. Comparant les saints aux conseillers royaux que les sujets doivent implorer pour obtenir la faveur du maître, il disait que les saints formaient la maison du bon Dieu et qu'il fallait s'adresser à eux pour obtenir sûrement la grâce dont on avait besoin.

D'autres fois, faisant allusion au respect humain qui empêchait certains seigneurs d'aller à l'église pour y entendre les offices ou faire des œuvres de piété, il disait que leur vertu, tenant à si peu de chose, ne valait pas mieux qu'une maison qui serait renversée par le premier coup de vent.

Ce n'était pas seulement parmi ses familiers qu'il désirait répandre les bonnes doctrines, il encourageait les religieux et les prélats à prêcher les barons et le peuple.

Quand on lui signalait une guerre entre seigneurs de son royaume, il envoyait des messagers pour tâcher de l'apaiser.

Nous avons déjà vu que le Roi se faisait suivre par tous ses enfants dans les cérémonies religieuses afin de leur inculquer le goût de la piété. Les jours ordinaires ils assistaient avec lui à la messe et à la récitation des heures canoniales. Après complies, les enfants suivaient leur père dans sa chambre;

religieux répandait de l'eau bénite, le Roi leur
adressait quelques paroles d'édification et chacun
se retirait. Quand quelque jour de fête tombait un
vendredi, il ne permettait pas à ses enfants de se
promener, ce jour-là, en couronnes de roses, suivant l'usage des seigneurs. Il ne le pouvait souffrir,
à cause de la sainte couronne d'épines que porta
Notre-Seigneur.

Plusieurs barons trouvaient qu'il entendait trop
de messes et de sermons. Le plus souvent, en effet,
il assistait à deux et même à trois ou quatre messes
par jour. Ces murmures étant parvenus à ses
oreilles, le Roi ferma la bouche à ses barons en leur
répondant qu'il était maître de ses actes et que s'il
lui eût plu de passer le double de temps à jouer
aux palettes ou à courir le gibier dans les forêts,
personne n'aurait eu l'idée de lui en faire un reproche.

Au retour de la croisade, pendant la traversée,
qui dura près de dix semaines, on prêchait trois
fois par semaine devant le Roi. Quand la mer était
calme et ne réclamait pas un travail constant de la
part des marins, le pieux Roi leur faisait prêcher
un sermon à la portée de leurs esprits, sur les
vérités fondamentales de notre foi, sur les mœurs,
sur les péchés. Puis, ces gens, qui n'observaient
presque jamais les pratiques religieuses, se confes-
sèrent à des prêtres spécialement désignés.

Le Roi employait tous les moyens pour les exciter à s'approcher des sacrements ; les exhortations, les exemples tirés de leur situation périlleuse et du danger de mort auquel ils étaient exposés à chaque instant, les besoins fréquents d'un secours divin, les vœux en cas de sauvetage, toutes ces questions revenaient fréquemment dans la conversation du pieux Roi avec les marins. Un jour, quelqu'un lui faisant observer que la manœuvre pourrait avoir à souffrir de l'absence d'un marin pendant qu'il serait à confesse : « Et moi, dit le Roi, je mettrais volontiers la main à tirer une corde ou à autre chose, plutôt que de le déranger. » De la sorte, un grand nombre de ces gens se convertirent.

CHAPITRE IX

DE SA COMPASSION.

UN cœur aussi généreux que celui du pieux Roi était très-accessible à la compassion pour les personnes affligées. A son arrivée en Égypte, plusieurs vaisseaux, remontant le cours du Nil, avaient suivi l'armée pour entretenir de vivres la maison du Roi. Louis, navré de la quantité de malades exposés aux attaques des Sarrasins, se décida à jeter à l'eau toutes les provisions en viandes et légumes pour faire de la place; les navires ainsi allégés offrirent un asile sûr à un millier de malades ; il ne s'était réservé des vivres que pour huit jours.

De même, quand l'armée, poursuivie et traquée par les Sarrasins, fut contrainte de se reporter vers Damiette, le Roi ne voulut à aucun prix se réfugier dans les vaisseaux. Cette funeste retraite, où l'armée entière fut faite prisonnière par les Sarrasins, le Roi voulut la commander jusqu'au bout, au prix de sa vie et de sa liberté ; il fit aussi preuve d'un dévouement et d'un courage admirables en restant avec ses chevaliers pour mourir au milieu d'eux ou subir les horreurs de la captivité. En toutes circonstances, le roi Louis témoignait une énergie et un désintéressement qui faisaient l'admiration de son peuple.

Lorsqu'il s'agit de la rançon des prisonniers, plusieurs seigneurs, riches et puissants, voulurent traiter immédiatement des conditions de leur propre rachat, mais le Roi défendit que qui que ce fût traitât pour son propre compte : « Reposez-vous sur moi, dit-il, de tous les soins de la délivrance, et qu'aucun de vous ne s'occupe de sa personne ; je réponds sur ma tête du rachat de tous et je promets que je ne ferai pas marché de ma délivrance, si je n'obtiens celle de l'armée qui m'accompagne. » Ce qui fut fait, grâce à la haute courtoisie, loyauté et générosité du pieux Roi.

Lorsque les conditions de la délivrance furent arrêtées, les Sarrasins donnèrent à choisir au Roi, ou de rester en personne comme caution, ou de laisser son armée. Le Roi préféra rester captif et délivrer les autres : « Je veux, répondit-il, demeurer prisonnier jusqu'à l'entier paiement de la rançon et sortir le dernier de captivité, moi et mes frères. » Les seigneurs ne voulaient point y consentir, mais ils durent céder devant la volonté du Roi.

On remarquait toujours en lui la résolution de se sacrifier à son peuple, ou du moins de ne jamais exposer quelqu'un pour le salut de sa propre personne.

Non-seulement dans les circonstances importantes, mais encore dans les petits détails de la vie, il se montrait bon et compatissant pour ses inférieurs. Son cuisinier, Roger de Saisi, revint de captivité et se présenta devant le Roi, n'ayant, pour ainsi dire, plus de vêtements sur le corps ; le Roi en eut grand'pitié, et commanda aussitôt qu'on lui fît deux paires de robes.

Dans les réclamations présentées à son tribunal, il prenait presque toujours parti pour le moins puissant. Les querelles qui se terminaient par la mort d'un homme lui causaient une grande peine : « Dans ces affreux accidents, disait-il avec tristesse, on ne regarde que les vivants et l'on ne s'occupe pas des morts. »

CHAPITRE X

DE SES ŒUVRES DE CHARITÉ.

L'ESPRIT de charité occupait tellement le cœur du saint Roi, qu'il semblait ne vivre que pour l'exercer. On verra, par les exemples qui suivent, combien il prodiguait ses aumônes.

En avent et en carême, les mercredi, vendredi et samedi de chaque semaine, il donnait à manger dans son palais à treize pauvres; il leur servait un potage et deux plats, poisson ou autre chose, et tranchait lui-même deux pains. Chaque pauvre recevait en outre deux pains à emporter. Pour les aveugles, le Roi leur donnait le pain dans la main ou dirigeait leur main vers l'assiette, ôtait les arêtes du poisson, le trempait dans la sauce et leur mettait les morceaux dans la bouche. Il leur donnait ensuite à chacun douze deniers et quelquefois davantage, quand ils lui paraissaient tout à fait misérables ou quand c'était une femme ayant des petits enfants. Les samedis, il faisait choisir trois des plus nécessiteux ; on les conduisait dans sa chambre, et là, le Roi leur lavait les pieds et les mains, puis les baisait, malgré toute la répulsion qu'une pareille besogne devait lui inspirer. Il donnait quarante deniers à chacun. On lui amenait de préférence les aveugles, qui ne le reconnaissaient pas et ne révélaient rien au dehors.

Il avait presque chaque jour plusieurs pauvres qui mangeaient dans la même salle que lui ; on leur donnait du potage, des plats de viande et ils en emportaient d'autres en s'en allant. On donnait aussi de temps en temps de grands repas d'aumône.

Dans sa visite des églises, le jeudi saint, il emportait cent livres dans un sac pendu à sa ceinture, sous sa robe, et il donnait l'aumône aux pauvres de sa propre main, voulant qu'ils eussent tous un libre accès auprès de lui.

L'habitude du pieux Roi était de faire donner aux frères mineurs et prêcheurs d'une ville, le jour de son entrée et de son départ de cette ville, un repas composé de pain, de vin et de deux plats ; si les frères préféraient de l'argent, il leur en faisait remettre. A chacun de ses déplacements, même quand il allait de Paris à Vincennes ou à Saint-Denis, les frères recevaient cette aumône. Tous les religieux mendiants qui venaient à la cour devaient trouver à manger à la cuisine ou à l'office, soit aux heures des repas, soit à toute autre heure.

Le pieux Roi avait une affection particulière pour les ordres de frères mendiants. Son confesseur, Geoffroy de Beaulieu, était de l'ordre des prêcheurs. Un jour, le Roi et son confesseur se trouvant à Orléans, celui-ci voulut aller visiter plusieurs de ses frères qui naviguaient sur la Loire et devaient s'arrêter quelque temps près de la ville. Le Roi, libre ce jour-là, voulut l'accompagner, fit la course à pied et décida les frères à revenir au château, où il leur offrit une généreuse hospitalité.

Ces rares moments, où le bon Roi pouvait oublier le faste nécessaire à son rang et s'entourer de la société des religieux, comptaient parmi les plus heureux de sa vie.

Mais poursuivons le récit de ses aumônes. On achetait chaque année soixante milliers de harengs et trente porcs salés, qui étaient distribués aux nonnes de divers ordres et aux lépreux de plusieurs Maisons-Dieu. On y ajoutait des fruits, des pois et des légumes, puis des provisions de bois, de vêtements en drap, de caleçons et de chaussures. En sus de tout cela, les diverses aumônes faites en argent s'élevaient chaque année à plus de sept mille livres parisis.

Quand il allait en Berri ou en Normandie, ce qui arrivait rarement, il commandait des repas pour trois cents pauvres, les servait lui-même en se faisant aider par ses écuyers et chambellans, et donnait douze deniers à chacun des convives.

Le Roi venait souvent dîner à Royaumont à la table de l'abbé et donnait, pour cette circonstance, la pitance du couvent, c'est-à-dire le pain, le vin et deux plats de poisson. Le nombre des moines montait à une centaine.

D'autres fois il arrivait pendant le repas et se joignait aux moines qui servaient; il allait à la cuisine prendre les plats et les déposait sur la table. Quand les plats étaient trop chauds, il prenait sa robe pour se garantir, et souvent la sauce tombait dessus. Il répondait alors à l'abbé qui lui montrait les taches : « Ce n'est rien, j'en ai une autre. » Il goûtait le vin, et, s'il le trouvait mauvais, il commandait qu'on en apportât de meilleur.

A Compiègne, il descendait à la cuisine des frères prêcheurs pour voir ce qu'ils avaient à manger, puis il entrait au réfectoire et faisait apporter des cuisines du château des plats de toute espèce.

Les fondations d'écoles, d'hôpitaux et de monastères furent très-nombreuses pendant son règne.

Plusieurs maisons situées près du palais des Thermes furent achetées par le Roi afin de recevoir les clercs étudiants de Paris, trop pauvres pour subvenir à leur logement; le produit d'autres maisons louées était consacré aux écoliers reçus régulièrement par les docteurs. Ces diverses dépenses s'élevèrent à environ quatre mille livres [1].

[1] C'est l'origine de la Sorbonne.

Le Roi donnait aussi à une centaine de pauvres écoliers douze à vingt-quatre deniers, chaque semaine, pour leurs menues dépenses.

Dans le quartier Saint-Honoré il fonda un vaste établissement pour trois cents aveugles, avec des rentes suffisantes pour leur entretien et une chapelle dédiée à saint Remi [1].

Il fonda hors Paris la maison dite des Filles-Dieu, refuge des malheureuses femmes que la misère avait jetées dans le vice et qui trouvaient dans cet établissement, à côté des secours matériels, les bienfaits d'une vie retirée et le pardon de leurs fautes.

Il dépensa trente mille livres parisis dans l'installation de l'Hôtel-Dieu de Vernon. Vingt-cinq sœurs et deux frères avec un grand nombre d'infirmiers étaient attachés au service des pauvres malades. Les Hôtels-Dieu de Paris, de Pontoise et de Compiègne, furent aussi considérablement agrandis.

Lorsque ces constructions et aménagements divers d'établissements religieux ou hospitaliers étaient en cours d'exécution, le bon Roi visitait en personne les travaux, présidait à la distribution des salles, des chambres et des cuisines. Les dépenses s'élevèrent à un chiffre énorme. La maison des

[1] L'établissement des Quinze-Vingts, transporté aujourd'hui rue de Charenton.

Ecoles, la maison des Aveugles, celles des Béguines, l'église des frères mineurs, le dortoir des frères prêcheurs avec d'autres dépendances, l'agrandissement des Hôtels-Dieu de Paris, de Pontoise, de Vernon et de Compiègne, la maison des frères prêcheurs de Compiègne, celles des frères de Saint-Maurice de Senlis, des sœurs de l'ordre des prêcheurs à Rouen, des frères prêcheurs de Caen, des frères chartreux de Vauvert près Paris, des frères carmes de Paris, coûtèrent, tant en acquisition de fonds qu'en travaux de construction et d'ameublement, plus de deux cent mille livres tournois.

Aux observations que lui faisaient ses conseillers au sujet de ces dépenses, il répondait : « Taisez-vous, Dieu m'a donné tout ce que j'ai ; il n'y a pas de meilleure manière de l'employer. »

De temps en temps, il faisait remettre aux religieux qu'il protégeait une somme de cent à trois cents livres pour acquitter les dettes de leur couvent; pour mieux dire, en un mot, il soutenait presque entièrement à lui seul, dans Paris et dans les environs, les deux ordres des prêcheurs et des mineurs.

Le bon Roi avait une affection particulière pour ceux qui le suivaient dans ses guerres saintes, et cette affection se reportait sur leurs familles. Les chevaliers, les dames, les demoiselles, les sergents d'armes, tombés dans le dénuement, recevaient à titre de secours des sommes d'argent variant de dix jusqu'à soixante livres. Quand les filles se mariaient, il leur faisait une dot de cent livres et même davantage suivant leur état.

A ses voyages dans son royaume, les pauvres qui venaient à lui obtenaient un denier chacun, quelquefois davantage, suivant qu'ils paraissaient plus nécessiteux. Ce fut surtout à son retour d'Orient, dans les diverses stations qu'il fit en son royaume, qu'on le vit distribuer des aumônes sur son passage avec une profusion incroyable.

A chaque halte il ordonnait de servir un grand repas pour deux cents pauvres. Chacun des convives y recevait deux pains et douze deniers; le bon Roi les examinait, et s'il voyait un homme plus misérable que les autres, il lui donnait encore d'autres deniers qu'il avait toujours sur lui. Quelquefois on disposait de grands banquets auxquels plusieurs milliers de personnes pouvaient assister.

En temps de disette ou de cherté de vivres, il envoyait des sommes importantes pour être distribuées aux malheureux. Même en Normandie, pays qui n'était pas encore très-attaché à la couronne de France, il fit, à une époque de disette, remise des rentes que lui payaient les tenanciers. Il cherchait à répartir ainsi sur toutes les parties du royaume les preuves de son ardente charité.

Ses vêtements passaient tous aux couvents ou aux pauvres. Beaucoup de charpentes furent tirées des bois de la couronne et conduites sans frais dans les couvents; les branchages et les rognures de bois qui en provenaient, étaient aussi partagés entre les pauvres.

Pendant la croisade où il fut fait prisonnier, il s'occupait lui-même de la délivrance de ses soldats et envoyait racheter plusieurs centaines d'hommes à la fois; leur voyage, leurs vêtements étaient payés par le Roi et ils recevaient en plus pour leurs besoins une somme de cent deniers. Les chevaliers, les hommes nobles recevaient, comme les plus pauvres, des robes de drap, en sorte que le Roi, à lui seul, entretenait plus de trois mille hommes.

Aux grandes aumônes, le pieux Roi ajoutait souvent les visites des pauvres et des malades, les conseils et les encouragements à la patience et à l'amour de Dieu. En cela il pratiquait par lui-même le véritable esprit de charité évangélique.

Quand il venait à l'abbaye de Royaumont, il visitait l'infirmerie, s'arrêtait près de chaque malade, s'enquérant de ses souffrances et lui donnant des consolations. Ses médecins le suivaient et examinaient la maladie, s'informant aussi des soins dont elle était l'objet. Le Roi lui-même tâtait le pouls, auscultait la poitrine des malades et envoyait chercher les remèdes nécessaires. Peu de monde assistait à ses visites, l'abbé, les médecins et quelques intimes seulement.

LE ROI DONNE LA SÉPULTURE A DES RESTES HUMAINS

LE ROI SOIGNE LES LÉPREUX

D'après Montfaucon et Seroux d'Agincourt. — Extrait de l'Histoire de France publiée par le Magasin pittoresque.

Or une fois il se trouva un certain frère appelé Léger, qui fut atteint de la lèpre et, par mesure de prudence, placé dans une maison séparée. Il faisait horreur à voir ; ses yeux et son nez, rongés par le chancre, ne semblaient plus être que des trous rouges et hideux ; ses lèvres étaient gonflées et crevassées, tout son corps n'était qu'une plaie.

Le Roi voulut aller le visiter. Le malade mangeait en ce moment, selon l'usage habituel pour les lépreux, de la viande de porc. Aussitôt le Roi se mit à couper les morceaux et à les lui mettre dans la bouche, en se tenant à genoux. Or l'abbé l'accompagnait et, en signe de respect pour le Roi, se tenait aussi à genoux, ce qui ne lui plaisait guère.

Quand le malade eut fini, le Roi lui demanda s'il voulait manger du poulet ou de la perdrix, et il envoya aussitôt à la cuisine du palais pour en chercher. Un huissier rapporta bientôt deux poulets et trois perdrix rôtis. Le Roi ayant demandé au malade ce qu'il voulait, celui-ci répondit : « Des perdrix. – Et à quelle sauce ? — Au sel. » Pour lors, il trancha une aile de perdrix, la couvrit de sel et la donna par morceaux au malade. Mais le sel pénétrant dans les gercures, augmentait son mal aux lèvres et le Roi avait soin de bien essuyer les morceaux avant de les lui mettre dans la bouche. Il avait les mêmes délicates attentions au sujet du vin, lui demandant s'il était bon et lui donnant à boire.

Tout en le soignant ainsi, il lui disait de prendre

patience, qu'il faisait son purgatoire en ce monde, qu'il était bien préférable de souffrir ici-bas que dans l'autre vie. Une autre fois il lui faisait de la soupe et, l'ayant beaucoup salée, les lèvres malades du lépreux saignèrent encore, et le Roi, s'en apercevant, lui dit en lui demandant pardon qu'il l'avait salée comme pour lui-même. Souvent, revenant visiter le même malade, il le suppliait de prier pour lui.

Le pieux Roi se rendait aussi fréquemment dans les hôpitaux de Paris et des environs, il y faisait porter une grande quantité de vivres préparés par ses cuisiniers. Il coupait plusieurs pains de sa propre main et donnait les morceaux à chacun. Quand il se trouvait des malades plus affaiblis, il les servait plus copieusement en pain et en viandes ; il leur mettait les morceaux dans la bouche et leur essuyait les lèvres avec une serviette qu'il tenait toujours à la main. Quelquefois ses gardes particuliers étaient si désagréablement affectés de l'odeur des salles, si dégoûtés des maladies, qu'ils ne pouvaient suivre le Roi et restaient dehors. Quant à lui, il semblait ne s'apercevoir de rien.

Partout il tenait à panser lui-même les plaies des malades, étanchant le sang et l'humeur avec des serviettes qu'il apportait et laissait ensuite dans l'établissement. Une fois, après avoir servi un repas de cent trente-quatre pauvres, à l'Hôtel-Dieu de Compiègne, il eut la patience de peler une poire, de la couper en morceaux et de la donner à manger à un pauvre malade, dont les affreuses plaies du visage salissaient les mains du pieux Roi. Souvent aussi on lui apportait de l'eau de rose et il lavait de ses mains les plaies des malades.

Avant d'entrer dans son palais de Vernon, le pieux Roi s'arrêtait toujours à l'Hôtel-Dieu, visitant les malades et fournissant tout ce que leur santé leur permettait de prendre. On raconte qu'une sœur de cette même maison de Vernon dit qu'elle ne mangerait que si le Roi lui donnait de ses mains la nourriture; aussitôt le bon Roi vint à son lit et lui mit les morceaux dans la bouche.

Il se faisait souvent accompagner de ses enfants et leur donnait par son exemple le meilleur précepte de charité. Quand l'Hôtel-Dieu de Compiègne fut complétement installé, il voulut porter le premier malade avec Thibaut, roi de Navarre, son gendre, et laissa sur le lit la splendide couverture de soie dont il avait enveloppé le pauvre; après lui, ses enfants et les princes portèrent d'autres malades.

Une autre fois, de passage à Châteauneuf-sur-Loire, une pauvre vieille femme lui cria : « Bon Roi, c'est avec le pain de ton aumône que mon mari malade conserve la vie. » Et le bon Roi, apprenant que l'homme était dans la maison, mit pied à terre et vint le voir un instant.

Il donna aussi une preuve de l'énergie de sa

piété, en ensevelissant les morts. Pendant son séjour outre-mer, le Roi aida lui-même à enterrer les corps des soldats tués en défendant les fortifications de Sidon. Ces cadavres exhalaient une odeur insupportable. Tout le monde se bouchait le nez. Le Roi seul ne donna aucune marque de dégoût. « Ce sont des martyrs, disait-il; s'ils ont souffert la mort, nous pouvons bien souffrir cette peine d'un moment. »

On admirait avec étonnement, autour du Roi, le courage et la force qu'il déployait dans cette triste besogne. L'archevêque de Tyr y contracta une maladie dont il mourut ; plusieurs évêques et quantité de seigneurs en furent gravement atteints.

Si le Roi se trouvait près d'un couvent au moment d'un décès, il assistait toujours à l'enterrement. Au chapitre des prêcheurs d'Orléans, il fit observer qu'il ne suffisait pas de déclarer le nombre des morts, mais qu'il fallait citer chacun par son nom, soit pour prier à son intention particulière, soit pour s'attirer des grâces en l'invoquant spécialement. Ce qui fut adopté à l'avenir dans le chapitre général. Une foule d'exemples dans sa vie prouve qu'il affectionnait principalement le culte des morts comme un dernier devoir de charité envers ses semblables, et comme un moyen de s'attirer les grâces du ciel.

⚜

16

CHAPITRE XI

DE SA GRANDE HUMILITÉ.

Comme le cercle d'or qui enchâsse les pierres précieuses, la plus belle des vertus, l'humilité, servit en quelque sorte de cadre à tous les actes du pieux roi Louis. Autant sa position en ce monde était élevée, autant il se montrait humble en tout. Non-seulement il s'abaissait jusqu'à servir lui-même les nombreux pauvres qu'il nourrissait à sa table, non-seulement il mangeait les mêmes plats qu'eux, — ces exemples d'humilité faisaient le fond de l'existence du saint Roi, — mais une fois, ayant vu parmi ses pauvres un vieillard plus malheureux que les autres, il lui fit apporter une assiette remplie de viande, et quand celui-ci en eut mangé à sa faim, il voulut par un excès d'humilité qu'on la lui servît à lui-même, et il acheva les restes laissés par ce pauvre. Ne considérant en cet homme que l'image de Notre-Seigneur, le saint Roi ne pouvait être dégoûté de manger ces restes.

Tout lui paraissait bon pour exercer son cœur à
l'humilité ; à peine âgé de quatorze ans, étant déjà
roi, il souffrait que son maître le battît. Tant qu'il
fut jeune, il ne parla jamais à qui que ce fût, sans
dire « vous ». Quand il écoutait les sermons et les
leçons de théologie, il se tenait assis à terre, tandis
que les moines restaient sur leurs siéges. Quand il
travaillait lui-même avec les moines ou avec ses
soldats, portant des pierres et de la terre, quand il
visitait les malades, leur donnant la nourriture à
genoux, pansant les plaies et en essuyant l'humeur,
quand il ensevelissait de ses propres mains les cadavres décomposés des soldats tués à Sidon, n'étaient-
ce pas des actions qui dénotaient chez un roi le
plus grand esprit d'humilité ? Sa vie n'est qu'une
longue suite de faits de ce genre. Un vendredi saint,
se trouvant à Compiègne, il fit les visites des églises
nu-pieds, à travers les rues ; des sergents le suivaient
et lui remettaient des pièces de monnaie qu'il distribuait aux pauvres, suivant qu'ils lui paraissaient
plus ou moins malheureux.

Or, pendant qu'il cheminait ainsi, un lépreux,
placé du côté opposé de la rue, ne pouvant parler,
sonna tant qu'il put de sa crécelle. A ce bruit, le
Roi regarde et voit le lépreux, il met les pieds dans
le ruisseau froid et boueux qui coulait au milieu
de la rue, car on ne pouvait passer autrement,
donne son aumône au lépreux et lui baise la main.
La foule était grande autour du Roi pendant ce

temps; tous faisaient le signe de la croix en se disant les uns aux autres : « Voyez ce que le Roi a
fait, il a baisé la main du lépreux. »

Voici encore un trait de sa modestie. Le bon
Roi était allé entendre un sermon à l'abbaye des
Escharlis. A son entrée dans l'église, les moines se
levèrent tous de leur place en le priant de monter
au siége le plus élevé, mais il refusa de monter et
de s'asseoir dans les stalles du chapitre. Il resta au
milieu devant le lutrin et s'assit par terre sur deux
petits tapis carrés, pendant tout le sermon. Les
moines voulurent faire comme lui et s'asseoir à
terre, mais il s'y opposa et exigea qu'ils reprissent
leur place accoutumée.

Pendant les sermons du chapitre de Royaumont,
il s'asseyait au pied d'un pilier sur de la paille, et,
malgré toutes les remontrances qu'on lui fit, jamais
il ne consentit, ou à prendre place ailleurs, ou à
laisser changer les siéges des moines.

Il mangeait une fois au réfectoire des moines
d'Escharlis quand, s'apercevant qu'il avait de meilleures viandes que les autres, il fit donner son
assiette d'argent à un pauvre vieux moine avec sa
portion et mangea lui-même dans l'écuelle de bois
du vieux moine.

Un autre jour, le Roi céda aux observations de
l'abbé de Royaumont. C'était un samedi après
vêpres ; on procédait en sa présence à la cérémonie
du *mandé* ou lavement des pieds entre les moines,

suivant la règle de Citeaux. Le Roi, assis à côté de
l'abbé, lui dit : « Je ferais bien de laver les pieds
des moines. » L'abbé répondit : « Vous ferez bien
de vous en abstenir. » — « Pourquoi ? » — « Parce
que les gens en parleraient. » — « Et qu'en diraient-
ils ? » répliqua encore le Roi. — « Les uns le prendraient en bien, les autres en mal. » — Et le bon
Roi, devant l'insistance de l'abbé, renonça à son
projet.

Pendant l'expédition d'outre-mer, quand l'armée
voulut élever une chaussée pour franchir un bras
du Nil, le légat accorda une année d'indulgence à
tous ceux qui travailleraient à la chaussée, le saint
Roi voulut mériter cette grâce et porta lui-même
plusieurs paniers de terre ; lors de la construction
des fortifications de Césarée, de Joppé, de Sidon,
le Roi, suivant sa pieuse intention de participer
à l'indulgence accordée à ces travaux, voulut y
concourir également et porta plusieurs pierres de
ses propres mains.

Le pieux Roi était extrêmement simple dans ses
vêtements et dans sa mise ; depuis son retour
d'Orient, il ne porta que des robes foncées, de
nuance bleue ou verte, noire ou brune, et renonça
tout à fait aux couleurs claires. Comme fourrures
de vêtements ou comme couvertures, il abandonna
le vair et le petit gris pour prendre le lapin et
l'agneau. Ses couvertures seules étaient en dos
d'écureuil et d'agneau noir. Son plus beau man-

16*

teau qu'il prenait quelquefois pour se mettre à
table, était fourré d'agneau blanc. Les freins, les
éperons d'or et les boucleries des selles furent rem-
placés par des anneaux en fer ; il ne se servit plus
que de selles blanches.

Le Roi ordonna dans son testament qu'on ne
mît sur son tombeau ni sculpture, ni ornementation ; il voulait donner l'exemple de la simplicité
après sa mort comme pendant sa vie.

Voici un dernier trait qui montrera de quel respect il entourait ses confesseurs. Il ne souffrait
jamais que le confesseur se dérangeât pendant le
cours de sa confession, et s'il désirait ouvrir ou fermer une porte ou une fenêtre, il se levait aussitôt
de sa place, comme pour prévenir le confesseur et
s'en acquittait lui-même humblement. Et si le
religieux lui en faisait l'observation, il répondait :
« Ce doit être ainsi, vous êtes le père, je suis le
fils. »

Plusieurs années avant sa mort, parvenu déjà,
grâce à sa pieuse vie, à un haut degré de sainteté,
le roi Louis eut l'idée d'abdiquer en faveur de son
fils aîné pour entrer en religion, avec le consentement de son épouse, dans l'ordre des frères mineurs
ou des frères prêcheurs. Ces deux ordres avaient
toutes ses sympathies ; s'il avait pu, disait-il, se
partager en deux, il se serait donné moitié à l'un,
moitié à l'autre. Quand l'occasion se présenta, il
s'en ouvrit à la reine, lui affirmant que jamais il

n'en avait parlé à personne ; celle-ci ne lui fit
aucune objection, en ce qui la concernait, mais
après réflexion il renonça de son propre mouvement à sa première idée, en considérant qu'aux
yeux de la Providence, il serait moins utile dans
un couvent que sur le trône, où son influence con-
tribuerait puissamment à assurer la paix du royaume
et le respect de l'Église. Ainsi détourné de son
pieux projet, le Roi resta dans le monde, mais avec
une abnégation plus grande encore, et une humilité
toujours croissante.

Les deux traits suivants montreront encore combien le pieux Roi tenait à faire oublier, par la simplicité de ses manières, l'élévation de son rang et
les priviléges de son caractère royal. Un jour, se
trouvant au château de Poissy, le Roi dit avec joie
et fierté aux seigneurs qui l'entouraient : « Le plus
grand bienfait, le plus grand honneur que j'aie eu
pendant ma vie, c'est dans ce château que Dieu
me l'a accordé. » On se demandait de quel honneur il voulait parler, car, aux yeux des barons,
un roi de France devait mettre au dessus de toutes
les cités la ville de Reims, lieu de son sacre et de
son couronnement ; mais Louis répondit en souriant : « C'est que dans ce château, j'ai reçu la
grâce du baptême, grâce auprès de laquelle les
dignités, les honneurs mondains ne sont que néant. »

Aussi, dans ses lettres privées, quand la men-
tion du nom de roi n'était pas nécessaire, il signait

« Louis de Poissy », ou « seigneur de Poissy », pour bien montrer qu'il avait une préférence toute spéciale pour le lieu de son baptême.

Au sujet de l'attouchement des écrouelles, par lequel Notre-Seigneur avait donné tout spécialement aux rois de France la grâce de guérir cette infirmité, le bon Roi avait adopté, pour les toucher, une manière plus efficace que ses devanciers. Les autres rois, ses prédécesseurs, en touchant la partie atteinte des écrouelles, se bornaient à prononcer la formule d'usage, dont les paroles sont pieuses et salutaires, sans faire pourtant le signe de la croix, tandis que le roi Louis le fit toujours sur la partie malade, en même temps qu'il prononçait les paroles. Il voulait montrer par là, ainsi qu'il se plaisait à le répéter, que la guérison s'opérait par la vertu de Notre-Seigneur, représentée par le signe de la sainte croix.

CHAPITRE XII

DE SA GRANDE PATIENCE.

.

O<small>N</small> prend volontiers un amer breuvage qui doit rendre la santé ; ainsi, le pieux Roi, cherchant par dessus tout l'amour de Dieu et le salut éternel, s'appliquait avec joie à supporter les ennuis et les injures. Il était d'une patience angélique dans les circonstances les plus graves, comme dans les petits désagréments de la vie.

Quand, après leur débarquement en Égypte, les croisés coururent tous pêle-mêle contre les Sarrasins, un grand nombre furent tués ou prisonniers ; la maison du Roi fut réduite à un chevalier nommé Isembart, qui faisait la cuisine avec des espèces de pâtés de viande et de farine, achetée chez les gens du Soudan. Le Roi était malade du flux de ventre et Isembart lui prodiguait les soins les plus intimes ; le Roi ne pouvait ni marcher, ni se tenir debout ; et, malgré ses souffrances physiques, ses malheurs

cruels, ses humiliations de chaque instant, jamais
un murmure ni un mouvement de colère ou d'impatience, ne parut sur son visage ; il restait conti-
nuellement en oraison. En cette circonstance, il en
était réduit à une telle détresse, qu'il n'avait plus
de robe et fut forcé d'accepter celle d'un pauvre
homme, jusqu'à ce qu'il lui en arrivât de Damiette.

Jamais le bon Roi ne brusqua aucun de ses gens,
même quand ils étaient dans leur tort. En voici un
exemple ; le fait se passa dans sa résidence habituelle, au Palais : le Roi était resté longtemps
absent de sa chambre pour diverses affaires, et,
revenant, accompagné seulement d'un chevalier, il
n'y trouva aucun des chambellans de service, bien
qu'ils fussent seize chambellans, valets de chambre
ou sommeliers ; on les chercha par les jardins et
par toutes les salles du Palais, sans pouvoir les
trouver. Alors le chevalier offrit au Roi de faire
le service, mais le Roi ne voulut pas le permettre.

Cependant les valets revinrent, et, apprenant
qu'aucun d'eux n'avait été présent pour le service
ordinaire du Roi, ils furent saisis de crainte ; mais
le Roi les appela et leur dit simplement : « Eh !
venez donc, enfin ! Comment ne puis-je avoir personne pour mon service, quand un seul et le plus
petit d'entre vous me suffirait ? » Cependant, ses
chambellans, qui redoutaient les conséquences de
leur conduite, eurent recours au frère Pierre de
la Trinité, chapelain préféré du Roi, pour qu'il

parlât en leur faveur. Louis les fit appeler et leur
dit en souriant : « Vous êtes tristes, parce que je
vous ai pris en défaut ; je vous le pardonne, mais à
la condition que vous ne recommencerez plus. »
Le même jour, il se rendit à Vincennes dans l'après-
midi. Un de ses chambellans mit le surcot [1] de
table du Roi dans un autre coffre que d'habitude,
et laissa, par mégarde, la clef du coffre à Paris.
Quand l'heure du souper fut venue, on chercha
inutilement le surcot dans les coffres ouverts ; les
chambellans voulurent faire sauter la serrure du
coffre dont on avait oublié la clef, pensant bien l'y
trouver, mais le Roi s'y opposa, préférant se passer
de surcot. Il soupa en chappe à manches, sans laisser entrevoir le moindre signe d'impatience ou de
colère ; la seule allusion qu'il fit à cette circonstance,
fut de dire en souriant à ses chambellans pendant
le souper : « Eh bien ! à votre avis, comment me
trouvez-vous à table, en chappe ! » Tous admiraient
sa patience à supporter aussi doucement les fautes
de ses serviteurs et leurs inexactitudes dans le service.

Quelquefois même, il poussait la modestie et la
réserve jusqu'à tolérer des injures qu'il n'aurait point
dû laisser passer. Un jour, en hiver, il mangeait
près du feu avec plusieurs chevaliers, pendant que
ses chambellans mangeaient dans une pièce à côté.

[1] Vêtement de dessus.

Or, le Roi, en parlant avec ses chevaliers, dit, au moment où Jean Bourgueigneit, son chambellan, entrait dans la chambre : « Et pourtant j'affirme que c'est vrai. » Sur quoi le chambellan, comme s'il avait eu le droit de se mêler à la conversation, dit en s'adressant au Roi : « Bien que vous persistiez, vous n'en êtes pas moins un homme semblable aux autres », ce qui était une affreuse impertinence. Pierre de Laon tira l'homme à lui, en lui demandant s'il avait perdu le sens pour parler ainsi au Roi, mais le chambellan répéta encore les mêmes paroles, si bien que le Roi put les entendre deux fois, et pourtant il ne manifesta aucune colère, ni par un mot de blâme, ni par un geste de mécontentement contre celui qui s'était oublié à ce point à son égard.

Une telle patience et une telle abnégation dans le cœur d'un roi, à l'égard de ses serviteurs, ne peuvent être que l'effet des vertus d'un saint, chez lequel dominent l'idée de Dieu et le désir de subir toutes les humiliations imposées sur cette terre à Notre-Seigneur.

Un autre trait de la vie du pieux Roi prouve encore davantage jusqu'à quel point il poussait le pardon des injures. Une femme nommée Sarrette plaidait devant le parlement, et, pendant le cours de son procès, ayant abordé le Roi dans un couloir du palais, elle lui dit : « Fi donc! devriez-vous être roi de France, un autre aurait bien mieux

valu que vous, car vous ne vous occupez que des
frères mineurs, des frères prêcheurs, des prêtres et
des clercs. C'est grand dommage que vous soyez
roi et c'est bien étonnant qu'on ne vous ait pas
chassé du trône. » Le Roi défendit qu'on lui fît
du mal et répondit en souriant : « C'est vrai, je
ne mérite pas d'être roi, et, si telle eût été la volonté de Dieu, un autre aurait certainement mieux
gouverné à ma place. » Ces paroles furent entendues par beaucoup de personnes présentes. Le Roi
la fit congédier en lui donnant de l'argent.

Partout où il se présentait une situation pénible
à subir, il l'affrontait avec calme, presque avec
joie, en pensant aux mérites qu'il en obtiendrait
aux yeux de Dieu. Il aimait surtout à être entouré
par la foule du peuple. Ainsi, dans ses visites aux
églises, le vendredi saint, il défendait à ses sergents
d'éloigner la foule des pauvres qui se pressaient
autour de lui pour recevoir ses aumônes ; tantôt il
était horriblement bousculé, tantôt on lui marchait
sur les pieds, mais il voulait tout prendre en patience, et, loin de se plaindre, il disait que Jésus-
Christ en avait bien plus souffert encore en ce
même jour.

Ce n'était pas seulement en présence de sa cour
ou de son peuple que le pieux Roi faisait preuve
d'une patience et d'une humilité sans bornes. Les
occupations les plus vulgaires, les petits événements intimes étaient toujours chez lui l'occasion

17

de souffrir et de surmonter son caractère. Il avait un mal de jambe qui revenait trois ou quatre fois par an ; à chaque rechute, il en souffrait beaucoup et gardait le lit pendant plusieurs jours sans manger ni dormir ; sa jambe enflait et devenait rouge et endolorie. Or, un soir, le Roi demanda à Jean, son valet de chambre, à voir l'enflure de sa jambe. Ce Jean avait servi le roi Philippe, grand-père de Louis. Il couchait dans la chambre du Roi et ne le quittait pas d'un instant. Il alluma une chandelle de cire et la tint au dessus de la jambe du Roi, quand, par malheur, une goutte de cire enflammée tomba sur la partie endolorie. — « Je vous ai fait mal », cria l'homme. — Ah ! Jean, répondit le Roi en se tordant sur son lit, mon aïeul vous donna congé pour moins que cela. » Jamais il ne lui parla plus de cette maladresse et il le garda comme auparavant à son service. Cet homme avait raconté au Roi et aux gentilshommes de la cour que le roi Philippe l'avait chassé pour avoir mis dans la cheminée des bûches qui, un jour, pétillaient trop en brûlant.

CHAPITRE XIII

DE SA DURE PÉNITENCE.

E Roi était d'une prodigieuse sobriété dans sa manière de vivre. Plusieurs traits montreront combien il s'ingéniait pour s'imposer des privations dans ses repas. Il ne goûtait qu'aux petits poissons, mais il faisait souvent découper les gros pour laisser croire qu'il y avait touché. Quelquefois, un seul potage était tout son dîner, le reste des plats passait à l'aumône [1].

Quand on lui servait des viandes, accompagnées de sauces délicieuses, il y mettait une grande quantité d'eau pour en faire disparaître le goût. De même quand on lui servait des mets de primeur, comme des lamproies [2] en première saison, des

---

[1] On appelait aumône un repas donné aux pauvres avec les restes de la table des grandes maisons.

[2] Sorte de poissons.

légumes, des fruits, il n'en prenait jamais, les plats passaient à sa cour et à l'aumône commune. C'était à tel point que les lamproies nouvelles, qui valaient soixante sols, baissèrent jusqu'à cinq sols, ayant cessé d'être appréciées.

Jamais il ne fit un excès de viande ou de boisson ; il se tranchait une mesure de pain, la même chaque jour. Dans son verre se trouvait une baguette jusqu'à laquelle il faisait emplir de vin, puis une si grande quantité d'eau qu'il y en avait plus des trois quarts ; son vin étant déjà très-faible, sa boisson n'avait pour ainsi dire plus le goût du vin. Il n'aimait pas la bière, et cependant il en buvait par mortification.

Outre ces privations de chaque jour, ses jeûnes étaient très-fréquents ; le carême, l'avent, les vigiles, tous les vendredis de l'année et bien d'autres fois encore, pour une fête de saint, pour une circonstance particulière, il jeûnait et faisait abstinence. Quand Noël tombait un vendredi, il mangeait de la viande, en raison de l'importance de la fête. Le vendredi saint et la veille de Noël, il jeûnait au pain et à l'eau ; ces jours-là, les tables étaient dressées comme à l'ordinaire, et ceux qui voulaient faire comme lui s'asseyaient à sa table. Les jours d'abstinence, il se privait souvent de poisson et de fruits, bien qu'il les aimât beaucoup, et il mangeait parfois si peu qu'il était loin de satisfaire à son appétit.

Son lit se composait de planches sur lesquelles on mettait un matelas de coton et une seule couverture. Il portait trois jours par semaine un cilice appliqué directement sur la peau, et chaque vendredi il s'enfermait avec son confesseur, le frère Geoffroi de Beaulieu, pour se confesser et se donner la discipline.

Sa discipline se composait de cinq petites cordes de fer réunies entre elles par des nœuds ; le Roi la portait constamment renfermée dans une boîte d'ivoire et suspendue à sa ceinture ; quelquefois il la prêtait à ses amis les plus intimes pour qu'ils en fissent leur profit. Quand son confesseur lui donnait de trop faibles coups, il lui faisait signe de redoubler. D'autre part, le confesseur qui précéda Geoffroi de Beaulieu donnait au Roi de si rudes coups de discipline que sa chair, très-délicate, en était toute meurtrie ; pourtant le bon Roi ne s'en plaignit jamais de sa vie, on ne le sut que parce qu'il lui arriva de le dire en plaisantant avec frère Geoffroi.

Le vendredi était du reste consacré aux mortifications de toute sorte ; ainsi il évitait de rire, et si la chose lui arrivait, il s'arrêtait aussitôt.

CHAPITRE XIV

DE LA PURETÉ DE SA CONSCIENCE.

Si la pureté de la conscience attire principalement les regards de Dieu, le saint roi Louis
dut en être amplement favorisé. Frère Geoffroi,
son confesseur, et plusieurs saintes personnes de
son entourage croient qu'il ne commit pas un
seul péché mortel. Il eût mieux aimé perdre la vie
que d'en commettre un de propos délibéré. Ses
actions comme ses paroles portaient toujours la
marque de l'esprit de sainteté et du désir de
tendre à l'édification de ceux qui l'écoutaient. Il
vécut sans cesse avec une simplicité, une modestie, une patience admirables ; à chaque instant on
trouvait en lui un exemple à suivre.

Le roi Louis était à la fois très-réservé et très-
aimable dans sa manière de parler. Jamais un mot
risqué ou inconvenant, jamais, à plus forte raison,
des calomnies ou des mensonges. Il ne jurait

jamais ni par Dieu, ni par les saints, ni par les
évangiles; il ne prononçait le nom du diable que
dans ses lectures. Il fallait de graves circonstances
pour qu'il prononçât des paroles rudes, et son
indignation, si juste qu'elle pût être, était toujours
contenue. De tout temps, on a eu l'usage de prononcer des serments dans le courant de la conversation, mais il s'attacha à en perdre l'habitude et
à ne dire que : « Par mon nom », *in nomine
meî*. Encore, ayant entendu un religieux blâmer
ce serment, il s'en abstint tout à fait et il se bornait à dire : « C'est cela ou ce n'est pas cela. »

Personne ne saisissait comme lui une affaire
compliquée et ne l'exposait plus clairement. Son
abord était tellement affable, qu'au premier aspect
ceux qui l'approchaient ressentaient pour lui de
l'attachement et du respect.

C'est ce qui fit qu'on lui appliqua, de son vivant même, la parole dite autrefois de saint Hi-
laire, qui avait été dans le monde avant d'être
évêque : « Quelle perfection chez cet homme du
monde ! Il doit servir de modèle même aux ecclésiastiques. » Bien des prêtres et bien des prélats
pouvaient en effet souhaiter pour eux-mêmes les
vertus et les mœurs du Roi ; autour de lui, ses
intimes le prenaient déjà pour un saint.

Dans ses paroles comme dans ses actes, il tenait
à se montrer d'une honnêteté à toute épreuve.
Ainsi, lorsqu'il s'agit du paiement de la rançon

que les Sarrasins avaient fixée à quatre cent mille
livres, dont moitié serait payée à Damiette et
l'autre moitié à Acre, le Roi voulut exécuter
strictement les conditions auxquelles il s'était
engagé, bien que les Sarrasins, eux, violassent
leurs promesses.

Quand la première moitié, deux cent mille
livres, fut versée, il se passa une petite scène
assez curieuse. Le Roi demanda positivement si
la moitié était bien payée ; on lui répondit que
oui. Quelque temps après, Philippe de Nemours,
chevalier du Roi, dit entre autres choses : « La
somme d'argent est bien payée tout entière, mais
nous avons frustré les Sarrasins de dix mille
livres sur le poids de la monnaie. » Le Roi, à ces
mots, entra dans une grande colère et dit : « Sachez que je veux payer exactement les deux cent
mille livres, je l'ai promis et j'exige qu'il n'en
manque rien. » Mais le sire de Joinville, sénéchal
de Champagne, répliqua aussitôt en clignant de
l'œil et en marchant sur le pied du seigneur de
Nemours : « Sire, est-ce que vous croiriez Monseigneur de Nemours ? il veut plaisanter. » Cette
répartie rappela au chevalier l'exigence du Roi
sur l'honnêteté et sur le point d'honneur, et il se
hâta d'ajouter : « Sire, Monseigneur le sénéchal a
dit vrai, j'ai voulu rire et plaisanter pour voir
comment vous prendriez la chose. — En tout cas,
dit le Roi, vous avez eu mauvaise grâce, car on

ne plaisante pas sur des choses aussi sérieuses. »
Et tous les assistants ayant affirmé que la somme
était bien et duement payée, alors seulement il
consentit à s'embarquer pour gagner un endroit
où sa personne et son armée seraient plus en
sûreté.

Le Roi mena toujours, même dans les années
de sa jeunesse, la vie la plus pure. Il fréquentait
de préférence la compagnie d'hommes sages et
honnêtes et évitait avec le plus grand soin toute
liaison avec les gens débauchés et vicieux. Il choi-
sissait scrupuleusement ses serviteurs et ne souffrait
chez eux ni blasphème ni crime d'aucune sorte.
Une fois, deux hommes qui n'avaient pas observé
un jeûne d'obligation furent congédiés pour ce
seul fait. Il exerçait d'ailleurs une active surveillance sur tous les gens de sa maison, et n'hésitait
pas à faire mettre en prison, puis à chasser ceux
qui se rendaient gravement coupables.

Quand le Roi partit pour sa première croisade,
il assembla tous ses gens et les exhorta vivement
à vivre dans la plus grande chasteté, parce que,
devant se battre pour le service de Dieu, ils devaient donner l'exemple d'une vie sainte et sans
tache ; le Roi ajouta même qu'il autorisait à retourner en France ceux qui ne se sentiraient pas
la force d'exécuter ses ordres, mais personne n'osa
s'en retourner.

Au bout d'un certain temps, apprenant que

17*

quelques-uns de ses gens menaient une conduite
blâmable, il les fit tous comparaître en sa présence
et tous jurèrent qu'on ne pouvait rien dire sur
leur compte. Cependant on procéda à une enquête
dans laquelle dix-sept furent déclarés coupables,
et, bien qu'ils fussent parmi les plus affectionnés
du Roi, ils reçurent immédiatement leur congé.
Les prières et les supplications n'aboutirent à rien,
et ce ne fut qu'après quatre mois, un jour de
Pâques, que le Roi consentit à les reprendre, sur
les promesses les plus formelles de leur part de ne
plus recommencer.

Les frères et la sœur du Roi furent, de l'aveu
de tous, des personnages d'une piété et d'une conduite admirables. Les chevaliers de son entourage,
fortifiés par un si bel exemple, réglaient leur vie
sur la sienne. Nous avons vu par de nombreux
exemples qu'en toute circonstance il se conformait
aux vrais préceptes de la vertu chrétienne; en dernier lieu nous venons de montrer qu'il ne laissait
échapper aucun moyen de perfection, en ce qui
concerne la vertu de pureté et de chasteté, chez
lui, comme chez ceux qui l'entouraient. Son
chambellan, Pierre de Laon, couchait toujours
au pied de son lit, mais le Roi usait de ses services
avec une réserve extrême. Il se déshabillait et se
levait seul, sans le secours de personne; les chambellans de service disposaient ses vêtements près
de son lit, chaque soir, et à son lever il s'habillait

et se chaussait lui-même. Jamais personne ne lui aida, sauf pour lui laver les pieds, pour le saigner ou pour panser son mal de jambe.

Tous les fidèles chevaliers qui furent de son intimité pendant presque tout son règne, comme Pierre de Laon, Jean de Choisy, Jean de Joinville, Gui Le Bas, Pierre de Chambly et autres s'accordent pour affirmer que, dans sa conduite privée et publique, dans les plus infimes détails de l'existence, dans ses paroles et dans ses habitudes, en toute circonstance ou funeste ou heureuse, on ne vit un homme meilleur pour l'égalité de caractère et la sainteté de la vie.

CHAPITRE XV

DE LA BONNE ET FORTE JUSTICE DU ROI.

Pendant son règne, le roi Louis rendit plusieurs arrêts de justice qui témoignèrent haute-ment de sa sagesse et de son inflexible équité. Un surtout, en raison de la situation du personnage, eut un grand retentissement.

Messire Enguerran, seigneur de Couci, avait fait pendre trois jeunes nobles qui se promenaient dans ses bois en compagnie de l'abbé de Saint-Nicolas, armés, il est vrai, d'arcs et de flèches, mais sans chiens et autres engins de chasse. L'abbé et plusieurs dames, cousines des victimes, por-tèrent plainte devant le Roi. Enguerran de Couci fut mandé au palais ; on fit une enquête sérieuse sur ce qui s'était passé, puis il fut arrêté et conduit dans une chambre du Louvre [1]. Quelques jours

---

[1] Le Louvre était alors une prison d'État.

après, le Roi fit mander en sa présence le sire de
Couci. On l'introduisit dans la chambre du Roi,
où se trouvaient déjà le roi de Navarre, le duc de
Bourgogne, les comtes de Bar, de Soissons, de Bretagne, de Blois, de Champagne, Mgr Thomas,
archevêque de Reims, Mgr Jean de Thorote et un
grand nombre de barons du royaume, convoqués
par le Roi pour juger une cause d'une aussi
grande importance.

Au bout de quelques instants, le sire de Couci
demanda au Roi à se consulter avec ses amis ; il
se mit un peu à l'écart et tous les barons le suivirent, en sorte que le Roi demeura seul avec les
gens de sa maison.

Lorsqu'ils eurent longtemps tenu conseil, ils
revinrent devant le Roi. Jean de Thorote déclara
de la part du sire de Couci qu'il ne devait, qu'il
ne pouvait pas se soumettre à une enquête faite
sur sa personne, son honneur et ses biens, et
qu'en conséquence il était prêt à se justifier par le
combat judiciaire ; il nia d'ailleurs formellement
avoir pendu ou ordonné de pendre les susdits
jeunes gens.

D'autre part, l'abbé et les dames se trouvaient
également présents, réclamant justice.

Après avoir écouté avec attention les raisons du
sire de Couci, le Roi répondit qu'on ne devait
pas ainsi parler de combat quand il s'agissait ou
d'églises, ou de pauvres, ou même de personnes

de condition moyenne , comme les parents des
victimes, parce qu'il leur serait toujours très-dif-
ficile de trouver des guerriers capables de lutter
contre les barons du royaume. Le principe de la
justice par voie d'enquête n'était pas nouveau
d'ailleurs, il avait été appliqué plusieurs fois sous
les règnes précédents. Le pieux Roi rappela comment son aïeul, Philippe-Auguste, avait fait une
enquête au sujet d'un homicide commis par Jean
de Sully, et avait gardé en saisie pendant douze
ans le château de Sully, bien qu'il relevât de
l'Eglise d'Orléans.

On eut beau dire, le Roi tint bon. Le sire de
Couci fut de nouveau appréhendé par les hommes
d'armes et conduit au Louvre. Louis se leva de
son siége , et les barons se retirèrent surpris et
confus.

Peu de temps après, le comte de Bretagne eut
avec le Roi un entretien où il tenta d'obtenir le
privilége d'éliminer la voie d'enquête toutes les
fois qu'il s'agirait de la personne, des biens et
des honneurs des barons. Mais le pieux Roi, mécontent de cette insistance, lui répondit sèchement :
« Vous ne teniez pas le même langage autrefois,
quand des barons, vos feudataires, portèrent devant nous une plainte à votre sujet, en offrant de
soutenir par les armes la justice de leur cause.
Vous nous dites alors qu'en telle circonstance on
n'agissait pas par la voie des armes mais par voie

d'enquête. Vous ajoutiez encore que le combat
n'était pas une mesure légale. »

Après cela, les barons prétendirent que le Roi
n'avait pas le droit de condamner le sire de Couci
en vertu d'une enquête que l'accusé n'acceptait
pas. Le Roi tint bon encore et déclara que, s'il
parvenait à bien connaître la volonté de Dieu en
cette affaire, ni la noblesse du personnage, ni la
puissance de ses amis ne l'empêcheraient de faire
justice pleine et entière.

Le Roi était indigné de cette sorte de conspiration contre lui et contre le royaume ; car les
barons avaient tenu entre eux plusieurs assemblées
secrètes. Il se leva sans vouloir les écouter davantage, en sorte que les barons furent obligés de se
retirer aussi.

Cette fermeté inflexible du Roi les frappa d'un
grand étonnement. Ils conseillèrent à Enguerran
de ne plus songer à se justifier, mais de se soumettre absolument à la volonté et à la miséricorde
du Roi. De leur côté ils conjuraient le Roi d'avoir
pitié de lui, de le condamner à telle amende qu'il
lui plairait, mais de ne point lui ôter la vie. Le
Roi résistait à ces prières, n'écoutant que la justice,
ayant devant les yeux la grandeur du crime, qui
méritait le dernier supplice.

Enfin Enguerran fut amené en présence du Roi
pour entendre son arrêt. Le Roi demanda l'avis
des barons ; la plupart, ne pouvant opiner contre

leur parent, prièrent le Roi d'excuser leur silence et lui demandèrent miséricorde. En même temps Enguerran se jeta à genoux aux pieds du Roi, qui ne se laissait point encore fléchir.

Il céda enfin à de si puissantes sollicitations et ne se crut pas obligé de condamner à mort un homme de cette qualité, surtout en raison de la coutume interdisant les duels, coutume encore nouvelle et inappliquée jusqu'ici. Mais avant d'annoncer sa détermination, le Roi, s'adressant au coupable, lui dit :

« Enguerran de Couci, si je croyais que Dieu demandât de moi de vous traiter comme vous avez traité ces trois jeunes innocents, tout ce que vous avez de parents ne pourrait pas vous faire éviter une mort honteuse, car vous l'avez bien méritée. Je ne considérerais ni votre naissance, ni le nombre ni le pouvoir de vos parents et de vos amis. »

A ces mots, tous les seigneurs le supplièrent de modérer sa juste indignation et de leur accorder la grâce du criminel. Il ne put résister davantage et déclara qu'il consentait à ce que Enguerran rachetât sa vie.

Il délibéra ensuite avec son conseil et avec tous les seigneurs sur la peine qu'on lui imposerait ; et, suivant le sentiment unanime, il le condamna à payer dix mille livres parisis d'amende au Roi, à passer trois ans en Orient, pour y secourir les chrétiens de la Terre-Sainte, avec un certain

nombre de chevaliers ; à faire enlever de la potence et enterrer honorablement dans l'abbaye de
Saint-Nicolas-des-Bois les trois gentilshommes ;
à fonder pour eux dans la même église trois cha-
pellenies avec deux messes par jour pour le repos
de leur âme ; à donner à l'abbaye de Saint-Nicolas
le bois où les gentilshommes avaient été pendus,
et à perdre la haute justice et le droit d'emprison-
ner et de condamner à mort, soit seulement dans
les eaux et forêts de ses seigneuries, soit générale-
ment dans toutes ses terres ; enfin, à être privé
d'avoir garenne. Enguerran fit serment de se
soumettre aux peines qu'on lui infligeait.

Le Roi voulut être payé sans différer de l'amende
qui lui était due, et, pour bien prouver que ce
n'était point de sa part un acte de cupidité, il employa toute la somme à rebâtir l'Hôtel-Dieu de
Pontoise, le dortoir des Jacobins et l'église des
Cordeliers avec des fondations en faveur des trois
gentilshommes.

Quant au voyage d'outre-mer, Enguerran ne
le fit pas ; le Roi consentit à ce qu'il en fût dis-
pensé par Raoul, évêque d'Évreux, au nom du
pape, en mettant entre les mains de cet évêque
douze mille livres parisis pour le secours de la
Terre-Sainte, où le roi Louis les envoya.

Dans le cours de ce procès, le seigneur Jean de
Thorote s'était oublié jusqu'à dire aux barons que
le Roi ferait bien de les pendre tous. Mandé pour

s'expliquer sur cette vilaine parole, il se rendit auprès du Roi et, quand il fut agenouillé à ses pieds : « Comment ! Jean, s'écria le Roi, vous osez dire que je ferais bien de pendre tous mes barons, non, certes, je ne le ferai pas, mais je les châtierai s'ils se conduisent mal. » Le seigneur de Thorote répondit qu'il offrait de prêter serment, lui et trente autres chevaliers, que cette parole n'était point sortie de sa bouche. Le Roi avait bien envie de le faire jurer, mais les excuses lui parurent suffire.

A l'occasion de ces différends entre le Roi et les seigneurs, on remarquait toujours dans l'âme de Louis une impartialité, une équité à toute épreuve. Le pieux Roi n'en sut pas moins, en maintes circonstances, sauvegarder et grandir encore le prestige du trône. Un procès avait été jugé devant la cour du comte d'Anjou, frère du Roi ; le comte d'Anjou revendiquait un château contre un chevalier, oncle du comte de Vendôme. Les débats du procès donnèrent tort au chevalier, lequel, contestant la justice de la sentence, en appela au Roi. Indigné de cet appel, le comte d'Anjou fit saisir et mettre en prison le chevalier, malgré les supplications et les offres de caution qui lui furent faites par ses amis. Bientôt le Roi fut informé de la conduite de son frère et le manda immédiatement en sa présence. Il lui fit des reproches sur l'abus d'autorité qu'il avait commis, et il ajouta : « Il ne doit y avoir qu'un roi en France, et, bien que tu sois mon frère, garde-toi de croire que je fasse une injustice pour te favoriser en quoi que ce soit. Je te commande de délivrer le prisonnier afin qu'il puisse poursuivre son appel. »

Le chevalier recouvra sa liberté et se rendit à la cour.

De son côté, le comte d'Anjou partit pour Paris avec un si grand nombre de conseillers et avocats que le chevalier dit au Roi que, s'il se trouvait seul, il avait tout à craindre d'un pareil adversaire. Le Roi, admettant la justesse de cette raison, fit choix de plusieurs personnages et leur ordonna, après avoir exigé leur serment, de prendre en main la défense du chevalier. On discuta l'affaire à nouveau, la sentence fut cassée et gain de cause donné en dernier ressort au chevalier. Ainsi s'exerçait la justice du Roi, sans faveur pour personne et aux applaudissements de tous.

Une autre fois, le même comte d'Anjou ne voulait pas rembourser à des marchands une somme convenue pour avance d'argent et pour vente de diverses marchandises. Ceux-ci s'étant plaints au Roi, le comte eut l'air de ne pas connaître la dette, mais le Roi lui ayant commandé de payer, sous peine de voir ses fiefs saisis au profit de la couronne, il consentit à s'acquitter.

A certains moments de la journée, le Roi

admettait en sa présence tous ceux qui désiraient
lui parler ; il les écoutait toujours avec attention ;
si des affaires urgentes l'en empêchaient, il se
faisait remplacer par un seigneur de la cour, qui
lui rapportait les choses dans les moindres détails.

Le Roi était inflexible dans la punition des
crimes. Une femme habitant Pontoise, d'une des
meilleures familles de la ville, avait été arrêtée par
les sergents du Roi, sous l'inculpation d'avoir fait
tuer son mari puis jeter le cadavre dans une fosse.
La femme avoua son crime dans le courant du
procès et le Roi voulut que justice fût faite. La
Reine, la comtesse de Poitiers, beaucoup d'autres
dames du royaume, essayèrent de fléchir la rigueur
du Roi ; des frères prêcheurs vinrent même le
supplier de ne pas mettre à mort cette malheureuse, en raison des regrets et du repentir qu'elle
manifestait. Les parents et amis de la dame,
voyant que sa mort était certaine, voulurent au
moins lui éviter l'ignominie d'un supplice à
Pontoise. Le Roi demanda sur ce point l'avis du
seigneur Simon de Nesle. Celui-ci répondit que
la seule et véritable justice était celle qui donnait
satisfaction publique. Rejetant donc toutes les
prières, le Roi donna ordre de dresser le bûcher
dans la ville de Pontoise et la femme y fut brûlée
sous les yeux de la population.

Une autre fois, des gentilshommes feudataires
du seigneur Simon de Nesle demandèrent à ce-

lui-ci l'autorisation de massacrer secrètement un
de leurs parents qui menait une vie criminelle,
dans la crainte qu'il ne vînt à être saisi par le seigneur et condamné, suivant la justice, à la pen-
daison ou à tout autre supplice qui flétrirait l'honneur de sa famille. Monseigneur Simon refusa.
Le Roi, qui apprit la chose, fut entièrement de
son avis, car selon lui la justice devait être appliquée au grand jour, en présence du peuple, et
non en cachette.

Le Roi donnait aussi des avis à ses conseillers
pour leurs affaires personnelles, de même qu'il les
consultait pour les affaires du royaume ; quant à
l'exercice de la justice il se montrait en toute circonstance d'une extrême réserve. Un jour qu'il
assistait dans le cimetière de l'église de Vitry au
sermon du frère Lambert, de l'ordre des prêcheurs,
des gens assemblés dans un cabaret, proche du
cimetière, firent un tel tapage qu'ils gênaient le
prédicateur et empêchaient de l'entendre. Le Roi
demanda quelle était la justice du lieu ; on lui
répondit que c'était la sienne. Il commanda aussitôt de faire taire ces gens qui troublaient la
parole divine. Le bon Roi ne demanda quelle
était la justice locale que pour ne pas s'exposer
à empiéter sur la juridiction d'un autre.

Quand il se rendait dans une abbaye, il ne souffrait pas que les gens de sa suite emportassent la
moindre chose ; il faisait enlever et mettre de côté

les clefs des greniers et des celliers, afin qu'on ne
pût y causer aucun dommage.

Autant le Roi était bon dans certains cas, autant
il était sévère dans d'autres. Quand il envoyait
des aumônes en Normandie, il recommandait de
les distribuer surtout aux pauvres gens qui lui
payaient l'impôt. Si des causes concernant les
biens de la couronne se traitaient en sa présence,
il se mettait presque toujours du côté de celui
qui lui était redevable. Mais sur les questions où
son autorité était en jeu, il se montrait inflexible.

Un seigneur de Gascogne, nommé Edouard,
bâtissait un forteresse contre le gré de son suzerain, l'abbé de Sarlat. Celui-ci en informa le Roi,
lequel, reconnaissant le juste droit de l'abbé, fit
faire au seigneur trois sommations d'interrompre
les travaux. N'ayant obtenu aucun résultat, le Roi
ordonna à son sénéchal de Périgord, Raoul de
Trapes, de détruire entièrement les constructions,
ce qui fut exécuté ponctuellement.

Quand un cas de délit ou de crime lui était
soumis, l'accusé ayant été condamné à faire un
certain temps d'exil outre-mer, ou les deux parties
ayant convenu d'une certaine somme d'argent, le
bon Roi, passionné pour l'inflexibilité de la justice et la répression des fautes, augmentait souvent la peine. Ainsi le Roi porta de dix à treize
ans la déportation outre-mer d'un cordonnier de
Paris qui avait dangereusement blessé un bour-

geois dans une rixe survenue entre ces deux individus. Le jugement avait été rendu par le prévôt
de Paris ; mais à cause de la gravité du cas, qua-
lifié de meurtre, la sentence avait due être soumise
à la ratification du Roi.

Les questions de juridiction lui paraissaient
aussi importantes que l'exercice même de la justice. Le comte de Joigny avait saisi sur ses terres,
comme inculpé de délit, un bourgeois du domaine
royal ; les sergents royaux réclamèrent cet homme,
mais le comte le retint dans ses prisons et refusa de
le rendre. La coutume exigeait que le bourgeois
fût d'abord jugé par la justice du lieu où il résidait, puis, dans le cas de culpabilité, rendu à la
justice du lieu du délit. Or, le bourgeois mourut
dans la prison du comte et sans jugement, mettant
ainsi en défaut la procédure de ce dernier. Mandé
à Paris, le comte de Joigny fut interrogé en parlement, et, sur l'ordre du Roi, enfermé au Châtelet.

Le pieux Roi avait publié une ordonnance interdisant les blasphèmes contre Dieu, la sainte
Vierge et les saints. Or, un blasphémateur fut
saisi sur le fait, et le Roi, l'ayant appris, voulut
lui faire appliquer la peine. Les conseillers intimes, les courtisans et les barons intercédèrent de
leur mieux en faveur du coupable ; le Roi ne consentit à rien entendre, tant il était jaloux de main-
tenir le respect dû à Dieu. Sur son commandement, on fit rougir un fer rond et on en toucha

légèrement la bouche de celui qui avait si indignement blasphémé.

Les barons, les bourgeois, les officiers royaux qui méprisaient les lois et la justice, n'étaient pas moins sévèrement traités. A la suite d'une querelle entre deux seigneurs, Pierre Dubois et Jean Britaut, un des fils du premier fut massacré. Le crime fit du bruit ; le Roi manda Jean Britaut et le fit mettre en prison à Etampes, où il resta plus d'un an, malgré les démarches et les prières de ses amis, qui le prétendaient innocent du crime et retenu à faux ; de fortes présomptions existaient contre lui dans l'esprit du Roi, parce qu'il passait pour l'ennemi déclaré de Pierre Dubois et qu'il était beaucoup plus puissant que lui.

Le pieux Roi veillait aussi à ce que ses prévôts et baillis exerçassent la justice sans abus et sans vengeance ; il nommait pour cela des enquêteurs ou commissaires choisis parmi les religieux et les laïcs, avec ordre de visiter, une ou plusieurs fois chaque année, les diverses administrations. Si l'enquêteur découvrait une saisie injuste, un excès de pouvoir ou une peine appliquée à faux, il avait le droit de rétablir les choses en l'état et sur-le-champ ; il pouvait également destituer l'officier infidèle qui avait mérité une aussi grave punition. Un bailli d'Amiens, convaincu d'avoir agi injustement, fut destitué à la suite d'une enquête et jeté en prison où il resta longtemps ; ses maisons et ses biens furent vendus pour restituer ce qu'il avait détourné, et ce ne fut qu'après s'être entièrement libéré de ses malversations qu'il put sortir de prison ; aussi, de riche qu'il était auparavant, il tomba dans la plus extrême misère et ne put pas même acheter un cheval pour chevaucher.

Cette sévérité, nécessaire dans l'exercice de la justice, est d'autant plus remarquable qu'elle s'alliait dans l'âme du pieux Roi à la bonté et à la commisération ; pendant ses guerres d'outre-mer, il recommandait à ses gens de ne tuer ni les femmes ni les enfants des Sarrasins, mais de les prendre vivants pour tâcher de leur faire recevoir le baptême. Toutes les fois même que la chose était possible, il voulait qu'on évitât de tuer les Sarrasins dans le combat, et qu'on les fît plutôt prisonniers, afin de les convertir ; le suprême objet des désirs du roi Louis, l'aspiration de son cœur embrasé d'amour pour Dieu, c'était, avant tout, de sauver son âme et de gagner à Notre-Seigneur les âmes de ses semblables.

Telle fut sa vie, telles furent ses vertus, qui, comme il a été dit plus haut, le mirent, de son vivant même, en odeur de sainteté, et qui, confir-

18

mées par les nombreux miracles opérés sur son
tombeau ou par son intercession, le firent ranger
par le pape Boniface VIII, en l'année 1297, au
nombre des saints que l'Église honore.

TABLE DES CHAPITRES

VIE DE SAINT LOUIS

18*

VERTUS DE SAINT LOUIS

———

Nantes. — Imp. Vincent Forest et Émile Grimaud, place du Commerce, 4.

PETITS MÉMOIRES

SUR

L'HISTOIRE DE FRANCE

Vie et Vertus de saint Louis, *d'après Guillaume de Nangis et le confesseur de la reine Marguerite*, texte établi par René de Lespinasse, ancien élève de l'École des Chartes.

Les Derniers Carolingiens, *d'après le moine Richer et d'autres sources originales*, texte traduit et établi par Ernest Babelon, ancien élève de l'École des chartes.

La Chronique de messire Bertrand Du Guesclin, connétable de France, texte établi et rapproché du français moderne par Gabriel Richou, conservateur de la bibliothèque de la Cour de cassation.

Chaque volume de la collection des *Petits Mémoires sur l'histoire de France*, gr. in-18 jésus de trois à quatre cents pages, avec gravures sur bois, titre rouge et noir, se vend au prix de **3 fr.** à la librairie de la Société Bibliographique, **35, rue de Grenelle.**

La Société Bibliographique, qui, depuis longtemps, avait conçu le projet de la collection des *Petits Mémoires de l'histoire de France*, vient de commencer à la réaliser par la publication successive des trois premiers volumes.

Chacun de ces volumes a son existence propre et se vend séparément. Le format et le prix sont ceux des livres de lecture courante dans notre pays. Une illustration très-sobre, mais entièrement empruntée aux monuments de chaque époque, ajoute à l'effet que cette série doit produire, et qui consiste à donner le sentiment, la sensation et, pour ainsi dire, la saveur du passé de la patrie aux Français de nos jours, trop ignorants des actions, de la vie et des mœurs de leurs aïeux. L'accueil fait à cette collection par des savants d'une réputation européenne, MM. N. de Wailly et Léopold Delisle, donne l'espoir que le public en comprendra l'intérêt et l'importance. M. Delisle qui, dès le début, en a chaleureusement approuvé l'idée et encouragé l'exécution par des éloges appropriés et par d'utiles conseils, déclarait, à l'Académie des inscriptions (séance du 27 décembre 1878), que les auteurs avaient très-bien su accomplir la tâche qui leur avait été con-

fiée (1). Nous devons considérer comme de bon augure l'approbation
donnée, sans distinction de partis ou de nuances, par tous les organes
importants des études historiques en France, au plan de la collection
et à la façon dont ce plan a été suivi dans les trois volumes publiés
jusqu'à présent.

Le premier volume offre le tableau de la vie et des vertus de saint
Louis, d'après Guillaume de Nangis et le confesseur de la reine Marguerite. Guillaume de Nangis, moine de Saint-Denis, écrivit sa chronique de 1287 à 1297. L'illustre abbaye où il vivait était pleine de souvenirs récents du saint roi, et il eut en outre à sa disposition beaucoup
d'écrits contemporains de Louis IX, rassemblés dans le monastère, qui
s'était donné la mission de conserver et de rédiger les annales nationales. Il était lui-même si voisin du temps qui faisait le sujet de son
récit, qu'il sentait les événements qu'il raconte comme ceux qui les
avaient vus, et que, grâce à l'appropriation de M. René de Lespinasse,
il y fait assister à leur tour les Français de notre époque et leur en
communique l'impression toute fraîche. A plus forte raison la même
impression sort-elle de la seconde chronique rapprochée de nous par
M. de Lespinasse, puisque son auteur fut dix-huit ans confesseur de
Marguerite de Provence, femme de saint Louis, et qu'il écrivit son
ouvrage sur la prière de la princesse Blanche, fille du Roi. Écoutons-
le un instant nous raconter des traits « de la grande patience » du Roi
Louis.

« On prend volontiers un amer breuvage qui doit rendre la santé;
ainsi, le pieux Roi, cherchant par-dessus tout l'amour de Dieu et le
salut éternel, s'appliquait avec joie à supporter les ennuis et les injures.
Il était d'une patience angélique dans les circonstances les plus graves,
comme dans les petits désagréments de la vie...

« Jamais le bon Roi ne brusqua aucun de ses gens, même quand ils
étaient dans leur tort. En voici un exemple; le fait se passa dans sa
résidence habituelle, au palais : Le Roi était resté longtemps absent de
sa chambre pour diverses affaires, et revenant, accompagné seulement
d'un chevalier, il n'y trouva aucun des chambellans de service, bien
qu'ils fussent seize chambellans, valets de chambre ou sommeliers ; on
les chercha par les jardins et par toutes les salles du palais, sans pouvoir les trouver. Alors le chevalier offrit au Roi de faire le service,
mais le Roi ne voulut pas le permettre.

« Cependant les valets revinrent, et, apprenant qu'aucun d'eux n'a-
vait été présent pour le service ordinaire du Roi, ils furent saisis de

(1) « Il faut louer également, a dit M. Delisle, l'idée même de la collection et constater le succès avec lequel les collaborateurs ont exécuté leur travail. Ils ont fidèlement rendu la physionomie des auteurs originaux : leurs notes attestent autant d'exactitude que de critique. »

crainte; mais le Roi les appela et leur dit simplement : « Eh! venez donc, enfin! Comment ne puis-je avoir personne pour mon service, quand un seul et le plus petit d'entre vous me suffirait? » Cependant, ses chambellans, qui redoutaient les conséquences de leur conduite, eurent recours au frère Pierre de la Trinité, chapelain préféré du Roi, pour qu'il parlât en leur faveur. Louis les fit appeler et leur dit en souriant : « Vous êtes tristes, parce que je vous ai pris en défaut ; je vous le pardonne, mais à la condition que vous ne recommencerez plus... »

« Un autre trait de la vie du pieux Roi prouve jusqu'à quel point il poussait le pardon des injures. Une femme nommée Sarrette plaidait devant le Parlement, et, pendant le cours de son procès ayant abordé le Roi dans un couloir du palais, elle lui dit : « Fi donc! devriez-vous être roi de France, un autre aurait bien mieux valu que vous, car vous ne vous occupez que des frères mineurs, des frères prêcheurs, des prêtres et des clercs. C'est grand dommage que vous soyez roi et c'est bien étonnant qu'on ne vous ait pas chassé du trône. » Le Roi défendit qu'on lui fît du mal et répondit en souriant: « C'est vrai, je ne mérite pas d'être roi, et, si telle eût été la volonté de Dieu, un autre aurait certainement mieux gouverné à ma place. » Ces paroles furent entendues par beaucoup de personnes présentes. Le Roi la fit congédier en lui donnant de l'argent. »

Ces anecdotes nous montrent, avec une vérité charmante, la Royauté paternelle et familière, quoique déjà puissante et obéie, de saint Louis. C'est un tout autre tableau que nous offre le second volume de la collection des *Petits Mémoires sur l'Histoire de France*. Les règnes des *derniers Carolingiens*, qui coïncident avec la formation de la féodalité, sont une féconde mais rude époque, tout à fait comparable aux temps qu'a chantés Homère. C'est l'âge épique de la France. On voit s'y heurter les hommes et les choses, et comme s'agiter dans un tumultueux chaos les germes de cette civilisation chrétienne et française du moyen âge qui arrivera, sous saint Louis, à son plus bel épanouissement. La sécheresse de la plupart des chroniques d'alors, où s'entassent les faits et les noms, sans forme et sans couleur, sans espace et sans vie, était vraiment désespérante, pour une époque si curieuse et si animée. La découverte de l'*Histoire* en quatre livres, écrite au monastère de Saint-Remy, de Reims, par le moine Richer, a, en partie, restitué à ce temps sa physionomie à la fois puissante et mobile.

Richer, élève du grand Gerbert, condisciple de Robert, fils de Hugues-Capet, aux écoles de Reims, a vu et senti les derniers événements de ce temps. Il a recueilli l'écho des événements antérieurs et les reflets de bien des figures. Son père et son grand-père, serviteurs militaires des rois carolingiens, lui ont transmis bien des faits, bien des traditions. Son esprit attentif et cultivé les a retenus et mis en œuvre. Il ne s'est pas seulement préoccupé d'en conserver le souvenir à la postérité, il a voulu les lui faire comprendre et les lui faire voir. M. Ernest Babelon, chargé par la Société Bibliographique de servir d'interprète à Richer auprès des lecteurs de nos jours, non-seulement a fidèlement reproduit le tableau du moine de Reims, mais il l'a étendu et amélioré, en y introduisant avec une grande habileté des scènes et des personnages recueillis çà et là dans d'autres documents sur la même époque. Le résultat de son travail est de nous fournir à tous un récit à la fois clair et détaillé d'événements saisissants, mais complexes et obscurs, et de ranimer sous nos yeux les terribles acteurs de fer, en débrouillant le tourbillon confus, la mêlée où ils s'agitaient.

L'histoire du porte-étendard Ingon donnera une idée des hommes et des choses de notre âge épique. Cet épisode, qui semble un fragment d'un poème perdu, a sa place dans le récit d'une expédition du roi Eudes en Aquitaine, contre les pirates normands.

« Les chefs de l'armée avaient tous été blessés, et ils déclinaient, à cause de leurs souffrances, l'honneur de porter l'enseigne royale. On ne savait à qui confier l'étendard, lorsqu'un soldat, nommé Ingon, s'élance du milieu des rangs et offre ses services : « Moi, moi, s'écrie-t-il, qui ne suis qu'un palefrenier du Roi, si ce n'est point faire injure à ces illustres seigneurs, je porterai l'enseigne royale à travers les lignes ennemies. Je ne redoute pas les hasards du combat, je ne puis mourir qu'une fois. » Eudes consulte les grands du regard, et, voyant qu'ils consentent, il répond au soldat : « Eh bien, je le veux, sois mon porte-enseigne ! » Ingon saisit fièrement le drapeau et s'avance à la tête des bataillons.

« L'armée se presse sur ses pas en formant comme un immense coin de fer qui doit ouvrir et disjoindre les masses ennemies. Les Normands sont culbutés, ils se dispersent : deux fois l'armée du Roi revient à la charge, deux fois elle les écrase ; dans un troisième assaut, elle les anéantit presque jusqu'au dernier. Toutefois, favorisé par le tumulte de la bataille et les tourbillons de poussière soulevés sous les pieds des combattants, le chef des Normands, Catil, était parvenu à échapper au massacre et à se réfugier avec quelques-uns des siens à l'abri d'épaisses broussailles. Les vainqueurs fouillent au loin la campagne, découvrent sa retraite, massacrent ses compagnons, le saisissent lui-même, et, après avoir pillé le camp des barbares, ils reviennent présenter au Roi leur prisonnier.

« Le triomphe était complet. Environné des trophées de sa double victoire et escorté des débris de son armée, Eudes partit pour Limoges, ville assez peu éloignée du champ de bataille. Là, il fit venir Catil, son prisonnier, et lui donna le choix entre la vie et la mort; la vie avec le baptême, sinon la mort. Dans cette alternative, le barbare n'hésite point à demander le baptême; mais il est probable que sa conversion n'était pas sincère. Quoi qu'il en soit, les évêques qui formaient le conseil du Roi imposèrent au Normand un jeûne de trois jours; il devait recevoir le baptême à l'occasion de la fête de la Pentecôte, qui était proche. Ce jour-là, quand les prélats eurent terminé l'office divin dans la basilique de Saint-Martial, le néophyte descendit dans les fonts sacrés : le Roi lui-même devait le présenter au baptême.

« Catil s'était déjà plongé trois fois dans les eaux saintes, au nom du Père, du Fils et du Saint-Esprit, lorsque Ingon, le porte-enseigne, qui assistait à la cérémonie, tirant son épée, l'en perce mortellement et souille la fontaine sacrée du sang qui s'échappe de la blessure. Un violent tumulte s'ensuit; le Roi, indigné de cet attentat, ordonne à ceux qui l'entourent de saisir et de massacrer l'homicide. Ingon prend la fuite, jette son épée, et, étreignant de ses bras l'autel de Saint-Martial, il implore son pardon du Roi et des barons, et demande à grand cris à justifier sa conduite. Après quelques moments d'hésitation, on le lui permet, et Ingon s'exprime ainsi :

« Dieu, qui connaît mes intentions, est témoin que rien ne m'est plus cher que votre salut, illustres seigneurs! C'est mon amour pour vous qui m'a poussé à commettre ce meurtre; c'est pour vous sauver que j'ai attiré sur ma tête le châtiment qui me menace; oui, c'est pour sauver la vie de tous ces barons que j'ai affronté le dernier supplice. J'ai commis un grand crime, c'est vrai; mais les résultats de cet acte suffiront, je pense, pour le justifier. Ne voyez-vous pas que le tyran captif a demandé le baptême par crainte de la mort, et qu'une fois en liberté il nous aurait rendu outrage pour outrage, et aurait voulu venger la défaite des siens? Peut-être il eût causé notre ruine un jour : je l'ai massacré.

« Voilà mon crime; ce qui m'a poussé à cet attentat, c'est, je le répète, le salut du Roi et de ses barons. Puisse ma mort assurer à ma patrie la paix et la liberté! Si je meurs, je serai victime de mon dévouement au Roi. Est-ce là le prix de la fidélité, la récompense du courage? Voilà les blessures à peine fermées de ma tête, de ma poitrine, de mes flancs! Voilà les cicatrices, marques glorieuses de mes exploits! Ces blessures m'ont fait endurer de cruelles souffrances; aujourd'hui, après tant de maux, la mort dont je suis menacé me délivrera. »

« Les plaintes du porte-enseigne lui gagnent la bienveillance des assistants. Quelques-uns versent des larmes; tous implorent pour lui la clémence du Roi : « Que vous servira, s'écrie-t-on, de faire périr un de vos soldats? Le barbare est mort : il faut s'en réjouir, car, s'il est mort dans la foi, il a reçu la vie éternelle, et, s'il a voulu se faire baptiser pour mieux trahir, sa perfidie est déjouée. » Le Roi se laissa attendrir ; il fit ensevelir le barbare et pardonna au porte-enseigne ; bien plus, il lui accorda libéralement le château de Blois, celui qui en avoit la garde ayant été tué dans la guerre contre les Normands. Il fit aussi épouser à Ingon la veuve du châtelain, et, grâce à la faveur du Roi et des grands, l'ancien palefrenier put mener une vie heureuse, au moins pour quelque temps. Son bonheur fut court ; ses blessures avaient été mal cicatrisées par les médecins, et le sang corrompu forma une tumeur intérieure qui le contraignit à garder le lit pendant deux ans. Ingon mourut dans d'atroces souffrances. Le Roi donna un tuteur à son jeune fils nommé Gerlon, qui posséda l'héritage paternel conjointement avec sa mère. »

Nous saisissons sur le fait dans cet épisode l'humeur terriblement guerrière et les mœurs encore sauvages de la première chevalerie, celle d'où sortirent, au neuvième et au dixième siècle, les dynasties féodales. Notez, en effet, que Gerlon, fils d'Ingon, fut, selon Richer, le père de Thibaut Ier dit le Tricheur, comte de Blois, et tige de cette maison de Champagne si illustre au moyen âge. C'est, au contraire, le déclin, encore brillant, de la féodalité militaire qui nous apparaît dans la *Chronique de messire Bertrand Du Guesclin, jadis connétable de France, issu de la nation de Bretagne, et compté au nombre des preux,* dont le texte rapproché du français moderne forme le troisième volume de la collection des *Petits Mémoires.* La vaillance romanesque et l'honneur sentimental de la chevalerie du quatorzième et du quinzième siècle, qui dissimulait trop souvent sous ces beaux dehors la corruption de ses mœurs et l'égoïsme de ses appétits, s'y étalent autour et en face du grand patriote, lui-même un peu *condottiere,* dont l'épée sut si bien servir la politique sage et profonde de Charles V, cet incomparable Capétien.

La *Chronique,* abrégé d'un récit historique en vers écrit sept ans après la mort du connétable par le trouvère Cuvelier, porte fortement la trace de l'impression laissée par du Guesclin sur les esprits de son temps, et reproduit avec fidélité le milieu où il a vécu. Ce mérite doit faire pardonner les erreurs de détail qui s'y rencontrent et dont il n'y a point lieu de s'étonner, quand on sait quel était l'objet poursuivi par les auteurs de ce genre d'écrits. M. Gabriel Richou, chargé de rajeunir cette chronique pour l'usage des lecteurs modernes, a eu soin de relever et de rectifier toutes ces erreurs dans une série de notes faites avec beaucoup de soin, où il a également donné un grand nombre d'indications géographiques, archéologiques, généalogiques, de nature à rendre le récit à la fois plus clair et plus profitable. Nous reproduisons la scène du tournoi de Rennes, qui fut le début de Bertrand dans la carrière chevaleresque :

« Il advint que les barons de Bretagne tinrent à Rennes de très-grandes joûtes, dont fut le sire du Guesclin, père de Bertrand ; celui-ci avait grand désir d'y prendre part ; mais son père, à cause de sa jeunesse, ne voulut pas qu'il joutât.

« Au jour fixé, des chevaliers de plusieurs contrées s'armèrent à Rennes. Il y eut là grande fête avec dames et damoiselles, bourgeois et bourgeoises. Les chevaliers venus d'Allemagne et tous chevaliers et écuyers furent reçus sur la place des joûtes, et, entre tous ceux qui se signalèrent dans le journée, on donnait le prix au sire du Guesclin. Or, il advint qu'un écuyer, parent de la dame du Guesclin, après avoir fort bien et longuement combattu, retourna dans l'hôtel où était logé Bertrand, qui le connaissait. Bertrand le suivit dans la chambre où il voulait se désarmer et s'agenouilla devant lui, en lui demandant de consentir à lui prêter son harnais pour joûter.

« L'écuyer, qui le connaissait, lui répondit doucement : « Ha ! beau cousin, vous ne devez pas le demander, mais le prendre, tout comme le vôtre. » Bertrand en eut une grande joie, l'écuyer l'arma en grand secret, lui donna son cheval de tournoi et un varlet pour le servir ou diriger. Bertrand vint joyeusement en lice et, se voyant sur les rangs, éperonna son cheval droit contre un chevalier qui vint aussi sur lui. Quoiqu'il n'eût jamais lutté, il frappa le chevalier dans son heaume, avec une telle force qu'il l'en décoiffa. Le chevalier tomba sous le choc, et son cheval fut tué. A la vue de ce rude coup, dont on ne connaissait pas l'auteur, les hérauts, ne sachant pas de quel cri le saluer, se mirent tous à crier : « A l'écuyer aventureux ! »

« Alors Bertrand piqua des deux, chevauchant dans les rangs, et fit tant en ce jour que tous ceux qui étaient dans la lice redoutaient de le rencontrer, et pourtant ils ne savaient qui il était. Le sire du Guesclin, qui avait eu le prix tout le jour, voyant leur contenance, éperonne son cheval et va droit contre son fils. Celui-ci reconnut son père à ses parements et abaissa alors sa lance. Le sire du Guesclin, qui ne reconnaissait pas son fils, s'étonna de le voir refuser la joûte, et, rejoignant ses autres compagnons, il leur demanda s'ils savaient le nom de cet écuyer ou comment ils pourraient l'apprendre.

« Sur le conseil du sire du Guesclin, on décida qu'un des chevaliers de la lice irait contre Bertrand et se mettrait en peine de lui enlever son heaume ; par là, on pourrait le connaître. Un écuyer de grande valeur partit, s'en vint contre Bertrand et le décoiffa de son heaume. Bertrand fut alors reconnu de ses parents et de son père, qui en furent tout joyeux, son père surtout, à cause du mérite qu'il vit en son fils. De ce jour, il l'aima tellement et lui témoigna désormais si grande affection qu'il lui abandonna toute sa terre. Quand la dame du Guesclin apprit qu'on avait donné le prix des joûtes à Rennes à son fils Bertrand, il ne faut pas demander si elle en éprouva une grande joie. Après les joûtes, le sire du Guesclin s'en alla à la Motte-Broons avec son fils, auquel il donna grand équipage pour suivre joûtes et tournois. Bref, Bertrand fit tant qu'il acquit grande renommée dans le duché de Bretagne. »

D'autres tableaux et d'autres portraits viendront se joindre, dans la collection des *Petits Mémoires*, à ceux que nous offrent les trois volumes publiés. Grégoire de Tours et ses continuateurs nous fourniront un miroir transparent de la période barbare et mérovingienne. Eginhard et le moine de Saint-Gall ressusciteront devant nos yeux la grande figure de Charlemagne. Les mœurs publiques et privées du moyen âge et jusqu'aux détails de la vie domestique de nos ancêtres seront ranimées pour nous par un choix judicieux des anecdotes dont abondent les sermonaires et par un abrégé du *Ménagier de Paris*. Mais le plan de la collection ne se limite pas au moyen âge. Le dernier des chevaliers, Bayard, nous sera présenté par son *loyal serviteur*, et ce rude homme de guerre, Montluc, se présentera lui-même. Le dix-septième et le dix-huitième siècle, si riches en *Mémoires*, seront mis aussi à contribution. On s'efforcera enfin de donner à toutes les époques de notre histoire leur place légitime dans cette galerie de peintures fidèles, dans ce musée de l'ancienne France, offert aux regards de la France contemporaine et de la France de l'avenir, représentée par les générations qui grandissent dans nos collèges et nos écoles.

Cette œuvre patriotique a besoin, pour être menée à bien, de la faveur du public, et en particulier des encouragements et de l'appui tant des maîtres de la jeunesse que des classes élevées de la société française. Celles-ci ont à remplir, dans l'ordre intellectuel, des devoirs envers le pays, auxquels elles ne se soustrairaient pas sans dommage pour tous et sans péril pour elles-mêmes. Quoique dominée trop souvent par une philosophie pernicieuse, la puissante instruction de l'aristocratie allemande a été une grande force pour cette aristocratie en Allemagne et pour l'Allemagne au dehors. Tâchons de procurer à la France le même avantage en évitant le danger qui s'y est joint chez nos voisins. L'heure actuelle est de toute manière, pour les hommes de foi et de tradition, une heure de recueillement et de travail. Que tous donc se mettent à l'œuvre ou commencent du moins par aider ceux qui s'y sont mis!

MARIUS SEPET.

380-3-9. — SAINT-QUENTIN. — IMPRIMERIE JULES MOUREAU.